Hanif Kureishi

THE LAST WORD

对话终结

[英] 哈尼夫·库雷西 著　吴忆枝 译

上海文艺出版社
Shanghai Literature & Art Publishing House

谨以此书献给卡洛

第一章

哈里·约翰逊坐在行驶在英国乡间的火车里凝视着窗外,他思索着:每时每刻人们都在讲述故事。要是运气能够持续一整天的话,他即将受邀去讲述那个即将去拜访之人的故事。事实上,他已被选来讲述这个举足轻重的人,这个成就非凡的艺术家的一生。该如何开始呢?他想要知道,不禁打了一个冷战。要从哪里开始,又如何将这个仍在继续的故事结束呢?更重要的是,他,哈里,是否能担此重任?

宁静的英格兰,没有受到战争、革命、饥荒、种族或宗教骚乱的影响。然而,若是报纸没有说错,英国是个过于拥挤的小岛。到处都是忙碌的移民,紧紧抓住这个国家的边界,如同坐在快要倾覆的小船上。不仅如此,数以万计的避难者和难民正试图越境,他们拼命地想要从这个混沌世界以外其他地方的骚乱中逃离出来。他们有些钻进卡车里或是扒在火车底部;许多人踮着脚尖穿过英吉利海峡海面上方悬着的绳索，而其他人则是从布洛涅 ① 大炮里发射过来。只有鬼魂才做得到。与此同时，很显然，自从金融危机后，每一个登陆这个国家的人如此靠近，幽闭的环境让人恐惧，他们如同困兽般开始相互搏斗。随之而来的是供不应求：工作越来越少，削减的养老金以及匮乏的社会保障，人们的生活将一日不如一日。哈里和他的家人在战后的安稳环境中成长，而这种光景已不复存在。然而如今在哈里看来，政府似乎是在故意向国家注入一股不安，因为他所看见的是一片绿意盎然、令人愉悦的英格兰：健康的牛，整洁的田野，修剪齐整的树木，潺潺的溪流和上方灿烂、散发着早春光芒的天空。看上去甚至不像在几英里内能闻到咖喱香。

突然一下子，啤酒溅到了他脸上。他转过头。罗伯·德弗罗坐在哈里对面，正在打开另一听啤酒。他是一个受人尊敬、善于创新的出版商。是他找到哈里，派给他这个给著名作家马莫·艾扎姆写传记的任务。马莫·艾扎姆出生在印度，是一名小说家、评论家和剧作家，哈里从年少时期就开始崇拜他，那会儿哈里还是一个小书友，研究字里行间意思的书呆子，作家于他这样的毛头小子而言是上帝，是英雄，是摇滚明星。哈里很快就给予了回应并且兴奋不已。在多年的学习和顺从后，事情终于向好的方向发展了，正如他的老师们早就预言过的那样，如果他能专心思考，并管住他的拉链和嘴。这是他的转折点。他终于可以如释重负地喜极而泣了。

他想，他值得拥有这一切。几年前，年近三十时，他出版了一

---

① 布洛涅（Boulogne），法国北部港市。

部尼赫鲁的传记,深受好评,内容包含许多新的素材,尽管熟悉的故事内容不得不以当代的方式叙述,并掺杂一些跨国性爱、鸡奸、酗酒和厌食的内容,但总体而言,这是一部能让人眼前一亮的作品。甚至连印度人也叫好。但对哈里来说,它只是"家庭作业"。如今他从事书评和教书的工作,同时正在找寻能够让他投入创作热情、精力和责任感的新项目。他希望,那将是一部能成就他的作品,让他声名鹊起,前途无忧。

今天,在一个明媚的周日早晨,哈里和罗伯坐在前往汤顿①的火车上,他们要去马莫的住处拜访他,这位富有传奇色彩的作家成年以后的大部分时间都居住在那里,如今和他的第二任妻子丽安娜·卢乔尼,一个五十出头、充满活力的意大利女人生活在一起。窗户外的世界——他的英格兰——原本能让哈里保持淡然宁静,只是罗伯像拳击教练似的一直坚持不懈、连哄带骗地激励着他的小兄弟准备应付眼前的战斗。

罗伯正在向他解释,写一个仍健在的人,既有利也棘手。在哈里用手帕擦拭脸上溅到的啤酒时罗伯说道,主人公本身可以帮助你。在主人公回首过往时,过去发生的事或许会呈现新的面目。而哈里的任务就是启发马莫去回顾往事。马莫一定会帮助哈里,这点罗伯十分确信,因为马莫终于认识到这本书的重要性。事实证明丽安娜是极尽奢华的,甚至比起马莫之前经历过的任何女人都更会挥霍,事实上,脾气也更火爆。罗伯曾经说过这就像是甘地娶了莎丽·贝希②

---

① 汤顿(Taunton),英国城市,位于萨默塞特郡。
② 莎丽·贝希(Shirley Bassey, 1937—),出生于英国威尔士,二十世纪七八十年代欧美流行歌坛最活跃的老牌歌手之一。

并定居在安布里奇①。

马莫受到文学世界的敬仰,也同样受到右翼报纸的推崇。他最终成为他们所能喜欢的来自印度次大陆的作家,一个认为统治,尤其是被那些受过教育的、见多识广的、聪明的人——奇怪的是,就是那些像他一样的人——所统治,好过普遍的愚蠢,甚至好过民主。

但过于理性,固执,而作品又难以被人们广泛阅读,马莫快开始揭不开锅了。他的资金周转出现了问题,有的只剩下赞扬和奖项。目前他正准备将他的档案馆卖给一所美国大学。此前,他还需要再次抵押他的房子,他的妻子和中介一致认为将他拉出事业低谷的最好方法就是出版一本"负有争议的"新传记。马莫已然成为人们只会问起"你知不知道他是否还活着"这样的作家。传记的封面将是一个英俊、令人生畏而又让人难以抗拒的年轻男子形象。清晰而又令人难忘的图像和文字同等重要:想想卡夫卡、格林②、贝克特,这些作家的缄默从未妨碍他们热辣、忧郁的照片。这便是哈里将要写的书。这本传记将成为一个"事件",一场"轰动",当然相继而来的是电视纪录片、采访、书友会,并且马莫的书将被译成四十种语言重新出版。

另一方面,罗伯继续说道,作家仍健在这个事实会束缚传记作家。罗伯遇见过这个男人不下十次,他说马莫好的地方是,比起爱

---

① 安布里奇(Ambridge),此处为音译,出自于英国一九五〇年五月二十九日英国广播公司4套开播至今的《阿彻一家》(*The Archers*)中一个虚构的地方。该剧以肥皂剧的形式演绎了"农村里的日常生活"。

② 格雷厄姆·格林(Graham Greene, 1904—1991),英国小说家、剧作家、评论家。

德华·摩根·福斯特,他更像诺曼·梅勒。而束缚,在罗伯眼里,是哈里最不需要的。它不适合这个主人公。

在哈里看来,他认为罗伯比马莫更像诺曼·梅勒,有一次哈里遇见马莫,他看上去十分低调内敛,颇具气质。而罗伯则是个不修边幅却聪明绝顶、作风独特之人,从他的身上总能闻到一股酒味。今天他出现时其实已经喝醉了,而一上火车他便又开始喝起啤酒,并不停地吃着薯片,一些碎屑粘在了他的脸上和衣服上,就像星星点点的头皮屑。罗伯认为写作是一种对完美的极致追求,也是人性的"救赎"。对他而言,作家就是魔鬼,梦想的干扰者,虚幻的乌托邦的罪魁祸首,他把人们带进现实中,也是上帝的对手,想要自己创造世界。

此时哈里一如既往地朝着桌对面的罗伯神色严肃地点点头;他不想让罗伯察觉出任何异样。

如果哈里自认为是个谨慎又不至于保守之人,那罗伯似乎像是鼓励他的作家们如同战斗般地写作,不走寻常路并真实地展现自我,唯恐有人觉得写作这门艺术和行为,或者甚至是编辑这项工作,可能看起来"有艺术感",阴柔,女性化,或有可能是"同性恋的"。不用说马莫了,哈里已经听了无数有关罗伯"反社会"倾向的传闻了。不到下午五点他是不会踏足办公室的,尽管他会在那儿待上整晚,进行编辑,打电话,工作,或许会突然出现在索霍区①。

① 索霍区(Soho),位于英国伦敦西部的次级行政区西敏市(Westminster),本是当地的红灯区。后来色情事业式微,加上位置紧贴伦敦的金融区梅费尔(Mayfair),每天下班时候都有很多人从梅费尔到索霍喝酒,消遣和听音乐,使索霍区渐渐变成一个让世界各地游客云集的小区。

不久前他结了婚,但他似乎已然忘了婚姻是一种持续的状态而非一次性的事件。他在不同的地方留宿,往往拿一本书盖在脸上睡在一些并不舒服的地方。而他似乎自带一个时区,时间的缩短或延伸取决于他的需求而非他视为法西斯的时钟。如果他觉得某人无聊,就会转身而走,甚至扇他们耳光。他会在不告知他人的情况下随意删减他手下作家的作品,或是更换标题。

哈里并不介意有关他疯狂的流言飞语,他知道只有头脑疯狂的人才能有所成就。此外,罗伯的出版社获得过无数大奖,而且罗伯是个厉害的、极具说服力和影响力的人物。五年来和他一起出入各种派对享用午餐并交谈,直到今天,哈里才能说他见过太多的纵情酒色。罗伯拥有伦敦最时尚的交际圈,他是一个艺术家,也足够媲美创新的电影或唱片制片人。他能成事也甘冒风险。人们称他为"水平思考①者"。哈里做梦也没有想到罗伯会邀请他共事。不仅如此,罗伯还将预支一大笔这本书的报酬给哈里。如果哈里再向他的父亲借些钱的话,他应该能够负担得起他想和未婚妻爱丽丝一起购买的小屋的首付。他和爱丽丝交往了三年,她已经搬进了他的单身公寓。他们谈论过是否要孩子,虽然哈里觉得他们应该等更安定些再考虑这个问题。

在哈里成熟后,至少是最近一年里,他想过他要过上宽裕的生活。他并没有想开始一本正经的生活,但他开始发觉他所列的人生成就里或许应该包括一笔丰厚的银行存款,这是他的地位、

---

① 水平思考(lateral),以非正统的方式或明显的非逻辑的方式来寻求解决问题的办法。(《牛津英文大词典》)用常规的逻辑方法来看,水平思考方法看起来是"非逻辑"的,但是事实上这是源自于模式运用系统的逻辑。

能力和荣耀的象征。在这件事上，罗伯自愿助哈里一臂之力。时机已到。"我是你的梅菲斯特，现在我宣布你可以正式地大干一场了，"罗伯说过，"当然，一定会有那么一天你会为此感谢我。而且对我感激涕零。也许你会充满感激地轻吻我的双唇，或是与我舌吻。"

火车即将载他们去会面，罗伯给哈里的建议是他应该尽他所能写一本"疯狂、无所顾忌"的书。这将是哈里的突破。他该练习一下签名；他将受到来自南美、印度和意大利的国际艺术节的盛情款待，出现在电视上，并且通过去发表演讲和开讲座，讲述真实的故事以及传记作家的辛苦劳作，以此获得丰厚报酬。这将是他飞黄腾达的机会。一本成功的书能让你在它的光环下安享十年。

"我们先别得意忘形。这将是在火上行走。"罗伯将啤酒一饮而尽。"这个老家伙会用他的顽固和嘲讽来激怒你。至于他的妻子，你知道她可是亲切又有趣。不过也许你得和她上床，否则的话，她能把你像香烟一样吸尽。"

"什么？为什么？"

"在罗马，她居住也是虏获马莫的地方，她被称为吃人的恶魔，从不放过任何一道盘中餐。一旦嗅到女人的松露味，你可是只嗅觉敏锐的猪。"

"罗伯，拜托——"

编辑继续说道："听着：马莫那个老奸巨猾的狐狸也许在你看来令人乏味又毫无生气，而实际上对包括他的家人在内的所有人来说都是如此，"他身体前倾，低声说道，"他给人的印象像是那种从不会给女人带来快乐的人，那种永远爱他自己胜过任何人的人。他偷走了许多乐趣。他一直是个卑鄙的浑蛋、奸夫、骗子、恶棍,也有可能是个杀人犯。"

"有多少人这么认为?"

"你将把它公之于众。写一本精确无误的传记:这便是你的任务。"

"我知道了。"

"他曾经的情妇玛莉安,一个培根哲学的信徒,她像癌症一样使人痛苦,时至今日仍满腹怨恨。她住在美国,她不但会见你,还会像一只放射性蝙蝠那样扑向你。我已经安排了你去拜访——有人指责我是完美主义者。还有一件事是他把他的第一任妻子佩吉推向了生命的边缘。我很肯定他用毛巾包裹着橙子把她打得鼻青脸肿,胜过腐烂的斯提尔顿奶酪①。"

"真的吗?"

"去调查。我已经说过了你可以设法获得她的日记。"

"他同意了?"

"哈里,这个伟大的文学撒旦已经老眼昏花了,现如今就如同一头被打了镇静剂的狮子。是时候打败他了。况且合作也符合他的利益。当他读起这本书,了解他曾经是怎样一个浑蛋时,一切为时已晚。你将发掘出甚至连马莫自己也不知道的事实。在你的洞察力下,他将是烤串上的一串死肉。这就是公众喜爱他们的艺术家的地方——暴露无遗,脱下裤子,撅起屁股,在一群连环杀手中伸展身体,并且在陌生人面前拉屎。那将教会他们思考,他们的天

---

① 斯提尔顿奶酪(Stilton),世界三大蓝纹奶酪之一,味道较浓烈。

赋使得他们优于像我们这样平庸、无脑、纳税的薪奴。"

罗伯称,出版商将把书中"有料"的部分卖给《星期日报》;它将受到全世界范围的评论,并有可能被译成多种语言大量出售。再者,马莫死后——"我希望,"罗伯说,他可不是个会失去任何一个机会的人,"在差不多五年后——这本书将再次发售,伴有新的一章来揭露作家生命最后的调情、最后的疾病、死亡、讣告以及未曝光的子女,当然还有葬礼上蜂拥而至的情妇们,以及她们随后涌向各大媒体,捶胸顿足,撕扯她们的头发,争先恐后地准备她们的回忆录的丑态。"

火车穿过了如同墓地般的城镇,哈里发现他一想到今天和马莫的见面便坐立不安;他的确对于这整项任务感到害怕,尤其是在罗伯喝多了之后不停地重复这将是哈里的"转折点"。罗伯对哈里"有信心",但仍坚称哈里还远远没有发挥他的潜能,这是他罗伯力排众议后对他的认可。对于罗伯,他通常在给你一个吻之后又给你一巴掌。

当火车靠近站台时,罗伯补充道:"老兄,我可是一直在马莫那里吹捧你。"

"怎么吹捧?"

"我告诉他你非常熟悉这一行,熬夜苦读那些最深奥的材料,像是黑格尔、德里达、穆齐尔、弥尔顿等。"

"你说我懂黑格尔?"

"你可不是好推销的。我可是从零开始推销你。"

"要是他问起我关于黑格尔的辩证法呢?"

"那你得告诉他个大概。"

"那我的第一本书呢？你一定给他了吧。"

"最后，我只能给。但它有**乏味的部分**，我想即使你母亲也会这么认为。这个老家伙好不容易读完了序言，就得躺一个星期读苏埃托尼乌斯①的作品来清清他的味蕾。所以老弟，你可得上升一个高度了，要不然你就老老实实地做学术吧。或者更糟——"

"更糟？还有什么能比以前在理工学院来得更糟呢？"

罗伯停顿了一下，望了望窗外，然后继续这个话题。"你得去教创意写作。"

"拜托，不要。我可不够资格。"

"那更好了。想象一下把你全部的精力放在一堆未完成的首部小说上，它们堆积成一片森林，而你将永远迷失在这片漆黑的森林里，永无出头之日。"他整了整破旧的衣服然后起身。"我看我们已经到了这片不毛之地！看外面——瞧瞧这个破地方，到处都是文身的傻瓜、歪瓜裂枣，还有那些个嗅吸强力胶的小萝卜头。可怕啊，可怕！你准备好开始你后面的人生了吗？"

---

① 苏埃托尼乌斯（Gaius Suetonius Tranquillus，约 69 或 75—130 之后），罗马帝国时期历史学家，属于骑士阶级。

第二章

马莫漂亮的房子,在这场婚姻里的近七年里有了较大改动。它坐落在一条蜿蜒崎岖的小道尽头,周围被一片乡村平原所围绕。马莫买下了其中一大部分地,现在租给当地的农民用来割晒干草。他的土地被一圈电栅栏所包围,以防鹿靠近。这幢房子原本是马莫年轻的妻子佩吉的父母在七十年代买给她和马莫的。佩吉是个极度令人悲痛的酒鬼,她在十二年前已经过世了,几年后,丽安娜,这个和马莫仅仅交往了几个月的女人便带着她的行李昂首阔步地走进了家门。

从那以后一间小外屋便被改造成了马莫的工作室。还有一间破旧的谷仓,里面赫然堆积着他没有使用过的书籍和被译成各种语言的他的作品复印稿,还有一个杂乱的档案馆,不过那儿已经许久无人问津了。丽安娜有一间装修了一半的"工作室",她在那儿写作,画画或设计,但尚未完工,她过去在里面跳舞。丽安娜一直在和建筑师计划将其扩建来招待客人。马莫的经济陷入困境，部分原因是这次扩建，另外便是丽安娜对这个房子本身作的所有改造。这迫使马莫说，如果无法改善现状，他将不得不为谋生而工作。

马莫如今七十出头，此刻他正和丽安娜以及他的两条狂吠不已的史宾格猎犬"阴"和"阳"站在院子里等待哈里和罗伯的到来。马莫有着一张英俊的脸庞，看上去也似乎健壮依旧，他胸膛宽阔，留着山羊胡，还有一双乌黑发亮的眼睛。他的身材并不高大，穿着绿色和棕色花呢的英国乡村服饰。丽安娜看上去几乎完全被皮草覆盖，她的胸前搭着一条动物尸体的尾巴。

这对夫妇热情地招呼着他们的客人，但很显然，当罗伯从出租车里跌跌撞撞地出来然后毕恭毕敬地注视着马莫时，马莫并没有把他放在眼里：让哈里满意的是，马莫给了罗伯一脸他出了名的刻薄苦相。

罗伯突然走开对着电话那头的人大声嚷嚷。然后，在丽安娜离开去做饭时，罗伯又匆忙走到客厅的沙发上，从地上拽起一条毯子盖在自己身上。"新鲜的乡村空气总能让我浑身放松。不过你可千万不要这样。还有，确保你能给他留下深刻的印象。"说完，他随即倒头就睡。

马莫离开去换衣服的时候，哈里一边等着他，一边陷入深思，罗伯是个空想家而非水平思考者，他在想，这个编辑是如此自由和独特，而不用顾忌令人失望的现实，真叫人羡慕。

"请过来吧，哈里，好吗？"

哈里忍不住多打量了马莫几眼，因为他出现在门口时从头到脚都换成了蓝色的阿迪达斯运动服和运动鞋。他朝着这个年轻人挥了挥手,说会带他看看他的土地、两个池塘,还有这片田野下方的河流。

"让我们边走边聊吧,既然我们都对同一件事感兴趣。"

"是什么呢,先生?"

"我。"

哈里先前听闻马莫的讽刺、优越感、谨慎和好辩的个性,能让硬汉,还有特别是——他的强项——让无数心地善良、学识渊博的女人流下眼泪。然而,当他们走出房子,一路穿过花园,马莫却对传记只字未提,也没有开半点玩笑或是作出尖刻评论。三周前,在罗伯安排的午餐上,哈里见过马莫和丽安娜。随后的交谈大多是轻松的闲聊;马莫十分绅士也魅力四射,他还亲吻了他妻子的手。哈里想象这场在乡村的见面将是一场严肃的面试。但他似乎早已得到这份工作。又或者,果真如此吗?他要怎样才能知道呢?

他们看了鲜花,蔬菜,池塘和关闭了的、看上去脏兮兮的游泳池。然后马莫转向哈里向他解释他需要运动。事实表明在告诉马莫的众多事情中,罗伯还提到了哈里是个拥有一把好嗓子的知识分子,以及他还曾在学生时代获得过男子网球冠军。不幸的是,这个浑蛋此刻正在沙发上呼呼大睡,他没能告诉哈里,和马莫一起打网球也是合约的一部分,也没能告诉他,他将看到马莫的一条旧的运动短裤,还要在花园旁的球场里陪他练球。

那个下午,马莫奋力击球,一直打到气喘吁吁,哈里教他反手握拍,甚至在马莫发球时手把手地教他。哈里害怕马莫猝死在球场上,过早地就被这个派去用文字让他成为不朽的男人谋杀。

打网球让马莫情绪高涨。显然他发现哈里的出现并不那么糟糕,他用拳头向另一只手掌击去,说道:"你看上去像是一个英国绅士板球手,你是为剑桥打比赛吗?"

"没错。"

"你也并非不擅长网球。你甚至考验了我。这是我喜欢的,也是我需要的。虽然是你在写我,但我们可以成为竞争对手。这会提升我们之间的游戏。我们能一起提高。行吗?"

马莫去洗了把澡。丽安娜带哈里去花园,让他坐在长凳上并拍了拍他的膝盖。就在这时,一个黑眼睛、黑发扎着马尾、身着白色紧身衬衫的乡村女孩轻快地穿过这片极为宽阔的草坪,手里端着摆放着茶和饼干的托盘。这个女孩在过了大概四十分钟后终于来了,她开始倒茶——这个乡村里的一切似乎都以慢动作发生着;水流仿佛在茶壶和茶杯之间停滞了——丽安娜带着严肃又同情的目光仔细观察着哈里,并指了指周围的环境。

"你对这里的印象如何?"

哈里叹了口气。"平静,宁和,遥远。这里简直就是天堂。也许等我老了以后也要这般生活。"

"那你只有努力工作了。年轻人,现在我可以揭晓真相了。我的丈夫认可你。他在换衣服的时候悄悄告诉我,你似乎是这个岛上为数不多的既体面又聪明的英国人。他问我,他们是如何让一个人如此体面的? 不过,哈里,我的任务就是需要知道对于这个我深爱又崇拜的男人你是如何打算的?"

哈里说:"他是我们这个时代最伟大的作家之一。我是指任何一个时代。他的小说出类拔萃,但他一定了解也写下了这个世界上最凶残和最具权威的人物。我想真实记录他精彩的人生。"

"你怎么能知道全部呢?"

罗伯事先提醒过哈里,只要坚持"事实"就不会出错。没人能争论"事实"——它们是无可争辩的,就像是打在脸上的一记重拳。

"事实——"

但丽安娜打断了他。"我必须告诉你这将不是一份容易的工作,但马莫富有同情心和智慧。你要写一本温和的书。记住,除了我,他拥有的全部便是他的名声。任何一个诋毁和破坏他名誉的人将痛不欲生。顺便问一下,你吸毒吗?"哈里摇了摇头。"那你滥交吗?"

哈里再次摇了摇头。"我都快订婚了。"他说。

"和女人?"

"正是这样。她是一个服装设计师的私人助理。"

"你也没有犯罪记录?"

"没有。"

"天啊,我们要的全在你身上了!"

他有点晕了;丽安娜用一种钦佩的眼光盯着他看,直到他觉得不自在,抿了一口茶。

"先生,您觉得茶怎么样?"女孩问,仍站在原地。"您喜欢伯爵红茶?呃……如果这是您最喜欢的茶,而您在这里留驻的话,我可以给您一百袋茶包。"

"谢谢,我的确很喜欢。"

"需要消化饼干吗?"

"不用了,谢谢。"

"佳发蛋糕呢?"

"不用了,谢谢。"

"我们要不要进去好好吃点东西?"丽安娜问。

罗伯错过了午餐,出租车赶到时他醒了过来。

"我能预见,"丽安娜说,她和马莫手挽着手一起站在院子里,向哈里和罗伯挥手告别,"有你在这儿会给我们带来很多欢乐,我们会以马莫团队的形式相处得很好。欢迎你随时来我们的'希望之屋'!我已经能感觉到你将成为我们喜爱的儿子。"

"他们在一起是那么愉快,"出租车开走时,罗伯说,"让我恶心。哈里,别直接回家。我和过去结婚时那会儿不同了。我们出去喝个痛快然后去找点乐子吧。"

"拜托,不要。"

"朋友,我可是心意已决。"

那个晚上,罗伯想这可能是哈里在接下来的几个月里最后接触文明的机会了,便执意带上他和爱丽丝去一个梅菲尔区的时髦地方,银行家、黑帮和俄罗斯妓女频频光顾那里。他们开始喝了点伏特加,吃了些牡蛎和老虎虾,但罗伯的点餐量惊人,他们过了很久才刚刚开动第一道主食。几个小时后,摇摇晃晃地走在这座寂静的大城市里,感觉自己仿佛吞了谁的脑袋,哈里说道:"对于金融体系的崩溃谁有什么想法吗?"

罗伯拥抱了下哈里说道:"老兄,别在乎那些——我知道你眼下的困境。这个项目可能是个噩梦,但别忘了你是多么幸运能有这么大的题材去挖掘。现在你真正的工作才开始。"他跑到轻盈的爱丽丝面前,差点把踩着高跟鞋的她撞倒,随即不必要地抱紧她,说:"别担心,女神。你的至爱会凯旋而归。最后你只会更欣赏他。"

"你是个聪明的男人,罗伯,"她说,"不过你还没能说服我。"她早已强调过了,虽然哈里已过而立之年,但依旧有点天真。马莫能活生生地啃食他的灵魂,让他受尽屈辱,一事无成。"这肯定会对他的心理造成永久性的伤害。你不是说马莫的妻子甚至称哈里为儿子吗?什么样的女人会对一个陌生人这样说?"

罗伯咯咯直笑,说他一定确保一切在他的掌控范围。他已经把他的一生都在和问题作家打交道——他们总是最有才华的——而哈里要做的只是打电话给他。不管怎样说,马莫很孤独,却不肯承认。他最欢迎的就是哈里的陪伴;他喜欢谈论文学和想法。哈里将深受启发。他会变得更成熟老练。

在出租车里,爱丽丝搂着哈里并亲吻他头的一侧。"我非常了解你,你总是觉得愧疚,把事情过分简单化,重点一会儿放在这儿,一会儿放在那儿,全凭你的兴趣,或是罗伯的兴趣,他倒更像在欺负你。"

"有吗?"

"你没瞧见你对他嘴里吐出的每句狂言都唯命是从吗,甚至在他不说话以后你还在那儿拼命地点头?你确定你要写一些关于马莫的他不喜欢的内容?"

"希望如此。我和罗伯说过这将是**我自己**的书。他同意了。他称我为艺术家。"

"什么时候?"

"就在他倒在桌上的前一刻。"

"要是马莫和他妻子报复你怎么办？罗伯在晚餐时跟我说那只老狐狸发起疯来不可理喻。我读到过她把一台电脑向一名记者的头上砸去，就因为他问马莫是否出卖自己成为一名伪君子。"

"大英帝国不是靠这种态度赢得胜利的。爱丽丝，你为什么不能支持我呢？你希望我做什么呢？"

"真实的想法吗？我希望你在一所普通的学校里教书。"

"然后我们一起住在郊区舒适的半独立式住宅里？"

"不好吗？"

"只靠那点钱你都撑不了五分钟。"

"我们会成为和现在不同的人，少买一些鞋子。"

他说："亲爱的，你很清楚我必须要出人头地。就连我父亲都说我依然像个学生。在我的家庭里，成为一个男人永远是没错的。"

"哈里，那究竟意味着什么？"

"成为一个幽默风趣、能说会道的人。进行体育运动，成为一个成功者，冠绝群雄。这本书是我欠我父亲的。另外，罗伯会帮我。他已经给我建议要我使些诡计并保持缄默，他还有很多锦囊妙计。"

她转过脸。"你根本不在乎我说的话。"

"听着。在火车上发生了一些重要的事。罗伯把合同扔在我面前，坚持要我签。"

"那你签了？"

"那是我的决定。现在我很激动。求你了，你会陪我一起去那个乡村吗？我肯定他们不会反对的。他们会像我一样喜欢你，我保证。"

"我可不这么觉得。"

"为什么呢？"

"太吓人了。要是他问起我伊朗革命的长期影响，我可不知道说什么好。我还是待在伦敦为妙。我想学习画画。"

"哦，爱丽丝，"他说，"求你了。"

"别给我压力。给我空间，"她说，再次吻了吻他，"让我们看事情的发展吧。我有预感你很快就会回到我身边。"

　　一周后,哈里搬去了一间在楼上的小屋,就在马莫和丽安娜的房子前面。

　　那个夜晚,哈里在梅菲尔区吃的最后一顿晚餐,喝多了的罗伯引用了一句佩勒姆·G.伍德豪斯①在《大人物叔叔》②里说的一句话:"最无畏的人也会在揭开过去那层面纱前畏缩,除非他的过去超出寻常的纯净。"

　　哈里并不会因此望而却步。他已经为揭开眼前的这层面纱作好了准备,他重新阅读了马莫的作品,去健身馆和露着深棕色肌肉的教练一起锻炼,还积极就有关眼下的头脑竞赛征求他做精神科

---

　　① 佩勒姆·G.伍德豪斯爵士(Sir Pelham Grenville Wodehouse, 1881—1975),英国幽默小说家。

　　② 《大人物叔叔》(*Uncle Dynamite*),佩勒姆·G.伍德豪斯爵士的一部小说,于一九四八年十月二十二日首次在英国出版。

医生的父亲的建议。罗伯交给哈里的首要任务是要求他不动声色地接近丽安娜这个魅力四射、能帮助他成事的守门人,并对她旁敲侧击,直到她跪在他面前的丝绒枕头上,交出那把开启马莫的钥匙。

"加足马力,老兄,就像之前说的那样。你知道的——犹如你成功地搞定我那个哭哭啼啼的助理洛特,她现在一周做三次理疗,可怜的人儿,"罗伯接着说道,"这个已婚女人在你看来可能精神错乱,但她可是一直努力寻觅合适的人选来塑造她的丈夫,她找遍了伦敦每个中介和出版社。是我把她引到你那儿去的。"

"她为什么选我?"

"你觉得呢?"

"我猜是因为我的潜能和写作风格。也有可能是我的聪明才智。"

罗伯说:"她的头两个选择在和马莫见面后就出局了。他称其中一人为'外行'。"

"那另一个呢?"

"'臭屎'。你是合适的人里最廉价也是最可得的,另外,在她看来,或许是最天真的。她认为她能胁迫你写出一部圣徒传记。"

"啊。"

"兄弟,我们就先让她相信,然后再逆袭。这将会是一场长时间的关于阴谋和欺骗的游戏。记住,他的虚荣心极强。让它成为你的筹码,再用它来对付他。"

最初的几天,早餐后,当马莫低垂着眼睛穿过院子走去他的工作室,这时哈里会和丽安娜坐在餐桌边,他总是带着一张理疗师的脸,询问她对于她姐姐的仇恨,她的精神信仰,为什么男人们总是喜爱她,为什么她在下午喜欢喝茶胜过咖啡,她养的数条狗和数只猫的脾性以及她的灵媒性情,并且和她一起琢磨她是否该放弃瑜伽而开始练普拉提。不过他们最关注的还是她的屁股能否减去五磅肉。她说,在伦敦,所有女人都有厌食症,而在农村,她们都像患有肥胖症。

他了解到丽安娜的母亲过去是名英语教师,是研究阿里奥斯托①和塔索②的专家,而她的祖母曾为德·西卡③和维斯康蒂④写东西。但当她拿来一个盒子,开始给他看她小时候的照片时——"哈里,那个小孩还在我身体里,渴望被爱——"他发现自己那感同身受的表情运用得恰到好处。不知怎么的,他让丽安娜相信他不仅会为她丈夫的书作调研,其中将包括许多有关她的材料,他还可以当个杂工。"求你了,亲爱的,又高又壮的金发男孩,有着——哇噢——粗壮的大腿和结实的手臂,你能陪我去超市吗,如果你不介意的话,只要五分钟,不然我们今晚就要喝西北风了。"

他把东西拿上车,然后带进房子里。他的工作还包括搬运住所周围一箱箱的书籍,从谷仓里取柴火,放老鼠药,给图书馆生火,把门口台阶上的死老鼠挪走,还有数不清的家务活,是那两个从乡下来的女人,每周来五个上午——有时带着她们其中一个动作迟

---

① 阿里奥斯托(Ludovico Ariosto,1474—1533),意大利文艺复兴时期著名诗人。
② 塔索(Torquato Tasso,1544—1595),意大利诗人,文艺复兴晚期的代表。
③ 维托里奥·德·西卡(Vittorio De Sica,1902—1974),意大利著名导演、演员。
④ 鲁奇诺·维斯康蒂(Luchino Visconti,1906—1976),意大利电影导演。

缓的女儿——那是她们没有时间或力气去干的活。哈里明白，他不是住在酒店里，而爱丽丝也鼓励他，他需要一起干活然后让自己"融入"其中。

他以其关怀式的魅力攻势，加上她甚少有人陪伴，因此丽安娜不顾羞怯地一直粘着他。几天后，他发现对他来说最明智的便是每天在六点半的时候去吃早饭，与此同时，扫视了一下可能即将要看的材料。在那之后，他走开去作"调查"，然后看着这对夫妇穿着他们的睡袍，并听着马莫抱怨他的鸡蛋和吐司的温度以及当作家的致命负担——他感到无语，在他眼前的只有无知、无节制、虚弱、差评、死亡和默默无闻。

早餐过后，丽安娜会忙着指挥并催促下人，包括两个负责打扫花园的人，这给了哈里一个机会逃去谷仓，她已经把那儿的钥匙给了他并告诉他："那里，宝贝，现在就过去找他吧。"

在他笨拙地打开嘎嘎作响的门时，他发现这个地方已经很久没有人来过了，处于半遗弃状态。散落在四周的是没人要的书籍、丢弃的外套、破损的家具、老鼠和鸟搞得一团乱麻、一张台球桌、几个装满小说草稿的箱子，而最有价值的就是装在一个木箱里的马莫的第一任妻子佩吉所写的日记。他小心翼翼地将它们拿出来，用布擦拭它们。随后他擦干净一张桌子，找来一把完好的椅子，并修好了一盏灯，醉心阅读起来。

马莫活了很久，也写了很多：戏剧、以第三世界为背景的古典文学改编本、散文、小说，还有一些诗歌。哈里的工作量巨大，而他最重要的资源就是马莫本人。哈里准备对马莫进行严肃而又细致的采访。他将得到最真实可靠的信息；马莫的观点将是成功的关键。然而,当哈里接近他的主人公,开口询问他是否能抽出一点时间回答几个问题时,马莫如同撞见了小报记者一般,匆匆离去,丝毫不配合。第四天早晨,吃完早餐后,哈里算好马莫会穿过院子去五十米之外的书房,他抽着烟,确保自己藏身在一棵树后。看见他的猎物后,哈里立即冲了出来。"先生,先生——"他开口叫道。

马莫低下头,伸出手臂,急忙离去。

丽安娜在厨房外目睹了这一切。"你以为你在做什么?不要在马莫全神贯注的时候靠近他!"

"他什么时候才会跟我说话?"

"他非常信任你。"

"你确定吗?"

"我得设法说服他。他得变得柔和些。"

"你会这么去做吗?"

"亲爱的孩子,你得相信我。我会带你去那儿。我们会触及他的内心。"

在等着接近马莫内心的时候,至少让哈里高兴的是有关马莫成为作家后的最初几年里,最可靠的信息就是那些佩吉从他们开始交往以来所保留的日记。在他面前堆放着十一卷,字迹是如此之小,哈里不得不拿着放大镜和尺,眯着眼才能看清,但却非常漂亮:佩吉用了多种不同颜色的墨水在页面的各个角落书写。每一页之间都夹有鲜花、马莫的笔记和他写的大纲、报纸的剪报、她养的猫的宝丽来一次成像照片、清单,还有来自朋友们的明信片。这些日记很快便会被送往美国,由于哈里之前答应过不会拿走或拷贝这些日记,因此只能加紧阅读并随时作记录。

每一章节都让他思考这对年轻情侣之间的关系：一个拿奖学金、毕业于剑桥大学、居住在伦敦、乳臭未干的印度小子；这个崭露头角的作家还做过记者；作家靠着那部观察细微、描写有趣的他父亲和这个老家伙一帮恶棍牌友的小说一举成名；他和佩吉结婚并去旅行；他们在这个房子里定居，马莫开始创作他将被世人铭记的长篇家族小说，背景是殖民时期的印度，还有一些关于强权和帝国的尖锐文章，大量对于独裁者的简介和采访，以及殖民体系的崩溃引发的第三世界狂热。

上午晚些时候，丽安娜会给哈里带来一杯咖啡以及半根法式长棍和一些沙丁鱼。丽安娜这个来自罗马的女人，和马莫一起在印度生活过，她总是身披色彩鲜艳的披肩，戴着叮当作响的镯子和许多个戒指，还穿着五颜六色的和在雨天走在泥泞中穿的长筒靴。哈里发现这似乎便是生活在乡村里的人大把时间的用途。她的大衣看上去很名贵，通常是皮草，赶时髦地溅上些泥浆，形成一种杰克逊·波洛克①的风格。

"亲爱的抱怨鬼佩吉怎么样了？"丽安娜问哈里，她拍了拍堆在一起的日记本然后坐到他身边，"她又酗酒了吗？"

哈里出身书香门第，他总是努力工作，也能忍受长时间的无聊。然而，他发现这些日记的内容既震撼又千篇一律，尤其是在最后几页，佩吉花了大量篇幅描述她的各种症状：剧烈的偏头痛、胃痛、她对癌症的恐惧以及她的遗憾。她有过一次流产；她纵容马

---

① 杰克逊·波洛克（Jackson Pollock，1912—1956），美国画家，抽象表现主义绘画大师。

莫对她的虐待。她拒绝过,却没有坚持到底;在一个强者面前她是软弱无力的。她甚至有受虐倾向。她的强迫症、总想要割腕的欲望等,与她的话语相互交错:"我爱我的孤独,但害怕我将发疯。我热爱阅读,但这还不够。冬天,这里的乡村三点天就黑了,我周围的一切都会变得异常黑暗。我喝酒,摔倒,然后在地板上我自己的呕吐物中醒来。要是马莫看到我这个样子,他会大失所望。不过他去采风了,像他说的那样,在那里只会遇上马屁精和小妖精。这会儿他正在另一片大陆上和其中一个叫玛莉安的女人睡觉。他好心告诉我她是第一个真正懂得如何满足他重新拾起的嗜好的女人。显然,我从来都不擅长。他爱她柔软的身体、含着他性器的嘴和方式,因为他从不接受别人对他说'不',只要他想要,她随时奉陪。"

"你没有读过吗?"在丽安娜看着一张哈里找到的马莫照片时,他问道。

"我倒是希望那会儿我就认识他,"她说,"我本可以拯救他。不过**感谢上帝**,我为什么要读它们?"

丽安娜说起话来像马莫,但马莫却不像她。说着一口意大利口音的印度式英语,丽安娜的声音响亮又生硬,像是一阵风用力撕扯你的头发,尤其是在她生气的时候,也总有什么事能让她生气。就连看她的邮件都觉得很吵闹。

"因为好奇?"他说。

"我就活在当下该死的梦想中。"

在遇见马莫之前,她有过两次流产、一段惊心动魄的婚姻和一场离婚。她独自居住在罗马的一间靠近台伯河①的小公寓里,距离罗马人民广场十分钟,她常去迪斯科舞厅,喜爱喝酒,在她想要时和人做爱——

"和哪些人?"他边问边做着笔记。

她握着他的手臂悄悄告诉他,她迷恋任何形式的性表达。但角色扮演和跳舞能让她的情欲照亮整个城市。那时的她喜爱年轻男子。

"什么年纪?"

"二十八九,宝贝。那个年龄他们依旧爱玩,他们的身体迷人又结实。而他们的思想也几近成熟。"

夜里她坐在窗边阅读屠格涅夫的作品,想到她已经完全没有那股认真的激情了。之后,意外地,有一天,这位大师竟仁慈地闲逛走进了她经营的一家英语小书店。她立马便认出了他,欣喜若狂。她在他的书中寻求真理,而他就是她的真命天子。尽管她很害羞,头发像是一张女巫的**网**,她还是恳求得到他的签名,让他用那双握着笔杆的属于天才的双手来触碰她的书。他留下了他的电话号码。

第二次见面时,他们一起漫步在鲍格才别墅②金色的阳光下,这是他最喜爱的地方。她告诉他,她爱上了他原始的创造力。他释然了。他感到炙热。他带她去吃晚餐。她穿着她那件蓝色的蕾丝裙。她从未和深肤色的人交往过。他们用眼神做爱。男人的那一套他很擅长,他邀她上床。虽然他比她之前习惯的年纪要大些,

---

① 台伯河(Tiber),又名特韦雷河,意大利中部河流。
② 鲍格才别墅(Villa Borghese),罗马的一座大型景观园林,位于罗马东北边缘的苹丘,是罗马第二大公园。

但除了把自己交付给他,她还能做什么呢?她很高兴,他并非像其他聪明的男人那样只会滔滔不绝。凭她的经验,文化人无法充分地投入性爱中,他们勃起无力,精液稀薄甚至起沫。但是马莫缓慢地褪下了她的衣衫,他懂得如何欣赏她的酮体,并让她在他面前展示自己;他懂得对女人说什么。他亲吻并爱抚她的双足,至少要了她三次。

早晨他亲吻她沾着咖啡的双唇。他说他爱她的味道,苦涩的清咖味。从那时起,她便能够幸福地依偎他的臂弯里。

"上帝并未赐予我孩子,哈里,但在我觉得一切都太迟了的时候,他赐给了我马莫!有一段时期,我满脑子只有他。让我们把佩吉和她的日记抛到一边去,活在现有的生活里不好吗?我是托尔斯泰的妻子:管理这个地方,就像是在经营房地产!"

"马莫读过这些日记吗?"

"为什么要读?很让人震惊吗?"她说,"他浪费了人生去照顾那个只为让他难过而结束自己生命的可怜女人。他为何还要继续把时间浪费在这个被宠坏、让人郁闷的人身上呢?"

"他在采访中承认他们两人一起完成了他的手稿。她是唯一一个不畏惧给他当编辑的人。"

"看他是多么宽容,在我们知道真相的情况下还给予她赞美——那明显完全是他一个人的作品!"

哈里说:"或许她就像是拥有了乔治·马丁①的披头士乐队,

---

① 乔治·亨利·马丁爵士(Sir George Henry Martin, 1926—),英国唱片制作人、编曲、作曲家、指挥家、音频工程师。被誉为"披头士的第五位成员"。

无法将其从作品中抽离。"

"拜托,别再说这些让人心烦意乱的蠢话了。你知道我们需要的是攀上事业的新高峰。我可以告诉你,为了可以更好地改善我们的经济状况,我打算自己写一本书。如果我给你看一些片段的话,你或许可以给我些建议。"

"我很乐意。但是丽安娜,如果我要描述一个活生生的马莫,我必须得跟他交流,此时此刻。否则我立马收拾行李,这周末就回家。"

"**那就今晚吧。**"她说。

他们俩将一起享用晚餐,而哈里将加入他们。

七点半的时候楼下传来一阵铃响。哈里放下手边的工作。他知道丽安娜喜欢靠在窗边的圆形晚餐桌,桌上整齐地摆放好干净的纸巾、发亮的餐具、蜡烛以及最好的香槟和红酒。她穿着牛仔裤和一件 V 领套衫,而马莫则穿了一件新衬衫。哈里到达时,丽安娜带着不满的眼光瞅着他身上那件破烂不堪的 T 恤,他确定自己再也不会穿了,或者也许直接把它烧成灰。他们的女管家露丝,手臂上青筋凸起,她有着一张发灰、刻薄的嘴,黑色的衣服系着白色围裙,在一旁默默地为他们服务。她的姐姐则在煮饭。

哈里听罗伯说过,丽安娜只不过是个文学爱好者,她对马莫的地位和财富有着不切实际的想法,却对一个专业作家该有的生活知之甚少。他的书实际产生的微薄收入让她大为震惊。小有名气并不能转换成现金。她的会计已经告诉她,除非情况有所改善,否则,在不久的将来,这对夫妇将不得不变卖房产和土地,而搬到小一点的地方去住。"也许没有最差只有更差,哈里,甚至是一间平房!"

显然丽安娜已经让自己深信,解决问题的方法就是让马莫成为她所谓的"品牌"。马莫在席间言谈甚少,他的思绪似乎已经飘到那些更合他心意、景色更好的地方去了,哈里感到好笑,因为马莫并不清楚成为一个品牌意味着什么。

"你说的是品牌吗,亲爱的? 我是不是得成为像是亨氏番茄酱或者万宝龙钢笔那样的?"

"不是番茄酱,不是,不过更像是毕加索品牌,"她说,"或者是罗尔德·达尔①。每五分钟就有成群结队的人从那间阴暗的小屋里进进出出,愿意出高价买他的作品,"当马莫指出达尔早已不在人世时,丽安娜说,"别管这个——他活在人们的心中。我们必须更好地销售你,这样一来你和他的存在是相似的。"她朝哈里点点头。"这本传记将是一个好的开始。我们难道不都很喜欢友好的哈里吗?"

"这个男孩的正手很厉害。"

"马莫,我不得不一遍遍地提醒你,你的才华和收入根本不成正比。我和我们的会计师见了面,我可以告诉你,他们也许没有读过你的书,但是他们看了你的存款数字后只能叹气。"她拉过他的手吻了吻,放在她的颈部轻轻地摩挲。"亲爱的,一篇写泰戈尔的文章所挣到的钱并不能修好一个按摩浴缸。"

---

① 罗尔德·达尔(Roald Dahl, 1916—1990),挪威籍英裔儿童文学作家、剧作家和短篇小说家。

马莫脸部抽搐了下，探身过去。"我们有按摩浴缸？"

至少丽安娜一直在努力——她出售了他作品的电影版权；运用马莫的人脉给她自己开了一档烹饪节目；并说服他去美国作报酬丰厚的巡回演讲。她还打算，用她的话来说，"动笔"写一部小说，内容是关于一个美艳动人的意大利女人爱上一个天才。哈里已经被告知将帮助她完成这项任务。如今除了过时的马莫外还有谁愿意自己写小说，而不是设计他们自己的房子？哈里会去读她已完成的部分然后给她提建议吗？

哈里起身走到院子里去抽烟。丽安娜紧随其后，说："你为什么在我的房子里摆出那张臭脸？马莫生活在一个理想世界！如果我不去保护他，他会破产的。别忘了你到这儿来是要向全世界展示什么是艺术家。"

"这正是我在努力做的。"

"你要知道，哈里，我对你四处打听消息，然后突然冒出一个狡猾的问题，在什么时候发生了什么又为什么发生，已经很厌烦了。让我来问你一个问题。你从小长大的房子里有几间卧室？"正在他犹豫的时候，她继续说道，"原来如此。你记不得了。五间还是六间？"

"那是诺曼·肖大楼①，位于伦敦西部的奇西克区贝德福德公园。它们有一点破旧。我去剑桥读书时，父亲把房子卖了。真是够愚蠢，现在这些房子价值百万，电影明星都住在那里。"

---

① 诺曼·肖大楼（Norman Shaw Buildings），英国旧称为"新苏格兰场"（New Scotland Yard），是一座位于伦敦西敏市的建筑，由英国著名建筑师理查德·诺曼·肖在一八八七到一九〇〇年设计并指导竣工。

"但你父亲是个外科医生。"

"他曾经是一名医生,然后成为精神科医生,先是在一所避难所工作然后去了医院。"

"坏东西,别提这些了!马莫和我得拼命工作才能得到我们拥有的,而你却是含着金汤匙出生的。哈里,换到另一个年代,你将可以成为一名政客、外交官、经济学家或是银行家。问题出在哪儿了?"

"并没有出问题。我们从小就和疯子在一起并感到轻松自在,父亲会把他以前的病人请到家里来。有些人和我们住在一块儿。父亲鼓励我们跟着他们的幻想,他称之为他们的故事,正是这些故事支撑着他们。人们所谓的他们的疯狂才是他们真正的作品。"

"这和我丈夫有什么关系?"她问。

他解释道,曾经一度左翼痛骂帝国主义和美国的影响力,并时常支持第三世界的法西斯分子时,马莫采访并撰写了关于那些当权的政客、独裁者和胡子拉碴的大规模杀戮者的文章,他们有时会在清晨亲手砍去敌人的头颅——那些沾着人民鲜血写他们"小说"的人。马莫知道这是说故事的一种形式,用文字来编造历史。他的言辞冷酷,从不作出评判却有坚定的道德立场。他明白独裁者、提倡者和国王的需求,以及我们对他们的爱。"不管怎样,丽安娜,"哈里继续说道,"我们谈到了我的家庭,我过世已久的母亲曾经营过一段时期的书店。"

"哦,你这个可怜的人儿。你想念她吗?"

"每一天。"

"你会和她说话吗?"

"会。你是怎么知道的？"

她耸了耸肩。"这些山丘就是无线电。到处都是声音。而这座房子就是耳朵。你有没有听到马莫夜晚说话？"

"没有，目前还没。"

"我想你会听到的。"

"总比什么都听不到的好。"他说。

第四章

哈里在等待一个时机。他知道，一定会有的。他必须有耐心。

与此同时，在接下来的一星期里，他找到了他需要做的日常工作：在谷仓里阅读日记、书信和报纸，直到下午一点丽安娜叫他吃午餐。

于是有一天，他看见马莫穿着绿色的天鹅绒运动套装，提着重物向花园的方向走去。哈里想，要是他有半点儿以为马莫的虚荣心或是好胜心随着年龄而减少的话，那他就大错特错了。下午三点左右，哈里想起要请马莫去伸展下筋骨，跑会儿步，运动一下，并和他一起做些整理活动，于是他意识到这将是获取这个老家伙信赖的机会。马莫喜欢穿着各式各样的运动服，并热衷于跆拳道和学习一些卡波耶拉①舞步。"如果，或者更确切地说，等其他人都失

———————

① 卡波耶拉（Capoeira），也叫卡迫威啦，是一种十六世纪时由巴西的非裔移民所发展、介于艺术与武术之间的独特舞蹈。

败了，"马莫喘着气说，"你可以成为我的私人教练。"

傍晚时分，哈里会和丽安娜说会儿话并帮她准备晚餐，然后再整理笔记。之后，等他再也无法集中注意力了，他就会变得焦躁不安。有时他会去当地的餐馆把一本书放在他面前，然后独自一人吃东西。如果他幸运的话，马莫会喊他的名字然后邀请他去电视室。马莫对他的电视机很是引以为傲，他称其为"巴基斯坦人"，因为它的大小和周围的环境完全不相称，也因为他愿意相信，那些贫穷的移民，他们蜷缩在电视机前的样子如同原始人注视着金星凌日。罗伯让哈里准备好了这些酒桌上的会话，他说，正是坐在电视机前，马莫才变得自信和强大。在成年后的大部分时间里，马莫始终我行我素地充当激进分子，乐此不疲地去嘲弄和颠倒政治正确性，反抗那些他那个时代的反主流派，嬉皮士，女权主义者，反种族主义者，革命者，任何一个正派、善良或支持平等和多元化的人。这在很短的一段时间内是与众不同甚至别出心裁的做法。现如今马莫对这种姿态已经厌倦，正如厌倦周遭的一切事物。他偶尔会尝试挑衅。"看那个又丑又懒的黑杂种，"在丽安娜带他开车进镇上购买一些当地的奶酪，然后发现一个看上去有点脑膜但很热情的非洲学生走进教堂时他会这么说，"他肯定是要去抢劫，强奸，摧残白人妇女。"但哈里觉得马莫并非出于真心，而他更喜欢问哈里一些简单却着实困扰他的问题："告诉我哈里，到底什么是'欢乐时光^①'？

---

① 欢乐时光（Happy Hour），酒吧间术语，指通常为一小时或更长的优待顾客时间，如饮酒减价，或者免费供应小吃。

什么是大腿舞和《X音素》①？什么是歪飞②？"

"歪飞？哦，Wi-Fi。"

马莫十分喜爱印度甚至是巴基斯坦的板球运动。在最初来到英国时，他喜欢在乡间球场观看英国乡村板球。周一的早上，他会冒着严寒和细雨，从伦敦乘火车过来，然后坐在板凳上，手里拿着一个保温瓶和乳酪三明治观看一场默默无闻的比赛。他的图书馆有一面墙上贴满了战后运动员的照片。而在最显赫的位置，马莫将一张一九六三年西印度群岛板球队的照片摆放在镜框内。罗伯告诉哈里务必要让马莫知道他叔叔曾经是萨里大学③的队长，并作好准备任何时候在马莫面前出现都别忘了聊聊他的偶像或是带着他们的DVD，像是罗汉·坎哈伊、加里·索贝斯、韦斯·霍尔，以及后一时期的马尔科姆·马歇尔、戈登·格里尼奇、阿尔文·卡拉卡伦和维维安·理查兹④。和马莫一起一遍遍地看他们的比赛，或是听他说"哦，好球"，像是其他那些英国老家伙，并不会让哈里感到无趣。体育，真实存在又不可预知，人们在赛场上真正接受考验，它比起"温和"的艺术来说显得更为重要。在罗德板球场击球，在温布利球场罚点球，在温布尔登球场打比赛，马莫将这些称

---

① 《X音素》(*The X Factor*)，英国真人选秀节目。

② 这里马莫将Wi-Fi说成了wiffy。

③ 萨里大学(University of Surrey)，成立于一八九一年，位于英格兰东南萨里郡吉尔福德。一九六六年九月九日被皇家许可而成为综合性大学。

④ 罗汉·坎哈伊(Rohan Kanhai, 1935—)、加里·索贝斯(Gary Sobers, 1936—)、韦斯·霍尔(Wes Hall, 1937—)、马尔科姆·马歇尔(Malcome Marshall, 1958—1999)、戈登·格里尼奇(Gordon Greenidge, 1951—)、阿尔文·卡拉卡伦(Alvin Kallicharran, 1948—)、维维安·理查兹(Vivian Richards, 1952—)，都曾是西印度群岛的著名板球运动员。

之为"终极目标"。"如果一个人能在罗德打一板球,他将死得其所,你不这么认为吗? 相比之下,我不过是个可怜的卖艺人罢了。"

马莫在看足球时话很多也很警觉,他喜欢哈里坐在他身边,喝着威士忌,和他一起讨论球员和主教练。哈里将这称为"和尼采一起看世界杯",他意识到他对马莫更多的了解是通过听他讨论曼城队的未来而非探讨他的作品或是他对于殖民主义观点的阐述。哈里最初的问题既婉转又笼统,而马莫却丝毫没有掩饰他的不耐烦。"您是什么时候知道自己是个作家的?""就算现在我也不知道。""您爱您的父亲吗?""非常爱。我曾是个儿子而不是男人。""那您是什么开始成为一个男人的呢?"要是问题听上去无礼或是让他生气,马莫便沉默不语,凝视远方,等着哈里自己意识到问题的愚蠢。

当哈里和这位大师坐在一起时,他开始反复思考从小到大他所钟爱的作家。福斯特,以其荒谬的思想撕碎殖民主义;严肃的奥威尔;格雷厄姆·格林,四处徘徊,自讨苦吃,自寻死路;伊夫林·沃①,他几乎能看清一切,却憎恨一切。哈里认为,马莫是最后的那一类,并且毫不逊色。而哈里住在他的房子里;他和他一起散步,严肃地讨论;他将写下他的人生。他们的名字将永远联系在一起;他将从这个老家伙的影响力里分得一小杯羹。但是,传记已经深受花边报纸的影响;充斥着脏东西,让人失去幻想。要做的是撕开人的皮肉,只剩下皑皑白骨。你觉得你喜欢这个作

---

① 伊夫林·沃(Evelyn Waugh,1903—1966)。英国作家,被誉为"英语文学史上最具摧毁力和最具成果的讽刺小说家之一"。

家？看看他是如何对待他的妻子、孩子和情人的。他甚至喜欢男人！恨他吧，厌恶他的作品——无论你用哪种方式去看待，好戏即将登场。问题变成了：有哪些是我们可以原谅的？他们距离我们对其丧失信心还有多远？

哈里热爱大部分的艺术，时间之长久让他明白大众所犯下的会被谴责的错误往往在艺术家身上可以被原谅。艺术家是代表，他们勇敢，他们畅所欲言，他们被人感谢也付出代价。人们允许甚至鼓励艺术家，代表那些在工作时不得不把**性愉悦**放在一边的人去过上一种淫靡的生活。而当哈里开始在谷仓里翻阅材料时，他开始意识到他正在思考罗伯之前和他具体说过的事情。他将怎么去写马莫？如今想到拉金 ①，谁不关心他对女生屁股的喜好以及他对黑人偏执的憎恨——"我能听到地铁里肥头大耳的加勒比病毒们跟在我的身后……"或是埃里克·吉尔②，他和家族里的几乎每个成员发生过性关系，甚至包括他的狗？普鲁斯特被老鼠所折磨，他把家里的家具捐给了妓院；狄更斯囚禁了他的妻子，并阻止她见孩子；丽莲·海尔曼 ③ 满嘴谎言。而萨特和他母亲同住，西蒙娜·德·波伏娃给他拉皮条；他在抨击加缪前十分嫉妒他的才华。约翰·契弗 ④ 在回到妻子身边前终日在厕所里消磨时间，喜欢吹胡子瞪眼。佩勒姆·G.伍德豪斯为纳粹广播；梅勒刺伤了

---

① 菲利普·拉金（Philip Larkin，1922—1985），英国诗人。

② 埃里克·吉尔（Eric Gill，1882—1940），英国版画家、字体设计师。

③ 丽莲·海尔曼（Lillian Hellman，1905—1984），美国著名左翼作家、剧作家、编剧。

④ 约翰·契弗（John Cheever，1912—1982），美国现代重要的小说家。

他的第二任妻子。特德·休斯①的两个情人自杀了。而至于斯泰隆②、塞林格、萨洛扬③……文学就是一个杀戮的战场；没有一个正派的人会拿起笔杆。杰克·尼科尔森在《闪灵》中所饰演的角色是作家的真实写照。如果哈里仅仅表现出一个体面之人而非唯利是图者的样子，没人会信他。没人想要这些：看不出一个真正的艺术家心中的恨与愤怒以及他们的激情。

哈里想让马莫知道他会因为喜爱他的作品进而"尊重并仰慕"他。马莫可能有时显得刻薄，醉酒和下流，正如天下所有的男人和女人，但重要的是好色并未让马莫或是他的读者忽视那越来越重要的道理，即伟大的艺术，优美的文字和动人的句子是重要的，而在这个日益堕落又愈加挑剔，这个信仰使得人们越发无知的世界里，变得尤为重要。文字是通向现实的桥梁；没有它们，世界将只剩下喧嚣。差的文字能毒害你并摧毁你的生活，马莫曾经这样说；而对的文字能让你重新聚焦现实。作品的疯狂是对真实疯狂的解药。人们赞美英国只是因为它的文学；这座下沉的小岛是天才们的聚集地，最优美的文字都在这里产生，修改，保存。

要是哈里为他正试图窥探这个邀他同住的重要人物的隐私而感到心中有愧，那并不是因为马莫这个拥有崇高品格、一丝不苟的精神和尊严，这个在默多克④帝国永远地改变了我们对于"私生活"的概念之前便形成并活跃着的男人，能够超越这样的琐碎。

---

① 特德·休斯（Ted Hughes，1930—1998），英国诗人。
② 威廉·斯泰隆（William Styron，1925—   ），美国当代著名小说家。
③ 威廉·萨洛扬（William Saroyan，1908—1981），美国小说家、剧作家。
④ 鲁伯特·默多克（Rupert Murdoch，1931—   ），美国著名新闻和媒体经营者。

然而尘世的琐事能造就一个男人，而哈里能找到的话，便会把一些负面书评带来读给马莫听，它们出自于和马莫同时代的人、他的朋友或是熟人笔下，他知道马莫一定会按捺不住暗自发笑并连声叫好。后来，哈里在和他一起牵着狗在小道上跑步的时候了解到，马莫喜欢八卦，特别是那些诋毁人的。哈里痛骂自己居然没有在进行阅读时发现羞辱是掌握马莫个性的试金石；这是伴随着他长大，也是他继续发掘乐趣的去处。他的父亲过去不断地羞辱他，让他变得优秀，也让他一生带着半压抑的愤怒，而马莫从未放弃这种恶劣的趣味。对于妻子的吻和爱抚，甚至在她想要去握他的手时，马莫似乎并不予以回应。但他却对他人之间禁止的接触十分迷恋。在开车来到乡村前，哈里不得不逐个地给中介、出版社和作家打电话，尽可能地搜集更多的故事，关于不忠、剽窃、文学争斗和欺骗、易装、暗箭伤人、同性恋，特别是女同性恋的话题。原本"正常"的女性被"信仰萨福①的同性恋者"拉去了"另一边"的故事内容是马莫现在痴迷的，他似乎觉得有"催眠"的力量。"有没有能让我高兴的女同性恋故事？"他会在哈里从伦敦回来时这么问，"她们的体毛这周有没有在抽搐？她们有没有给振动器换上新的电池？让我们深入这个话题，好好地讨论下。"

---

① 萨福（Sappho，约前 630 或前 612—约前 592 或 560），古希腊著名的女抒情诗人，一生写过不少情诗、婚歌、颂神诗、铭辞等。一般认为她出生于莱斯博斯岛（Lesbos）的一个贵族家庭。萨福的名字成为现代女同性之爱的象征。现代英语 Lesbian（女同性恋）一词就是来源于 Lesbos。她的许多诗篇都是对女弟子学成离别或嫁为人妇时表达相思之情的赠诗。

哈里开始感觉自己像个布鲁姆斯伯里团体 ① 里的谢赫拉莎德 ②。但他认识到马莫对于女同性恋的定义几乎是不带歧视的：他把所有的女性作家称之为女同性恋，包括简·奥斯丁、夏洛蒂·勃朗特和西尔维娅·普拉斯。他把奥斯丁的书夹在腋下，边上楼边说："我要和女同性恋睡觉了。"

"至少**您**会过得愉快。"哈里咕哝道。

"很抱歉我那么平凡，"马莫说，"我跟罗伯说我不过是一具皮囊。小说家都千篇一律：魔术师、骗子、老千，诸如此类。但绝大多数是'爱情骗子'。"

"您难道对诱惑不为所动吗？"

"这不就是艺术的全部吗？"马莫回答，"翻过来，让我们看看你有什么，这就是你们这些读者想要的。"

即使哈里有一些小道消息，马莫也极少在夜里撑到九点，而就在那之后不久，爱丽丝预言的报复——你可以称它为真相的代价——正式出现。

哈里独自一人在房里时有一些奇特的经历。

用人们没有安排时间来打扫他的房间。或许马莫是没有让他们这么做；他不喜欢客人，也很少有人来。哈里的屋子里到处是死苍蝇和灰尘；电视机是坏的，哈里唯一能做的就是用它来玩《FIFA》和《侠盗猎车手》③，然后在电脑上看些电影直到睡着。只

---

① 布鲁姆斯伯里团体(The Bloomsbury Group)，一个英国二十世纪初号称"无限灵感、无限激情、无限才华"知识分子的小团体。
② 谢赫拉莎德(Scheherazade)，《一千零一夜》中的苏丹新娘。
③ 《侠盗猎车手》(*Grand Theft Auto*)，简称GTA，以犯罪为主题的游戏系列。

要有时间他就会开车回伦敦看望爱丽丝和他们的朋友。或许和他的主人公以及乡村的近距离接触让他沮丧不已。

哈里和他的两个运动型又聪明的双胞胎兄弟一块儿在伦敦西区长大。他俩如今一个是哲学讲师,另一个则是餐馆老板。他的父母不像他的许多朋友那样在乡下买房,他们更喜欢在美术馆、展览馆和剧院里度过周末,或是在百灵顿伯爵大屋野餐,又或是在花园里开派对,邀请那些被男孩们轻蔑地称为"知识分子"的人,在那里谈论女权主义、政治和拉康①。这些人认为出来狂欢就是可以花一张票的钱在当代艺术中心看两场让-吕克·戈达尔②的电影。哈里的父亲总是一刻不停地在思考,不幸的是,还乐此不疲地谈论关于精神病学和"正常的观念"的哲学难题过度运用了灵魂去解释,他认为在乡下找不到人说话,并且住在那里的人和他们饲养的动物一样迟钝。

但让哈里感到不满的并不是这种与生俱来的对乡下的反感。十天后,一个清晨的三点左右,哈里被一阵可怕的男性哀号和叫喊声惊醒,仿佛正在上演一场屠杀。早餐的时候,丽安娜问:"你是不是很疲惫?"

"不过,是的。"

她拿给哈里一些鸡蛋,然后开始用她的手指抠他的肩膀,好像她错放了一些零钱在他的肌肉里。"你那时候醒着吗?那残忍的叫声又出现了。过去三天里都有只不过你没听到。你的那些问题

---

① 雅克·拉康(Jacques Lacan,1901—1981),法国心理学家。
② 让-吕克·戈达尔(Jean-Luc Godard,1930—),法国和瑞士双重国籍导演,法国新浪潮电影的奠基者之一。

让他根本夜不能眠。"

"我根本还没开始提问。要是我问他茶里要不要加牛奶,他立马就跑到山上去了。"

"马莫是一个不谙世事的人,还有童年的阴影。他不肯告诉我他的梦境,但当他刚一睡下就醒过来时,会像婴儿般哭泣。有时,他又像狗一样狂吠。即使是动物也会失眠,然后自杀。请向我保证,你不会在书里提到这些,让我们在伦敦、孟买和罗马难堪。"

哈里说他无法记下每一个眨眼、每一次打嗝和每个姿势。他握着她的手,面朝着她。"但是丽安娜,你肯定知道率直的言语才是传记的本质吧? 有谁会对圣人的介绍感兴趣呢? "

"哈里,我相信你不只是一个在商言商的商人而已。人们想要的是提升,了解通往伟大的道路从而可以效仿。感谢上帝我在这里可以指导你。等这本书写完,你把它拿给我看,我会用我犀利的笔删去任何不当的言论。"

他笑了起来。"你不会那样做的,丽安娜。"

"罗伯已经同意了。否则马莫会把他的蛋给割下来的。你以为你自己是谁——琼·克劳馥 ① 的女儿吗? "

"我不知道罗伯和你达成了某种协议。"

"这和你有什么关系呢? "

"你说什么? "

"你雇了个装潢设计师把墙面刷成绿色,你并不是请他来告诉你他不喜欢绿色的。你请他来是让他把墙面漆成绿色然后闭嘴。"

---

① 琼·克劳馥(Joan Crawford, 1904—1977),好莱坞黄金时代女影星。

"我来这里只是当装潢设计师？"

"你负责纸上作业。剩下的交给我们。要喝点咖啡吗？"

"他已经让步了。丽安娜还会逼他作什么退步呢？他不得不反抗她吗？而如果他明知他会那样去做，那为什么不在现在就说，跟她把话挑明呢？"

那仅仅还只是冰山一角。哈里打电话给罗伯告诉他所发生的事，以及他感到多么的压抑，他还跟罗伯抱怨了让他无法安睡的、来自野生动物的叫声。

罗伯喊道："拿起枪向窗口开几发。等这些山羊知道你不是开玩笑的，它们就会回到它们的棚里去了。"

"它们不是山羊。"

"马？"

"我想，是鸟。房间里冷得要命，灯也不亮，窗户关不上，每天清晨四点左右这些动物，不管是蝙蝠、鹅、鸭子、鱼还是猪，反正大多是诺亚方舟里的，开始可恶地跳起了动物迪斯科。我现在简直像是被困在了猪圈里！"

"你他妈的就是个胆小鬼，和你的中介去抱怨去，别跟我说。谢天谢地，我没有把芙瑞雅·斯塔克①的工作介绍给你，重走她的非洲之路或是这个老女人走过的其他什么地方。"

哈里说："你给了丽安娜对于我的书的创作控制权，是真的吗？"

---

① 芙瑞雅·斯塔克（Freya Stark，1893—1993），英国旅行家，生于巴黎，二十世纪最优秀的旅行作家之一。

罗伯挂断了电话。

回房间之前,哈里走到院子里吸了些大麻来帮助睡眠。然后他躺在床上想着佩吉,身边放着笔记本和笔。这是他灵感的来源。但是那些被他称为"悲惨遭遇"的日记里的句子开始萦绕在他脑海中。在他住在那里十天后的一个晚上,这些低声细语似乎有了自己的力量,或像是来自别处,成了他无法关闭的嘈杂。

哈里起身,跌跌撞撞地穿过房间,打开昏暗的灯光。她突然出现在那里:佩吉坐在床边,瘦骨嶙峋。疲惫,但却精神饱满,也显得容光焕发。

"哈里,你会怎么描述我呢?"她问,"你会以我苦难的结局来定义我吗?我的故事应该不仅仅如此吧?你凭什么去判断呢?"

佩吉以前是个安静的、能说会道的学术派女生,她的父母在私立学校教法语,条件富裕但酗酒。大学毕业后,她为一家小型文学杂志工作,在布鲁姆斯伯里的一家马莫经常光顾的酒吧里,编辑将她介绍给马莫认识。在哈里的印象中,马莫的教师父亲辛苦地培养他获得各种奖学金,而他对于被送往英国的公立学校然后是剑桥读书这件事很受伤。身处在一群英国的纨绔子弟中让他无时无刻不感到尴尬和格格不入,他的父亲却热切地希望他能成为他们的一员,尽管他同时声称自己仇恨英国。和佩吉的第一次约会,他让自己出了丑。他上了一辆黑色的出租车的前排,挪动着身体想要坐在司机边上,最后被愤怒的司机撵走。

在寒冷、被煤烟覆盖的伦敦,这座城市里每一处的人们都认为印度人是落后,逊人一筹的,而性感的白人小孩则穿得像是西德·巴勒特①。佩吉帮助马莫融入贝尔格莱维亚区②的上流社会，对于那里的人而言，他是一个不懂得用餐礼节的不合格成员。她还说服了他去见她文学界的朋友。其中有一半的人对他留下了深刻印象：他与他们惺惺相惜，人们认为他谈吐优雅，少言寡语却不失机智幽默。而另一半人，则因为他的态度傲慢而被冒犯。但他父亲希望他回去，不停写信乞求他回家。他原本是会离开的；他看不到前进的路。是佩吉说服他留在伦敦并且成为一名作家，这是像他这样的男人所能作的最艰难的决定之一。也是她，当他在伦敦找不到足够的活干的时候，恳求她的父母借钱给他们在萨默塞特郡③买了一处小屋。

和所有情侣最开始的状态一样，他们整天在一起，发现他们的新邻居，开车环游这个国家里其余的地方，逛二手书店。随后马莫带她去了印度几个月。在此期间，她理智地从未让他为所欲为；她甚至指责他有着懒散和"寻欢作乐"的思想，这驱使他进行争论和反驳。他开始真正地思考。

六十年代末，她开始在房子里建图书馆——他现在还在扩建，而正是在这里，他开始玩命地阅读，去"追赶"。她是个欧洲人、国际主义者，热爱迈尔斯·戴维斯④和尤涅斯库⑤；他们学习品尝红

---

① 西德·巴勒特（Syd Barrett，1946—2006），英国歌手、作曲家、吉他演奏家、艺术家，平克·弗洛伊德乐队创建者。

② 贝尔格莱维亚区（Belgravia），伦敦的上流住宅区。

③ 萨默塞特郡（Somerset），英国英格兰西南部的郡，北临布里斯托尔湾。

④ 迈尔斯·戴维斯（Miles Davis，1926—1991），素有"黑暗王子"之称，是爵士乐发展过程中一位重要人物。

⑤ 欧仁·尤涅斯库（Eugene Ionesco，1909—1994），罗马尼亚及法国剧作家，荒诞派戏剧最著名的代表之一。

酒,一边吸着高卢烟,一边听着布列兹①的音乐。和许多英国知识分子一样,她被英国的孤立主义搞得筋疲力尽,灰心丧气。她崇拜 D.H. 劳伦斯,但却认为那个时代建立的文学观是枯燥无味和教条的:空洞地谈论"文学评论"、"经典作品",然后是利维斯②,之后又是马克思主义。哈里得知佩吉对马莫的塑造不亚于他的父母,他对极权主义的政治和宗教体系的藐视,来源于她六十年代的自由主义,并且从未改变过。终于,他把她的思想榨干,他想要离开;而在多年来他们的关系始终处于"飘忽不定"的状态,她只想安定下来。

因此,回应鬼魂的话,哈里说道:"我会公正且富有同情心。不责备也不需要借口。只是事实和温暖的基调。你在日记里替自己说话。你说得很清楚。佩吉,现在,请你离开。你不需要担心,我不是报社的。"

"但是哈里,我一直在等着见你," 她说,"你不认识我了吗?"

"你不是佩吉吗?"

"仔细地看着我,如果你敢的话。"

"哦,哈里,见到你真高兴。我想听你说说自从我离开后你的全部生活。是不是很糟糕? 你还好吗? 我们现在能说话了吗?" 就在他认出了这是他母亲并听到她说这些话的那一刻,他从床上跳了起来,悄无声息地逃向走廊,经过丽安娜和马莫就寝的房间,然后逃到房子外面,感受吹着冷风的夜晚。

---

① 皮埃尔·布列兹(Pierre Boulez,1925—),法国作曲家、指挥家。
② F.R. 利维斯(Frank Raymond Leavis,1895—1978),英国文学批评家。

他无助地在院子里坐在家庭 4×4 驱动车内,从贮物箱里拿出他大哥的围巾,紧紧缠绕在脖子上。在他父亲的不断催促下,他的兄弟们终于让他卖了摩托车,他同意这么做只是因为他们答应拿摩托车来换这辆汽车的贷款。

跑出来是有用的。开车前往乡村酒吧需要二十分钟,他从未去过那里。他不知道他将受到怎样的对待。但他需要见人,那些还没有变成鬼的人。

第五章

曾经,每天早晨,哈里的母亲都会早起,给他做早餐,然后送他去学校。无论何时只要他们在厨房,她都会大肆谈论电影、政治、男人、幽灵、邻居、女权主义、梦想——一连串超现实的、让人难以跟上她思路的不间断的谈话,无疑,哈里是这些对话的串联者。

她常常亲吻他,或是突然啜泣。她会发出令人惊恐的疯狂笑声,或是突然说:"你不知道我多么恨所谓中产阶级的这种狗屁东西!"有时为了阐明观点,她会绘声绘色地模拟场景。或者她会唱歌:流行音乐、民歌、歌剧,而且,很多时候,抽着烟卷。她频繁引用洛特雷阿蒙①的话,直到现在他都记得很清楚:"沉默、无耻的蜘蛛,在我们大脑底部吐丝织网。"

大多数晚上,她都去见朋友,或是去参加派对,或是去剧院,或

---

① 洛特雷阿蒙(Comte de Lautréamont,1846—1870),法国诗人。

者去跳舞。她显然忍受不了寂寞,也讨厌占有和控制这样的专制。哈里的父亲曾带有讽刺地说过,她认为性机会带来了政治自由。她还指责她的丈夫不相信六十年代认为疯狂带来智慧这样的思想。对她而言,生活的目的不在于尽可能地清醒,她认为她的丈夫是"灵魂的警察",因为他觉得让人们理智是他的职责,而其他人可能想要让人们脱离酒精的暴虐。不过,她觉得,这只能让他们变得更呆滞。她的思想里住着多少种人?我们又会变成多少种人?

哈里不知道对于这一切他自己是如何想的。但他的确记得,在她生命最后的时光,大多数夜里她都会悄悄走进他的房间,然后他会像个年轻人的情人那样睡在她怀里,直到天亮。那是爱,还是疯狂?后来,他母亲的一位朋友对他说:哈里,你非常像她;都具有高智商,你什么都懂。你们两个都很聪明却都脆弱,即使最小的打击、担忧和对失败的恐惧都能将你们打败。

她在他十二岁那年去世了。似乎在她走后的十年里,他始终孤身一人。他不得不天不亮就起床,给自己准备吃的,然后骑车去学校,他的母亲再也不会拿给他一个梨,帮他剥掉三明治上的面包皮,或是拿着书本和足球鞋在后面追赶他了。他的两个孪生兄弟比他年长四岁,在雷特梅中学上学,而他则在圣保罗学校。当其他的男孩儿们更多的享受母爱时,他却被迫过早开始独立。而双胞胎兄弟总是拥有彼此:他们斗嘴,争论,围着房子打得不可开交,但无论他们是亲密无间还是相互厌恶,他们每时每刻都粘在一起,好像是一个他无法打破的封闭圈子。

哈里自己照顾自己,他在房间里读书,玩他兄弟的唱片和磁带,并不断地在脑海中和母亲说话。家里已经把她剩余的衣物处理掉了,但当哈里将她的衣柜拿来用时,发现柜子后面还有许多双她的鞋子。他想到把一只耳朵贴在地毯上对着它们说话。哈里会在脑海中想象她挑选并穿上它们的画面;他会想知道她穿着每双鞋子去过哪里,和谁在一起,他们又说了些什么。

他现在发现自己被孤立这样的想法并不完全正确,只是自己虚构出来的。他没有母亲,而他父亲则要么工作,要么照料家里或是约会。但他的兄弟却一点都不笨拙或是害羞。他们在学校里是橄榄球和足球明星,他们做模特赚钱,后来又组建了一支叫“哈哈鱼”的乐队,为卡尔纳比街的时尚商店开业表演,并在卡姆登酒吧闷热的后屋里给学校朋友演出。他们说要是他会弹贝斯的话,他可以和他们一起表演,结果他确实去了。

一个十几岁,满头黑发,穿着短裙、T恤和黑色连裤袜的女孩打开卧室门看见一个比她年龄还小的男孩儿正在床上眨着眼盯着一本书看,焦虑地抓耳挠腮,扭来扭去,一盘食物完全没动。哈里兄弟的伙伴们,以及他们俩数不清的女朋友们时不时地会来家里。从一开始,这个男孩儿就是年轻女性同情和关注的对象。没有什么比一个缺失母爱的金发男孩更能博取女孩们的香吻、糖果和其他的需求。谁会想要放弃这些呢?双胞胎开始谈论漂亮的小帕夏的“后宫”,那些女孩们热心地辅导他的功课,替他做饭,挑选衣服,帮他剪头发,在周末和假期陪他去电影院、逛商店和其他好地方。

一个开始远离父母、想要长大的女孩能够被说服为爱疯狂。在哈里到了十三岁的时候,他开始出汗,淋浴,散发着香气的少女们相继与他亲吻,爱抚,并和他在外过夜。这个缺乏母爱的男孩讨厌独自一人睡觉；有时他自己闯进他兄弟的房间睡在地板上。很快，他了解到很多女孩对他要求被照顾的恳求毫无招架之力。他需要用一群女人来取代一个女人。从十四岁开始，他引诱更多她们那样的女人而非他那业余的兄弟的那些女人。这能让他父亲高兴起来，在他回家时发现房子里是少女围成的"花环"。他称其为"新乌龙女校"①，或是"青春期女孩的王国"。他确保自己提醒哈里随着年龄增长，他的魅力与从容，他的才华会令人羡慕——他的意思是，令人嫉恨。还有，他应该隐藏而不要抑制他的天赋。哈里那会儿并不理解父亲的意思。

他的父亲有一个超级棒的图书馆：哲学、心理学、小说、艺术书籍应有尽有。这对于哈里而言，是唯一的乐土；他在那里成长。他并不是不想念他的母亲；他还在生她的气，不过至少可以说，这便是她鲜活地停留在他脑海并活跃着的方式。他不想要的是当他孤身一人在这个乡村时，她坐在他的床头。

此刻他以最快的速度穿过漆黑、蜿蜒的小巷，然后从车里飞奔出去。很快，他便坐在了一间热闹酒吧温暖的吧台上，其他人都把注意力转向了他，每个人似乎都充满好奇地想要了解这个陌生人。人们聚集在他周围。很明显，当地人——农民和住在大房子里的年老的摇滚明星，以及住在小房子里的他们的粉丝——都渴望听到有关"作家"的事。

马莫没有朋友是真的吗？他是否对他的妻子很残忍，甚至暴

---

① 《新乌龙女校》(*St Trinian's*)，上映于二〇〇七年的一部关于女校的英国电影。

力？他是一个恶魔崇拜者吗？更重要的是，他是真的破产了吗？还有，难道不是他最大限度地利用了这个乡村，这个欢迎他并让他施展才华的地方？他是否抱怨过多？他是否永远不能满足？

没有什么东西是一成不变的，只要它存在于别人的思想里，当然，也包括一个人的性格和名声。哈里想，一个人的个性开始张扬，膨胀，成为别人希望他成为的人物，这并不需要很久。和哈里的母亲一样，马莫总是力图超越自我和现实，如今哈里自己正想要去改变，却又不断地重蹈覆辙。那将是一个怎么样的人，穿梭于个人的幻想和公众的创造之间呢？

在哈里年轻时一遍遍地读《花花公子》《滚石》和《时尚先生》里对马莫的采访、介绍和文章时，马莫不就一直处于那个状态吗？那个自愿只身闯入当代世界黑暗中的马莫，带着证据、见证人和思想回归，向我们展现了一个无所畏惧的男人，他是一个征服者，决意要揭露和阐释最残酷的事实。难道不是他第一个跑到英国北部的黑暗之城去追踪穆斯林团体的变化情况？他的文章《意识形态的利斧》意义重大。他的分析随之更为深入，从一种解放神学的形式，到一种要求牺牲的死亡膜拜，不是吗？

哈里现在的立场是什么？像马莫一样，哈里不能只是举起镜子；他必须解释他为什么在那里，以及这个男人意味着什么。他必须要用他的文字让这个作家在文学史上保持活跃，不管他自己有多么想亲手杀了他。

哈里很高兴离开了房子，喝了点酒下肚，他感觉更加有活力了。和当地人说的越少，他就更能享受他的夜晚。他的确犯了个错，向人们暗示和作家接触的好的方式就是阅读他们的作品，这有点激怒了他周围的人,也有显得高人一等的风险。在这次失礼后,他觉得他最好还是找一个酒吧里的隐蔽角落,去寻找当地的乐趣:厌倦了把羊皮浸在防腐剂里,或是给那些顽强反抗的动物挤奶来拖延度日的年轻热情的农民妻子;或是经常因法国罢工而耽搁事的长途卡车司机的伴侣。

于是他抬起头;酒吧里一片昏暗,但他看到了他想要的。他的直觉向来很准。游戏开始。他喝光了酒。在开始第二杯之前,他去了趟洗手间,往避孕套贩卖机里塞了点钱,对着普通橡胶按下了按钮。那个整晚冲着他笑并在他面前轻拂长发的女孩似乎小于他想要的年龄。他不需要一桩丑闻。但她已经支走了身边的朋友。她很聪明地站起身。她会给他带路。

他急切地跟随在这个迷人的女人身后,甚至走到昏暗的走廊,通往酒吧的后屋。那是一个没有装修过的、没有暖气的如同墓穴的屋子,散发着尿味和更糟糕的味道,仿佛厕所就在桌子底下。酒鬼都聚集在此。一个毛发浓密的男人,长着一张斗牛犬似的脸,穿着拳击短裤,身上有文身,在闪动的日光灯下打桌球。几个美杜莎似的女人牵着上了链条的狗,她们眯着眼,边等待边咒骂。哈里有些害怕。他走向女孩。

他们紧挨着坐在一起。很快,话就说完了,她舔了舔手指,吹灭了桌上的蜡烛,把热蜡涂在他的手和手臂上。她相貌普通但很可爱,年纪并不是太小,这个黑发、丰满的女孩,十分引人注目,她二十五岁左右,或者更大些,有一双乌黑的眼睛,腿很粗,包裹在紧身袜里,差点儿撑坏迷你裙。她介绍自己叫茉莉亚。他跟着她一起出去,并指了指他的车。

他们开了半个小时车,直到她让他停在一条宽阔的、满是破旧廉租房的马路上。若不是有狗叫,蒙蒙细雨中这里本十分安静。

"跟着我。"她说。

但哈里想知道,他是否已经过了进行这种令人沮丧的冒险的年纪,似乎不可避免地需要伴有人体的接触。他是否想在午夜时分,半醉着爬进这个位于乡下的、墙壁潮湿的廉租房里?尤其是当女孩儿拽着他走在楼下昏暗的走廊里时,他从一扇敞开的门里瞥见了贺加斯^①风格的放荡景象。

一个中年妇女衣衫敞露,双手在空中挥舞,在和三个几星期来都把衣服当被子盖的男人跳舞。他们在空中击打着对方的手臂,带着酒醉的暴力大声嘶喊。

茱莉亚不让他在此逗留。她赶紧把他拉走。很快他又上了两层楼来到一间阁楼,他可能很失望,但肯定地把自己勉强塞进一张单人床,紧挨着一个单薄的枕头,现在看到的,是一个二十出头、面孔圆胖的贫民阶层的女孩儿。待她吸完这支烟,在点燃另一支前,如果他快的话,他还能再次占有她,这一次,从一堆茶杯和衣服中间清出一块地方,让她跪在地板上,而内衣则悬挂在镜子前。

并不是说任何重要的东西都能轻而易举地获得,甚至都不遭罪;而他高兴地看到她超乎他的想象。正如常常发生的那样,他担心他可能会害怕,并迷失在自己的思想里,以及他可能会再次停留在认为他和他的兄弟本来也可能让母亲变疯这样的想法上。他父亲在不久前曾说过:"毋庸置疑:孩子造成他们父母的死亡。

---

① 贺加斯(William Hogarth,1697—1764),英国画家、版画家。

你们三个是她不能承受之重。"想到这,哈里需要一夜的安慰和陪伴。女孩是一根脐带,现实中的救命稻草。他母亲不会想要他孤独。

他感到放松,除了砰砰的音乐声和偶尔从房子其他地方突然传来的令人震惊的叫喊声。当她抚摩他的时候,他亲吻着她的头发,他现在可以思考一下这本书了。至少已经有了进展;哈里相信他一直问对了问题。他已经在向前迈进了。

那个下午,他从谷仓里出来,在回去的路上经过图书馆,他透过窗户发现了他的对手。老男人站在梯子的半中央找寻一本书,看上去特别无助。哈里怀着突然暴涨的自信心和他此刻的孤注一掷,匆忙走进房子里。"您在这里啊,先生。"他说,然后是一个接一个问马莫的问题,直到让他甚至对自己也感到好奇了。

作家最终小心翼翼地从梯子上下来,坐在一张舒适的椅子上,用一种几近悲凉的语气说道:"亲爱的老弟,我必须告诉你更多。你看上去很沮丧,现在甚至很生气。"

马莫谈论起他的父亲,充满敬意和情感;却只有在善意地逼迫下才会提及他的母亲。至于他的兄弟姐妹,马莫又一次地说起他有多么喜爱他们,他还供养了其中一个在美国读书直到大学毕业。那个和他三十年未曾说话的姐姐,他只字未提。"不是什么有趣的讨论。"关于佩吉,他没有补充什么,他称自己将不再提及这些细节,但"所有内容都在日记里"。

"您现在是如何看待的呢?"哈里问,"关于她。您的爱人。"

"你知道,哈里,我曾经有很长一段时间爱着她,"马莫说,"可是,尽管她也曾聪明,迷人,但这个可怜的女人开始变得越来越痛苦。她喝酒让自己变得非常病态。她有时甚至都不洗漱。她为失望而生,只想要那些我无法给予的。喝酒让她充满攻击性——大多是针对她自己的。"

哈里说:"是不是换一个冷酷无情的人就能赶她走?"

"冷酷无情之人又怎么能把她从她自己的房子里赶走呢?我本可以搬去其他地方。但这里有太多是我喜欢的,比如可以安静地写作。长篇小说已经过时,人们说这是一种灭绝了的形式。或许它跟油画很像,因为它的创作是高强度的,并且需要坚定的自律、耐心和忍耐。这是我所有能做的了。至于佩吉,该死的,你不能就这样让人自生自灭。这就是该死的同情心作祟。不过我确实想过,下一次我一定要娶一个真正的女人。"

"与之相对的是?"

"一份病例。"

"先生,您富有同情心。这是人尽皆知的,"哈里说,"但您有和其他女人在一起吗?"

"比你想象的要少得多。"

"您不是说过人们只有有了通奸行为才算真正意义上的结婚吗?"

"我希望如此,"马莫接着说道,"她和我总是一起完成手稿。那是我们之间的亲密活动,也是我们交谈的目的。"

"这是您对另一个人的爱?"

"许多艺术家都曾有过自己的缪斯。这种想法让那些愚蠢的人对艺术的起源感到困惑。他们想要相信艺术的起源是单一的,纯洁的。有人说自从佩吉过世，我的作品就不怎么样了。"

"您同意这种说法吗？"

马莫耸了耸肩并准备向门口走去。"只要有时间，我就在工作。我到底还有其他什么事可以干呢，和你说话吗？你得记住，艺术家只有在进行艺术创作时才是最好的。"

这比起一个恶魔般的、固执的印度人将一个个忠诚的女人逼疯这样的八卦消息来得更无聊。深夜罗伯打来电话，在那头大发牢骚，每件事至少说上两遍并都伴有感叹号："你从他身上得到什么了？你得到了些什么？你已经得到了吗？保证你告诉我！"这个电话让哈里苦恼不堪，他开始怀疑他究竟能否写出第一本关于这个男人的书，而最终会有很多有关这个男人的书。他正和茱莉亚解释，要是他没有这本书，就没有事业可言。他的兄弟们都混得不错，但可能对他是一种毁灭性的打击，而他，哈里，将一事无成。

哈里醒来时光线照了进来，他眯着眼睛看着他落脚的这个深蓝色墙壁的房间。

轻轻抚摩并嗅着在他身旁这个可爱、相貌普通的女人，他随即想起了前一天下午，就在他和马莫说完话后，丽安娜对他的大声斥责。她从厨房冲出来，然后又冲向一个他认为自己会安全的地方，斜靠在一棵老苹果树的荫蔽处，手里拿着一本笔记本。

"你为何要对马莫如此无礼？"

"哦，天啊，我很抱歉。"哈里坐直身子。"怎么了？"

"难道你不是说了什么关于你父亲是个真正男人的话，说他是你的榜样，因为他有三个儿子，并且独自将他们带大？"

"父亲培养我们，并把这称之为他唯一的责任。这是值得称赞的。我想做同样的事,丽安娜。"

丽安娜盯着他看。"你根本无法想象这是什么样的。一个腼腆、早熟的印度男孩来到这里,在一群陌生人和敌人中间,甚至是那些不看好他的人中间,他不仅仅是来讨生活,更是要闯出一片天地。他把写好的故事给别人看,而那些人一个字、一个字地跟他说:'你为什么觉得会有人对你们这些该死的印度人感兴趣呢!'"

"我怎么会不能理解呢?"

"我需要一遍遍地提醒你吗? 你可是坐着魔毯,过着优于常人的生活一路过来的? 这个世界总是那些又高又好看的金发男人的私人花园,他们可以跑去任何地方,索求任何东西,"她继续说道,"永远也别忘了不管马莫和我是怎样的人,无论你觉得我们有多势利,一旦我们失败了,我们就将一无所有。在我丈夫之前有多少所谓的有色人种作家? 人们甚至不相信黑人能拼出柴可夫斯基这个词!"

第二天一大早,他向茱莉亚道别时在思考,这对于他将是怎样一种教训。

茱莉亚搂着他的脖子说:"这种感觉就像被闪电击到。我恋爱了。现在开始我会爱你哈里,不再让你离开。你记得我的名字吗?"

"茱莉亚,对吗?"

"我不会忘记你的名字的。在我倒给你伯爵茶的那一刻我本可以吻你。"

"什么伯爵茶?"

"你不记得了吗? 第一次在马莫家的花园里。你坐在那里看上去是那么美好,但又忧心忡忡。那时我就想拥有你。我在院子里看到过你一直全神贯注的样子。你的思想总好像游离在外。但是我们之间有一种永恒的东西。你没有感受到吗?"

"有一点,"他说,"原来是你。"

"是的。你让我糊涂了。你不知道吗?"

"差不多是这样。"

"你不记得了?我给了你一块消化饼干和一块佳发蛋糕。"

"我永远不会忘记佳发蛋糕的。但我当时一定是在想我是否有能力写这本书。"

她低声说:"你的老二是我的宠物。我喜欢它在我嘴里的味道。"

"祝你有好的胃口。"

她的爱让他出乎意料却又称心如意。他猜在这个基因库有限的小镇,他是个新奇的人物;这种陶醉很快就会逐渐消失。不过,在它尚存的时候他将尽情地享受。

　　几个晚上过后,哈里在楼上的时候脱去他的鞋子,像个犯错的少年偷偷摸摸地溜出马莫的房子,然后轻轻关上身后的房门。

　　他深深吸了口气:夜晚的空气散发着威士忌的味道;车里的音乐很快便摇滚起来,他唱着歌飞快地行驶在小巷里。这是真的:他的下半身毫不理会任何理由。但难道不是来自下半身的呼喊声早已掩盖住了他的理由了吗?他的母亲不是说过"在哪里发现爱就把它带走,小男孩,并想着自己是幸运的"吗?但这不仅仅是性欲的呼喊:他在颤抖,无法入睡。他正意识到自己无法整晚待在这个充满叫喊声的房子。

　　他已经通读完大部分马莫和佩吉早期关系的内容,并开始在看马莫旅行时第一次遇见他"性感美丽的"哥伦比亚情人玛莉安的这一部分。她把他迷得晕头转向:马莫找到了一个挑战他、渴望他并激怒他的女人。

在此期间,佩吉通常假装成哈里母亲的样子,继续来找他。日记里她遭受的痛苦甚至超出了她的意料——或许导致了她的生命提前结束。关于过去的一些事并没有了结也缺乏条理;这个故事并不完整。这个母亲模样的鬼魂开始问他一些问题,关于他是谁,以及他真正爱的人是谁。他有能力去爱吗?他真的能和别人在一起吗?"你为什么和我说话?"他大喊道。她让他感到恐惧。"拜托了,我求你,离我远点。"

因此,等马莫和丽安娜就寝后,哈里又跑去和当地人一起喝酒。他等着茱莉亚匆忙出门然后溜到他身边,充满温暖和香味。尽管她渴望邀他再次和她见面,而且他也看见她在房子里清理洗碗机,熨衣服,但他发誓将避开她。不过,现在,他们将一起共度这个夜晚。他很乐意为她效劳,并按照她的要求用一把发梳轻轻拍打她,然后枕在她手臂上睡觉,并在翌日清晨别人醒来之前早早离开。

但是,早上他依旧觉得很累;他整晚都在和她说话,所以这一次他睡过了头。他能听到人们在房子外走动的声音。他在寻找衣服和电话,然后在写字台上发现了,和它们在一起的还有《靠近》①、几本地图册、诗歌选集和一些关于神话的书。他悄悄地走下楼,想在没人发现前走到前门,而就在这时,茱莉亚从客厅门后伸出了胳膊。

"再陪我五分钟,"她请求他,"就五分钟。你看——"

她一定是起了个大早,把屋子都收拾干净了。窗帘卷了起来:

---

① 《靠近》(*Closer*),法国八卦杂志。

啤酒罐不见了踪影,烟灰缸是空的,家具也都各归各位。前屋里有一台体积庞大的电视机、一个沙发、几把低坐椅和一张桌子。哈里很快地吃下茱莉亚坚持为他准备的培根和鸡蛋。她坐在对面,喝着她最喜欢的烈性乡村苹果酒——有点浑浊,里面还掺着残羹剩饭——吃着泡芙,并吸着烟。

"为什么把那个放在那里?"哈里指着壁炉架上的圣乔治旗①问。他注意到在壁炉架的上方,摆放了三瓶马莫和丽安娜喝的香槟,旁边放着一大块优质奶酪。还有一张马莫的老照片,和护照照片大小差不多,靠在一个小酒杯上。

"我那加入光头党②的弟弟司各特是支持国家党③的。我们是英国血统。你不是吗?"

"茱莉亚,你难道不知道——我很抱歉说了又说——但是我正在写的这本书是关于一个印度人的。"

"得了。那个老家伙有什么关系,"她说,"顺便问一下,他的父母和兄弟也是有色人种吗?"

"哦,是的。整个家庭。如同黑夜一般。"

"但人们说他不是索马里人,而且他常常批判穆斯林。"

"我猜是的。"

"你的信仰观呢?"

他说:"茱莉亚,这个世界上到处都存在有着不同寻常信仰的

---

① 圣乔治旗(St. George's Cross flag),英格兰地区旗帜。圣乔治是英格兰的保护神。

② 光头党(Skin Head),最初一九六九年在英国浮现,主要以东南亚移民为敌。

③ 英国国家党(British National Party),作为英国最知名的极右翼政党,反移民,反穆斯林,反多元文化,素来被认为是英国的纳粹党。

人。科学论派的鼓吹者、黑人回归主义者、统一教分子、摩门教徒、浸礼宗教徒、托利派、产业巨头——每一种疯狂都有自己的拉拉队长。避难所和议会挤满了妄想者,而只有疯子才会想要去赶走他们。我父亲的想法是对的。假设所有人都是疯子,然后随心所欲地放声大笑吧"。

"司各特说他们认为我们是不洁的污秽,将会在地狱燃烧。他说,我们的国家去哪里了? 谁把它带走了?"

"但这个国家现在已经好多了。虽然每个人都破产了,但是却很稳定,不像欧洲的其他地方。和过去比起来,周围人的恨意也减少了,"他说,"讲到不寻常的信仰,在我完成上一本书,等待新的灵感时,我到了伦敦南区,为一部有关新光头党的长篇小说作调查。他们都是些虚张声势的家伙。一群寡妇吐安基①在风中撒尿。"

她将手指放在唇上。"嘘……天啊,闭上你的嘴,别再说了。我想你肯定没去过当地的镇子,到处是波兰人和穆斯林。没人关心像我们这样的白人工作者。一帮小伙子看管一个清真寺。"

他站起身来。"谢谢,不过我最好还是去写书了。"

"求你了,哈里,我是那么喜欢你。我和他们不一样。我不会到处去恨别人。你想把我归为他们那一类吗?"

"别给我那样做的理由。"

"很好,小情人。那么现在,再陪我五分钟吧,"她问,"既然你

---

① 寡妇吐安基(Widow Twankey),根据《一千零一夜》中神灯的故事改编的哑剧《阿拉丁》的同名主人公之母。

那么喜欢这个作家的作品,给我讲一个他写的故事吧。"

"现在?"

"在我吃面包卷的时候。"

在她拿起它并轻轻地咬了一小口时,哈里说:"马莫的上一部大作,是一本名为《独裁者的下午》的中篇小说,它是喜剧讽刺作品中的佼佼者。故事是关于五个衣衫褴褛、被推翻了的第三世界的独裁者在埃奇韦尔路上的一家咖啡厅相聚喝茶。它被改编成戏剧在巴比肯^①上演。在这个工作刚开始的一个周末,马莫派我过去看,我想他是为了考验我。整部剧里都是高跷、夸张的服装和工业音乐^②。我挺喜欢的,不过马莫看到肯定会受不了。照他的话说,这个世界不需要夸张。"

"这个故事讲了些什么?"

这些独裁者——这些会把你的腊肠犬烤了吃,把你的眼珠放在汤里喝的人——提着购物袋散步;他们打牌,喝酒。一开始他们的谈话大多很乏味,关于他们大楼里的电梯坏了,或是把军装以一个好价钱改一下尺寸是多麻烦的事,尤其是当你变得越来越胖,坐在沙发上看《老大哥》^③的时候。不仅如此,他们在看《新闻之夜》^④时无不焦虑,抱怨着在这个穷困、通货膨胀的时期,他们从平

---

① 巴比肯艺术中心(Barbican Centre),位于英国伦敦北部的表演艺术中心。

② 工业音乐(industrial music),产生于二十世纪七十年代,于八十年代得到长足发展,九十年代至今分化融解。工业音乐追求的是放纵麻痹的态度,往往又包含深刻的政治思想,音乐形式上比朋克更重,噪音形式更丰富。

③ 《老大哥》(Big Brother),一档社会实验类的游戏真人秀。

④ 《新闻之夜》(Newsnight),英国广播公司与新闻调查社共同制作的一档人物访谈脱口秀节目。

民手中掠夺的钱财并不像人们想的那样能维持那么久。

"尽管他们像那些年老的流行明星一样,依然受到狂热分子和怪人的追随和崇拜,但他们梦想的是能够重掌大权,发号施令,重新去实施折磨。对于一个失势的独裁者而言,手中握有大把时间有何意义?一度,他们谈起叛徒和奸细,以及他们是如何恶劣地被自己人所扳倒的,于是便开始相互争吵起来。问题是,一旦他们失和,就会变得孤立无援。不过他们并没有自知之明,于是,有一天,一切都败落了……"

"怎么回事?"

"他们其中一人发现自己爱上了他们去的那家咖啡店里的年轻女招待。"

茱莉亚说:"她漂亮吗?"

"还很善良,年轻。和你一样。"

"算了吧。"

"听着:他每次来都给她带一本诗集和一个小木人,这让她受宠若惊。"

"如果男人这样做,任何女孩都会这么觉得的。"

"我们的独裁者似乎很亲切,也很感性,尽管他已经有三个从未提及的妻子。"

"他把她们吃了吗?"

"她们会很美味可口的,"哈里说,"而且通常如此美丽动人的女孩子——我们现在说的这个女服务生,她是西班牙人,深色皮肤;几英里内都找不到英国人——"

"真的吗?"

"你会看到的,茱莉亚。我会带你去看伦敦。"

"你会吗?"

"呃,伦敦的一部分。"

"拜托,哈里,如果你不是认真的就别给我承诺。我会把你说的当真。"

"这可从来不是个好主意,"他说,"通常来说,在独裁者的世界里,这么一个漂亮女孩都会被强奸,而她们的家人会被活活地烧死,这仅仅是个开始,为了让他们时刻保持警觉。但至于这个特别的美人儿,有一天,在付账单的时候,他没能忍住——他在她耳边低声说要她一起去看电影。

"但其他独裁者中有一人注意到了这件事。他妒火中烧,因为他对这个迷人的女服务生的喜欢也不止一点点。而且他知道要是这个女服务生发现了第一个独裁者的身份,她是绝不会和他出去的。谁会想要和一个杀人狂魔去约会呢——一个亲手折磨了许多受害者的人?"

"呸。我都不会。"

"但事实上,他一直伪装成一名记者、艺术家,甚至……"

"她信他吗?"

"是的"

"发生了什么? 她和他出去了吗?"

"他们确实一起出去了。"

"别告诉我第一次约会她就和他上床了?"

"你会吗?"

她耸了耸肩。"如果我想要他的话。总得在这里找点乐子吧。"

他继续说道:"他们在外面度过了美好的一晚。他成熟,有礼,也很绅士。他在她的唇上印上甜甜的一吻。他们的心中开始翻江倒海。她对他产生了爱恋。而与此同时,另一个独裁者正在密谋将一份写有关于第一位独裁者文章的报纸给她看——"

"然后呢? 这两个独裁者闹翻了吗?"

"但是又有一个独裁者半路杀出……"

就在这时门开了,一个一脸苦相的妇女一瘸一拐地走进房间,她的一只眼睛浮肿,发青,正心烦意乱地打量着周围,好像她以前从未来过这儿似的。哈里抬起头,随即意识到他之前见过她——是的,就在昨晚。但还有在别的地方。这座房子叫什么来着,Déjà Vu①?

"你迟到了,妈妈。"茱莉亚说。

"早上好,先生,"女人对哈里说,几乎向他屈膝行礼,但整个人看起来在哆嗦,"屋顶②。"

"什么?"哈里说,并抬头向上看去,"潮湿吗?"

"露丝,"茱莉亚说,"我妈妈。"

露丝说:"先生,我们是否可以搭您的车去房子那里? 我们都病了所以睡过了头。阿扎姆太太会对我们非常严厉和恶劣的。"

"她会吗?"哈里说。

"她打过我的茱莉亚的耳光。"

————————

① 法语,意为"似曾相识"。
② 此处原文为 Roof(屋顶),发音与 Ruth(露丝)相近。哈里把 Ruth 误听成了 Roof。

"在哪里？"

"厨房。我不得不强行阻止司各特过去。我们远远早于她来到这里，而在我们付出了所有，年复一年地把所有事做完之后，她却像对待用人般对待我们，扣了我们的工资还说：'我知道你对干草堆以外的世界一无所知，但现在是困难时期。'您应该看看他们的香槟酒账单。她和先生一个晚上喝了三瓶。你能怎么办呢，如果你想要工作的话？"

哈里继续看着这个女人，直到他厘清所有信息，并和这个女人对上号。茱莉亚的母亲露丝为丽安娜和马莫干活；不久前她给他提供过晚餐。

"没问题。"他有些不自在地说道。

母亲离开了，他以最快的速度吃完了食物，这时茱莉亚说："他们喜欢你，先生和她。我听见他们说话。他们甚至都没注意到我。"

"他们说我什么？"

"他听到了你的描述。"

"什么描述？"

"在电话里。你称他为萨达姆·侯赛因，还说他的脸像是没擦干净的屁股。"

"啊。那他有说什么吗？"

"他慢慢地重复了一遍，像是在消化接受。然后他说了类似你永远不会成为一名小说家，而传记作家是趁火打劫之人——哦，不，抱歉，是什么来着？——文学世界里的送葬者。"

"谢谢你，茱莉亚。"

"你那会儿在和谁说话？是你女朋友吗？"

"是的。爱丽丝·珍妮·杰克逊。"

茱莉亚说："她很漂亮，是吗？丽安娜是这样听说的。她真的会过来看我们吗？"

"是的。不。也许吧。她喜欢看看杂志，嚼嚼头发。她对文学界的人以及他们的谈话并不感兴趣，他们唠唠叨叨地聊评论、奖项和其他一些事情。她觉得我不该接手这本书。她是反对的，呃，不过至少她是为了保护我。"

"哈里，相信我，**我**比你认为的还可以帮你更多。我能随时向你通报消息。"

"你可以吗？"

"我能捕捉到许多流言飞语。"说到这里她犹豫了一下。"我想我可能有什么东西，我会找到的。我手上有一些马莫写的东西。笔记本。它们会派上用处的。"

"你是怎么得到的？"

"那是几年前的事了。马莫让我把谷仓打扫干净，我在那里发现的。"

"那里有许多潮湿的东西，打包在一起，正在腐烂。除了我，没人去看过。你为什么会去看还要拿走这些私人材料呢？"

她轻轻摸了摸鼻子并莞尔一笑。"我想知道些事情。"

"比如呢？"

"我快速浏览了一下，看见其中的一本里有我的名字。还有我妈妈的和司各特的。"

"我明白了。为什么呢？"她沉默不语。他问："我能看看吗？"

"我想可以。没问题。"

"你太好了，"他亲亲她的头说，"有必要的话请随时告知我进展。"

她吻了吻他的唇。"你得让我满足。"

"会的。我是你的男人。"

"你是吗，哈里？我太高兴了。我简直无法相信。"

"这只是一种说法，茉莉亚，不是一份合约。"

茉莉亚的母亲爬上了哈里四轮驱动车的前排，把包搁在她的膝盖上。茉莉亚坐在后排，并戴上了她的耳机。露丝说："先生，请问我们是不是能去接一下我的姐姐韦恩？她今天过来帮我们的忙。"

"当然可以，露丝，"他说，"在这么一个天气晴好又温暖的日子，在这个乡村里，太阳出来了又还没下雨，人越多越热闹。"

"非常感谢您来到我们家。先生，您喜欢我的女儿茉莉亚，是吗？"

"她心地善良又重感情。你生了一个好女儿。"

"谢谢您，先生。我把它当成您的褒奖。您的地位如此之高，甚至是医生。您开药方吗？"

"只开哲学的。"

"我还有一个儿子。"

"你得到了上帝两次的祝福。他是做什么的？"

"他恐吓别人。"

"专业的？"

她咯咯地笑了。"该死的,把那些人的命都吓没了。"

"那他是以什么身份呢?"

"保安。在伦敦没有吗?"

"有,我们有太多了,以至于整天都提心吊胆。"

"那您来这儿是来对了。我的儿子,他很幸运。"

"从哪方面说?"

她说:"有一份适合他的工作。"

"我这么说你不会有意见,露丝。忘记那些低谷,显然美满的生活就在他的眼前。"

"您见过他吗?"

"我不觉得我有那份荣幸。"

"您会的,"她继续道,"您觉得有一天他能不能去伦敦工作?"

"为什么不呢?"

"如果可以的话,您会帮他吗?您一定知道哪些人需要保安。"

"的确。"

"我对您万分感激。这些孩子没有像样的父亲。这里的男人们都不是好东西。"

"显然哪里的男人都没个好东西,露丝。但是年轻人有抱负是很重要的。"

正如哈里所想象的那样,远非住在草木繁茂、撒满鲜花、迷人的英国乡村别墅里,茱莉亚的母亲带他去的这片小镇都是破旧、丑陋的简易住宅——其中很多用木板围住,看起来似乎被遗弃了——还有满是涂鸦的破旧不堪的街道。这里的人看上去面无血色,行动缓慢,脏兮兮的,又困倦又暴力。显然这里的男人们已经逃跑,或是因为失业,或是被这里的女人赶了出去。哈里似乎发现了一个由青少年管理的岛屿:一种半暴力的英国贫穷和无望没有因为多年的政府投资而缓解。你不会想要把你的车留在这儿,更不用说是你的家庭了。

姐姐现身后,她也坐着,沉默寡言。她的膝盖上放着一个塑料盒子,里面装着午餐。为了避免任何不必要的询问,哈里在半路上就让这个女人下了车。当露丝请求哈里借给她二十英镑作为"花销",哈里把钱递给她并抬头看时,有一种感觉,虽然从这么远的距离无法确定,马莫正站在他卧室的窗边,调整着他的衣领,耷拉着的眼皮提了起来,眼睛里闪过狡黠的光芒。

哈里赶紧跑到厨房去泡咖啡。丽安娜看着他却什么也没说。没过多久,露丝和她的姐姐还有茉莉亚也跟着进来了,开始掀地毯,打扫厕所。哈里将会在谷仓里继续工作一天,阅读佩吉的信件和日记。

但他先回了自己的房间去换衣服。正在他换的时候,他听到门口有人敲门。

第七章

"哈里？"马莫过于温柔的敲门声吓到了哈里，他放下拿在手里的一叠纸。"我要见你。"

"您要见我，先生？"

"哦，是的。我们上午晚些时候能谈谈吗？你有空吗？"

"谈谈？这就是我来这里的原因，先生，就像您那天说的，像害虫那样惹人厌。"

"我们在图书馆见，我的朋友，insh'allah①。我很期待。"

"是吗？"

"为什么不？有太多要说的了。"

这真是个惊喜；马莫此前从未要求哈里的陪伴。他或者是想就某些事情澄清是非，但这不太可能，抑或者哈里即将被踢出局。

―――――――

① 阿拉伯语的音译，意为"若能如愿"。

在和茉莉亚的缠绵之后,哈里感到丢魂失魄,疲惫,并有些愧疚。哈里还担忧起来,他最近问马莫的有关撒切尔夫人的问题还没取得什么进展。哈里问过马莫,为什么会喜欢那么一个层次不高、将英国推向粗俗和消费主义的人? 更何况,任何人都会认为,一个印度文人将是最不被撒切尔所青睐的。显然,她喜欢马莫的陪伴,他也被邀请深夜去唐宁街拜访她。几天前,哈里听到马莫对于撒切尔夫人的评论,说她"能勇敢地面对暴民","是像斯卡吉尔①那样毫无意义的煽动家",以及"玛格丽特喜欢男人"。尽管有关马莫和撒切尔的私人谈话这样的独家新闻会有益于这本书,但马莫却不愿谈及更多。

现在,为了能设法想出怎样能够更有利可图地接近马莫,哈里带着"阴"和"阳"一起前往树林,它们能够跑上一整天。他在电话里对爱丽丝说:"情况不妙。马莫只透露给我一些无关紧要的内容。我手上有上千个事实和日期,可谁会想要那些? 我要怎么做呢,我的爱人? 我要怎样才能让他敞开心扉?"

哈里明白他要问马莫的问题是他之前从未问及朋友,或者实际上从未问过任何人的。他的朋友具有多面性,其实他的女朋友们也是如此,而哈里拥有英国人的克制,并不想去了解这些。遗忘,连同虚伪,对他而言是生活中不可或缺的重要艺术,正如它们对于马莫有显而易见的重要性。那为什么,他在想,在所有职业

---

① 阿瑟·斯卡吉尔(Arthur Scargill, 1938—),英国工会和政党领导人。一九八一年至二○○○年领导全国矿工工会。作为左翼人士,他任工会主席期间的一九八四、一九八五年英国矿工大罢工是英国工会与政治史上的重要事件。

中,他决定要当一名文学传记作家呢——一个寻求他人身上的真相,并试图用自己的文字去重现的人?是因为这是他应该做的,还是说他更应该像他的一个兄弟最近所建议的那样去当一名海岸警卫?

上周在伦敦,哈里和他父亲一起在里士满公园①散步时,向他父亲请教过关于和马莫之间进展的问题。老人说:"坚持是关键,你肯定应该从我身上学得到吧?比方说你想治疗一个精神分裂症患者,尤其是或多或少还有紧张症的人,唯一的处方就是时间和密切的关注。并且你必须进入到他的幻想中,而不是试图去反驳。可能需要数月或数年时间才能有进展。有的时候你会一无所获。不仅如此,病人还会试着让你抓狂。他们想把他们的疯狂传染给你。与此同时,医生会因为病人没有好转而恼火,常常惩罚他们,就好像老师对他们的学生失去耐心一样。而事实是,哈里,在这些关系中,在看似毫无改变的情况下,其实很多事情都有进展。神志清醒的人总是羡慕发疯的人,羡慕他们的自由和狂喜。看你母亲就知道了,"他说,"她可以很迷人,也被人疼爱。但我们所有的爱和关注都无法让**她**活下去。"

"我现在能问你一个问题吗——我之前从未提起过。你爱过她吗?"

"爱过,哈里。但她爱的是别的男人。我碰巧就不相信资产阶级的婚姻财产契约,这是一种限制性欲的形式,而且显然要付出高

---

① 里士满公园(Richmond Park),英国伦敦占地两千三百六十英亩的公园,是伦敦最大的皇家园林,英国第二大的有围墙的城市公园。

昂的代价。但是她让我很为难。她对这个世界充满好奇，她是一个信徒：这是她的软肋。如果她想了解一个人，哪怕对方是骗子，她也会跟随他们，而不顾该死的后果。后来她失踪了；我们担心得快发疯了；但一个星期之后她却回来说她和在布赖顿①的一些DJ出去玩了。这些你知道吗？孩子们告诉过你吗？"

"差不多。"

他并不想告诉他父亲，他依然会做梦，梦到全家去意大利度假那会儿，他走到母亲的房间，看到门微微敞开着。他透过门往里看，看见她和一个男人在床上。他们一动不动地躺在那里；他躺在她怀里。她的衣服在地上，但是她的鞋子，很奇怪地一起被放在了椅子上——他想知道这是为了作一种展示还是为了他俩的安全考虑。哈里稍微推开门走进房间。他母亲跳了起来，拉起一张床单遮盖住自己；这个男人却暴露无遗。她朝哈里大喊，让他出去。

他跑了，几个小时以后再见到她时，她并未受到丝毫影响，也没有提及此事。那一刻，他明白了，在他以为他所了解的母亲身体里还躲藏着另一个母亲，并且从那以后，他时常在想，他何时才能再见到他真正的母亲。但又会是哪一个呢？她是故意慢吞吞地在他的皮肤上涂湿疹膏而让他勃起的吗？

他从他的兄弟那里得知他已经忘了她最糟糕的极端表现，尽管他也曾帮着他们的母亲满屋子寻找虫子并拉上所有窗帘来防间谍。而等这些都没用时，她把三个孩子藏在车里，一路边开车边唱

---

① 布赖顿（Brighton），英国南部城市。

着歌，一只手拿着一瓶伏特加——她觉得水里有毒——开往苏格兰，为了逃避施虐者。她去警察局去举报那人时，她的孩子们看到她戴着手铐，被关进一间病房，她在那里接受药物治疗，几个月后才重新回归家庭，只是情况更糟了。

他父亲说："你应该知道，她会为你成为一个文人而骄傲。她喜欢——常常过分喜欢——任何一个可以漂亮地耍笔杆的家伙。作家总是把他们的艺术放在第一位，因为他们应该如此。但是到了下午他们就有空了，在那个时候他们便不再动脑而是动下半身。女性迷恋艺术家，无可厚非，正如她们对于医生和死囚的迷恋，那些强大却又脆弱的人。你要是想不断地有人上床，特别是等你老了的时候，这就是你的方向，孩子。"

"她的不忠是否伤害了你？"

他耸了耸肩说道："我没办法算清我们伤害彼此的方式。我们试图想要以此来帮助对方——我，把她变成了一个病人，而她，把我变成了一个沉闷的专家。这比起真实的虐待，即使没有更糟，也是同样的糟糕。"

他的父亲随后说出了哈里此前从未听到过的、最残忍的话。

"事实是，她曾是你全部的生活，而她将永远存在于你的梦里直到你死去的那天；她是你的母亲，哈里。但对于我，她只是另外一个女人。你们几个孩子是快乐的纪念品。你知道，当你结束一段感情，并称自己失恋了，实际上你说的是你从未真正爱过。过往是一条川流不息的河流，而不是一座屹立不动的雕像。"

虽然爱丽丝在他最初动身前往马莫家之前一直反对他写这

本传记,但她还是坚持让哈里练习他的采访技能。她担心哈里的彬彬有礼相较于马莫的急性子和冷淡,显然马莫会以绝对的优势胜出,而且他们两人之间只会进行无关痛痒的闲聊。因此爱丽丝坚决要求哈里和她列出一份清单,上面是必须要问马莫的以及一些尖锐的问题。她就这些问题给他拍了录像,让他尽量用一种温和、中立的语气去提问。但是马莫采访过世界上最讨人厌的一些人物,问他们关于他们谋杀的儿童和强奸的妇女——"把妇女绞死是否能满足你的快乐,或者你是否将其视作消遣,就好像饭后的一杯白兰地?"——沉默是他的武器。"大师"总是那个可以不带任何焦虑、静心等待的人;但马莫也会变得无趣和易怒,就像罗伯此前所预计的。"你的出现,哈里,"罗伯早些时候说过,"无疑将提醒他,他在这个世上能够真实地、真正地存在的时间已经所剩无几。"

哈里在无意中发现有一些文学话题会激怒马莫。马莫的疏于警惕,正好让哈里有机可乘,但他必须小心翼翼,以免让他的对手注意到诱饵。马莫的表现更像是一种路怒症 ①,而非文学批判,而他会坐在椅子上通宵达旦。"这种委靡不振的、娘娘腔似的英语写作,这个屁股松弛、胆小、恋母的同性恋?"

哈里曾顺带小声地提到爱德华·摩根·福斯特。"为什么,您的看法是什么,先生?"

"看法?对于这种声称想要写同性恋的性爱,认为这是我们必

---

① 路怒症(road rage),指汽车或其他机动车的驾驶人员有攻击性或愤怒的行为。这个说法源于二十世纪八十年代,产生于美国。

须了解的话题的人，我可没什么好说的。因为他自己没有胆量去承认，于是他要不就是痴迷地对着公交售票员和其他巴基佬发愣，要么就是用了三十年的时间凝视着窗外。这个似男人非男人的家伙声称痛恨殖民主义，却把第三世界当作他的妓院，因为他在那里像在奇西克①的厕所里一样卖弄他的老二但却不会被捕。显然他喜欢他的朋友胜过他的祖国！多么勇敢和独特啊！当然了，"他眼里闪烁着光芒，继续说道，"奥威尔更糟。他是布莱尔家族里最糟糕的一个。在这个国家，他们还重视他吗？"

"多半是把他当作评论家。"

"他写的书是给孩子看的，或者不如说是给那些有不幸遭遇的孩子阅读，让他们学习他。所有那些低级的英语写作，朴实的文风，赤裸空洞并伴有强烈的虐待狂的思想，感性的社会主义，老大哥还有猪②，唯独没有爱，这些都是无法容忍的。除了老师以外，有哪个成年人会愿意去读他的小说？我能想象得到的地狱，就是一个人被永远地关在101房间里③，只有他的书可以读。"

"您不是曾经说过，人类残酷本性的秘密是唯一的主题？"

"听起来像是我说的，不过我不赞同这种观点。还有爱。这些作家，不管是同性恋还是清教徒，没人描写过漂亮女人。是什么样的作家没办法写呢？"

他哆嗦了一下；然后像是圣战涌起的仇恨达到了高潮，他会重重地往后坐在椅子上，张开嘴，喃喃道："我还是更喜欢小个子

---

① 奇西克（Chiswick），英国伦敦的一个小镇。
② 分别出自英国作家乔治·奥威尔的作品《一九八四》和《动物农场》。
③ 出自《一九八四》。小说中101房间的东西是世界上最可怕的东西。

威廉·毛姆或是那个好色的赫伯特·乔治·威尔斯。而唯一我至今仍想拜读的是女神的作品"。

"哪一个？"

"是她——琼·里斯①，她让我想起了我最初来到伦敦和巴黎时，孤身一人、滥交、酗酒、徘徊的日子。她是唯一一个你会想要和她上床的用英语写作的女性作家。要不然就只有勃朗特姐妹、艾略特、伍尔芙和默多克了！你能想象为她们中的任何一个人口交吗？正如简所说，这个世界很简单：只不过是有一些咖啡馆欢迎你，有一些则不欢迎你罢了。"

哈里感到一丝震撼。

---

① 琼·里斯（Jean Rhys，1890—1979），二十世纪重要的女作家。

第八章

他站在图书馆门外。他想不起爱丽丝教他的能让他平静的咒语，只能不断地对自己重复道："世界末日、世界末日、世界末日……"

"进来。"

摆满书籍的房间安静，凉爽，厚重的窗帘阻隔了光线。古董书桌上堆放着世界上最晦涩难懂的书籍。半身像、雕塑、名画、挂毯，有些高雅，有些通俗，都是从丽安娜父母靠近博洛尼亚的家中运过来的。哈里脱下鞋子，踩在一条长长的威尼斯地毯上，这是马莫和丽安娜逛街时所挑选的。感觉就像是走在曼泰尼亚①的作品上，走向一个喜欢判处绞刑的法官那里。

马莫换下了他平时穿着的宽松运动套装，而换上了灰色的法

---

① 曼泰尼亚（Andrea Mantegna，约1431—1506），意大利佛罗伦萨画派画家。

兰绒长裤、意大利休闲鞋和灰色羊毛袜,加上一件袖口敞开的白衬衫。卧在马莫膝盖上的那只姜黄色公猫闭着眼睛任由他抚摸脑袋。

哈里坐在他对面,将笔记本、钢笔和他的录音机一一放在一张矮桌上。

马莫开口:"哈里,亲爱的孩子,在你开启那个讨厌的录音盒前,能否让我先问你一个问题?"

哈里点了点头。要是他没打瞌睡的话,马莫便会偶尔问哈里一个既直接又难回答的问题,尽管如此,哈里认为他还是需要回答,以便说明沉默是解决不了问题的。

"哈里,你信奉一夫一妻和忠诚吗?"哈里反问:"您相信吗?"

"是的。是的,我相信,没错,从理论上来说。"

"理论上?"

"啊—哈。"

"您的意思是说您自己是个理论家?"

"在某个方面。"

"在哪个方面让您事实上成了一个理论家?"

哈里又说:"人们说忠诚是最好的解决方法,在爱的监狱里任何事都会变得更简单。很少有人发疯。而太多的选择会制造更多的烦恼,不是吗?"

"我怎么知道?"马莫说,"我活了这么久却还是无法回答这些没有正确答案的问题。人们过来问我普遍的真理,但是却找错了人。在我这里只能得到问题,那些造就了文学的问题。"

"那您怎么就认为**我**能回答得上呢?"

"我看见你看女人的样子。我们调查过你,也听到些让我们震惊的传闻。所幸的是,你有罗伯为你打包票,不然我们是不会考虑雇用你的。不过,也许你还没准备好退出这场游戏。"

哈里说:"我的母亲过世了。我需要女性的关注。那些人里有阿姨、父亲的女性朋友和我兄弟的女朋友们。在那样一个年纪,能投入女人的怀抱,而且她们中许多人又对我非常好,这是一种奢侈的快乐。或许这慢慢变成了一种痴迷,在受到一个女人的恩惠后试着去满足她。"

"为了报答她的好意?"

"您要知道,先生,我现在是非常认真地在戒瘾,直到那方面的事情彻底戒掉。我了解到我可以对女性产生强烈的影响。当她们想被人渴望时,会有巨大的热情。不过在发生了某些危险的越轨行为和麻烦之后,我正在尝试着停下,或者至少消停一会儿。"

"是最近吗?"

"哦,上帝,到现在为止我该得到教训了。"

"你在说什么呢? 你必须给我一个例子。"

"我不认为我们现在应该分心,马莫,先生。"

马莫探身过去。他变得不耐烦。"哈里,问题的关键是,要是我不觉得你讨人厌,就会对大家都更有利。特别是来自你这边的。"马莫挠着那只蠢蠢欲动的猫的下巴。"你明白我的意思吗?"

哈里说:"先生,我和女人之间有点放纵。我索要的太多了。现在我正在还债。我在地铁上找了个女人。"

"哪条线?"

"中央线。"

"啊,对。大理石拱门 ①。庞德街 ②。"

"她是一个让我先是爱慕后又同情的女人——不过也许我是被欺骗了——她是个孤僻的人,一个成熟的留学生,最终不肯放过我,故意让自己有了我的孩子。或者正如她自己所说的,在她这个年龄,这显然是她最后的机会。她对我别无所求——除了孩子!我很担心。我记得她把所有的事都写了下来。"

"啊,哈。所有事都被记录了。继续。"

"我冒着一定的危险爬上她房子的一侧,然后闯进她的家,去读她的日记并找寻一些关于她怀孕的真相。就在我还在找证据时,门开了。我想我会死于心脏病发作。是她的室友,手里拿着一把刀。她害怕极了,我想她会错手杀了我。

"我说我会解释一切。我们喝了点威士忌。我和她上床了。后来我拒绝再这样下去。所以这个女人便向她的朋友坦白了一切,导致她开着车开始对我穷追不舍。结果连着三天,她在不同的地方守着我,后来,在我骑车的时候想要从我身上碾过去。我的后轮被轧扁了。当我抬头看见她的双眼,我扔掉自行车就没命地跑。与此同时,我还得向我的女朋友隐瞒这一切,我已经和她开始同居了。"

"爱丽丝——是她的名字吗?"

"是的,她很温柔,无可救药,无所事事。但她让人看着舒服,

---

① 大理石拱门(Marble Arch),一座白色卡拉拉—大理石建筑,位于英国伦敦牛津街西端。
② 庞德街(Bond Street),英国伦敦市中心一条著名购物街,自十八世纪,已成为伦敦的时尚购物中心。

而且我对她一片痴情。在她之前,如果可以的话,我最好一天拥有三个女孩。"

"三个?你能应付过来?"

"我的纪录是四个。不,是五个。您呢,先生?"马莫沉默时,哈里说,"现在我已经下定决心把这些麻烦抛在身后,改过自新。但那个时候,我还没有和有些人完全撇清关系——您可能会说是较早期遗留下来的麻烦。有一个堕过胎。另一个企图当着我的面自杀。我的一个兄弟说,我永远都不需要自己动手解决生理问题,尽管靠自己倒是能省不少麻烦。"

"你似乎在让别人为你发疯这件事情上很专业,希望用词恰当。你是有意而为之吗?"

"那是一段糟糕的时期,马莫,先生。但有时似乎也值得。"

"在什么方面?"

"碰到出众的女人。"

"怎么出众?"

"有一个有着一双大眼睛,"他说,"每一次她睁大眼睛,就仿佛她身上所有的衣衫都褪去。她是个小提琴手,会演奏巴赫的曲目,还会唱歌给我听。"

"啊。"

"所以您明白,她们要求牺牲。我知道我追随她们,就是个傻瓜,不过不那样做就更傻了。"

"很好。身后没有一串伤心女人的男人几乎绝种了。而要是有人能够把性欲和爱情联系在一起,那他们是足够幸运的人。就和这个乡村里晴朗的春日一样难得。"

哈里说:"我得说我很高兴来到乡下,这里更安静些。我可能比我自己愿意相信的更古怪些——我的激情以及它们突然消失的方式,仿佛这些关系从未存在过。我是那种需要知道下一顿饭从哪儿来的人——以防它根本不会来。当然,这并不是说女人们喜欢被如此利用。"

"为什么要这样做呢?"

"我有思考过,马莫,先生,您听到后会大吃一惊的。"

"然后呢?"

"我喜欢剃刀的锋刃。我想要被切开。我惧怕的是因循守旧、平庸的生活。我无法忍受每日的束缚。我相信平凡会熄灭我的火花,就像现在这样。"

马莫说:"我说过:我们必须心怀感激地向基要派 ① 鞠躬,是他们提醒了我们书本和性是多么危险。所有的性爱,事实上所有的愉悦都附带着堕落、邪恶的犯罪,甚至是罪恶的毒药,才使得它值得让人们上床。这已经是老一套的说辞了,既然它无所不在。作为一个热衷花边报刊的学生,我早就知道通奸——愉悦外加背叛——是留给我们唯一的乐趣。婚姻禁锢了性爱却放飞了爱情。这并不是一个解决性需求的合适方法,而与资本主义一样,其他的选择更为糟糕。"

"但所有这些,"马莫继续说道,在门口挥手,"你所指的每一天的生活,因循守旧,平淡枯燥? 这是我所想要的。我所需要的。

---

① 基要主义(fundamentalism),近现代基督教新教神学思潮之一,无统一组织,其基本主张是强调恪守基督教基本信仰,反对现代主义尤其是《圣经》评断学。一般称持上述主张者为基要派。起源可追溯至十九世纪末。

我所热爱的。"

"是吗？"哈里探身过去打开录音机。

"别碰那玩意儿，"马莫说，"哈里，我已经想清楚了。几天前，我确实不得不将一把刀伸进烤面包机里，这种危险是我无法承受的。我相信这也会发生在你身上，渴望获得安慰和满足。渴望做一个普通人。但是我从别人那里听说，可能是罗伯，你难道不是正打算结婚吗？"

"希望吧。是的，这是我想做的。当然。我把婚姻视作一种防御，一座可以抵挡欲望乱流的堤坝。您认为这可行吗？"

"你为什么会这么想？"

哈里拿起磁带录音机给马莫看。"应该由我来问您问题。"

"你的生活可比我有趣多了。"

"您可不会写我，不是吗？"

"我更希望你是个虚构的人物，而你应该为出现在我的作品里感到荣幸，即使是没穿裤子。不过，哈里，我的时钟已经停滞不前了。殓尸官开始卷起了他的衣袖。就在我们说话的这会儿，处女们已经穿上了她们的学生制服在等着我了。你必须享受生活，而且我确定：永远把你的下半身放在首位。哈里，你知道我认为你是个蠢货、讨厌鬼，但这并不表示我没从你那里学到什么。"

"谢谢您这么说。让我很开心。不过我教会了您什么呢，先生？"

"我在这里一直是打反手拍的，你是知道的。多年来我的摆动一直都是错误的。太高了，"马莫继续说道，"我在你这个年纪远不及你的世故、深思熟虑和博学。但在别的方面，你非常不成熟，自欺欺人。"

"我是这样吗？"

"如果我嘲笑了你，我很抱歉。"

"您嘲笑了我？"

"你没听见我发出的声响吗？"

"我听到过，先生，并且开始担心您身体不适。您为什么会发出那样的声音？"

"你所描述的对比是很可笑的，"马莫说，"一方面是迂腐的因循守旧，另一方面却幻想拥有所谓的无限享乐——好像那些是唯一的替代品。"

"没错，"哈里说，"被您这么一说是显得太过愚蠢了。"

"要是我太唐突，我很抱歉。但是你描述的方式会让人误解。有人会说，这个画面被放在不合适的地方。你并没有把你的聪明才智用在这上面，而我想知道是为什么。你几乎是要把所有事情一分为二。"他凝视着天花板。"小说是一种污染。小说见证了复杂性，"他接着说道，"我建议你去留意一些约瑟夫·康拉德说过的话，并不是因为他是我现在所关心的作家——如你所知这给不了我什么乐趣，因为我已是半死之人了。"

"康拉德说了什么？"

"'新价值的探索是一场混沌的经历。这是一种瞬间黑暗的感觉。我让我的心灵凌驾于那混沌之上。'"

"凌驾于那混沌之上，"哈里重复道，"这就是我需要的。"

"如果我是你，这就是我会关注的价值观。"

哈里注意到马莫正饶有兴味地看着他。哈里说："您觉得我是一个软弱的年轻人吗？或是拥有不该拥有的愉悦？"

"愉悦？"马莫笑了起来。"大部分人不知道如何把他们的快乐最大化。哈里，他们拥有的是无爱的性爱。你肯定注意到大多数人在没有爱的状态下活着，花费时间去找寻那些无法让他们动情的人。"

"为什么？"

"想想。"

"这有可能说的是您吗，先生？"

马莫坐在椅子上，身体微向前倾，说："我讨厌去表达观点，但你却一直逼我。我从不想说得太明白。没有什么比明确的态度更让人困惑。最好的故事都是开放式的，是那些你并不完全理解的。但是对于这些问题我的想法很简单：你所描述的那些爱恋只是及时行乐，当然。而不是情侣关系，不是。无法这样去形容。它们是一种瘾，或是违背了正常的情爱关系。或许你只喜欢和你所厌恶的人在一起？"

"怎么会呢，先生？"

"没有进展的关系会演变为一种虐待倾向。恋爱关系中的相互交换会改变两个人：一定会产生一些转变，或是上升为新的关系，不然就只有发展为暴力了。让人们在一段关系中爆发。"

"您对此很了解吗，先生？"

马莫耸了耸肩。"相互转变是很难得的，就好比美好的事物。我的观点是，一个人在找到他想要忠诚于的那个人之前应该按照自己想要的方式生活。毕竟，像你说的那样，人无法给自己口交。"

"没错。"

马莫继续说道:"我觉得今天我已经说得够多了。我想要躺一会儿并想一下你都让我说了些什么。"他朝哈里笑了笑。"你为什么不邀请你的女朋友来这里住呢?我想见一见她。"

"您想见她?"

"我有一种感觉,年轻女人的出现能让我更健谈。"

"为什么?"

马莫闭上眼,说:"或许又该是我想起那些美好和不堪的事情的时候了。当维克多·雨果下葬时,在整个巴黎你找不到一个妓女。她们都忙着致哀。那才是个真正的男人——到现在伦敦西区还在演出他的作品。"

"是的。"哈里收拾好他的东西,轻轻从地毯上走到门口。

但在他离开前,马莫睁开了眼睛并说道:"你也许会发现你无法买到现成的、一劳永逸的性爱——那是愚蠢的工人阶级思想,奴隶们的道德。如果你仔细想一想,就会发现人们得从他们获得的性爱中,发掘并形成他们自己的喜好。但这更像是在写书而不是照本宣科地读纸上的内容。"

"谢谢。"

"不客气。我们的精神病故事,我的纪念文,你的幽灵学,进展得怎么样了?"

"快成功了,先生。但还有相当一段距离。"

"很好。我想,都是这样的。我希望你把我变成一段我所喜欢的故事。我是不是很有趣?我非常期待我的出场能带给我惊喜。"

哈里说:"您会感到非常惊喜的。"

"为什么?"

"真相就像是您额头上的文身。您自己看不到。而我就是您的镜子。"

"你。真他妈的该死。"

"真倒霉。"哈里停了一会儿。"我必须得问一下,您有考虑过我是否可以去拜访玛莉安并采访她吗?"

"何必多此一举?显然,总会有女人,她们来来去去,那又怎样?别去追逐她们。让她们涌向你。"

"您为何要拒绝呢,先生?"

"我说过了这不是个好主意。你只会激怒她,好像这个可怜的女人还没受够一样。"

"她到底经历过什么?"

"出去。"

"还有件事,先生。您的反手拍还需要练习。"

"是的,我也这么想。我们必须得练。我想要恢复以前的体形。我需要你鼓励我做仰卧起坐,还有俯卧撑。我要恢复往日的体力。也许有一天会有用。"

哈里匆忙离开,但丽安娜如他所料在外面等着他,因为除了茱莉亚以外没有其他人陪伴她。她走在他身旁一起穿过田地,想要和他交谈。而她所说的交谈就是想让他充当听众。聆听让他感到轻松,因为和马莫的谈话让他疲惫不堪,仿佛参加了一次深入骨髓的心理治疗,尽管这并非他所愿。

她说:"你足够了解我,哈里,知道我是个有憧憬的女人。"她想说的是她多想脱离这摊"烂泥",她是这么形容这个乡村的。"乡下有一股屎的味道，”她说，“马莫很喜欢这里，因为这让他想起了他的老家。但是现在我需要去伦敦，所以我们必须存钱买一套公寓。我可不想离我的美发师那么远。我的衣服都快碎成一片片了。我们要设宴请客。你知道我有多想见肖恩·康纳利和扮演甘地的演员。但与此同时，我要在附近替马莫设晚宴。你女朋友到时候会过来几天吗？我累坏了，哈里。或许她能让我们都高兴起来？她是个有意思的人吗？我真希望能有个与众不同的人到这儿来。”

“感谢你们的热情邀请，不过关于请她这件事我有点担忧，”哈里说，“爱丽丝出身穷人家，还有一个患有精神分裂症的父亲。她没上过大学，而她的弟弟在坐牢。”

“因为什么？”

“贩毒和入室盗窃。她读的是艺术学校，但在其他方面，她受教育程度不高。她住在廉租房里看些时尚杂志，就好像是在研究地下出版物，不知道她是如何找到了一个时尚界的工作。她的收入不高，但她喜爱服饰，能给衣服拍出绝美的照片。但是至于她学术方面的谈吐——我只能说瓦伦蒂诺① 是她的但丁，而亚历山大·麦昆② 就是她的波德莱尔。”

“这位罗马的大师是她的但丁？我曾经在我的城市里握过他

---

① 瓦伦蒂诺·加拉瓦尼（Valentino Garavini，1932— ），出生于意大利，世界服装设计大师。

② 亚历山大·麦昆（Alexander McQueen，1969—2010），英国著名的服装设计师，有“坏孩子”之称，被认为是英国的时尚教父。

的手,还有费里尼①。请一定邀请她。虽然马莫要工作,但只要到家里来的人不惹怒他,他不会有过多抱怨的。但要是他不喜欢他们,他们当然就永远不会再抱有任何希望了。"

哈里说:"有天早上,我开车送马莫去镇上看足科医生,他说他真希望有一杆猎枪。"他模仿马莫滑稽的优雅嗓音:"'如果我们把这些年轻人除掉,会有人发现吗? 会有人在乎他们中有那么多人在那里闲荡吗? '"

丽安娜说:"他也是这么说骑自行车的人的。不过要是没人来,我可是会像女妖般尖叫的。你会带她来马莫的生日宴会吗——我们欢迎任何年轻人。"

"我会问她的。我知道她会说什么。"

"什么?"

"我要穿什么呢?"

"和我志趣相投的女人。哦,哈里,就像但丁这个著名作家所说:'今夜是永远的开始……Amore e'l cor gentil sono una cosa②。'"

---

① 费德里科·费里尼(Federico Fellini,1920—1993),意大利电影导演,与英格玛·伯格曼、安德烈·塔可夫斯基并称为世界现代艺术电影的"圣三位一体"。
② 原文为意大利语,意为"爱情与高贵的心灵互为形影"。

"来吧,传记作家,你是个真正的男人,还是你的故事和我的一样都是瞎编的?"马莫喊道,在一上午浸淫在文学中后,他总是热衷于进行一些有杀伤力的竞争活动,"我的睾丸都还没出汗呢!让我跑起来! 你难道不想杀了那个抢了你的白种女人的暴发户外国佬吗? 抓住最后的机会去谋杀! 你冒过什么险?"

哈里发现把球传给马莫让他打是件挺有趣的事,而马莫也喜欢这种激烈的对抗;尤其是以强欺弱的部分,能让他高兴起来。

啪的一声——哈里击球,在后面喊道:"那里,弗雷德·佩里 ①,用这个球练习你的反手,如果你行的话! 去啊,去啊,去啊,老爷爷!"

---

① 弗雷德·佩里(Fred Perry,1909—1995),英国网球、乒乓球选手,曾经获得八次网球大满贯冠军,一次世乒赛男单冠军。

而马莫确实跑起来时会开始咳嗽；他大声地清了清嗓子，觉得恶心并吐了口痰，整个身子在发抖。随后他想重来一遍，让自己加把劲。

正当他们要离开时，丽安娜在厨房里用她那珠光宝气的手指朝着哈里摆了摆。"不管什么时候他要你杀了他，说他非常想被你谋杀，但我可不希望你给他心脏病发作的机会，懂吗？这可能不是你愿意做的事，我也不清楚传记作家真的谋杀他们的主人公这种情况的发生率，但别让我们开了先例。"

哈里很快便在想，他是否已经开了头。他发给马莫一个有力但又不是过于凶狠的球。老男人在球发出后动作变得迟缓，然后突然间停了下来，仿佛被球击中一般，跪在地上痛苦地大喊。

哈里向马莫跑去，让他平躺在地，并保持不动。他会去找人帮忙。

"我的人生里从来没有静止不动过，"马莫说，"我会站起来行走的！"

尽管哈里估计是肌肉拉伤，马莫还是试图爬着穿过球场，并坚持重新开始比赛。他紧紧扶着围墙，挣扎着站起来，身子向一边弯下拿起球拍。

"发球！我准备好了！来吧，你这个英国公立学校的浑蛋！"

哈里轻轻将球发给他。马莫急忙应对，又再一次摔倒在地，尽管死要面子，他还是脸朝下摔了个正着。

哈里没带电话。他只能想办法让马莫站起来，多少总得把他送回去。真是相当长的一段路，马莫身体又沉，大汗淋漓，还骂声不绝。最后哈里只能要求马莫爬到他的背上；经过一番考虑，这似乎是最省力的姿势。

在他们一边走的时候，马莫在哈里耳边小声说："我敢说你一定希望你是在写另一本差劲的关于康拉德的书。告诉我，一个男人背着一具死尸这是怎样一个故事？或者也许我已经成了卡夫卡创作的独裁主义统治下的甲虫①？"

哈里上气不接下气，因而没法回答。

丽安娜朝窗外瞥去，正瞧见一个两头两腿的生物痛苦呻吟着，摇摇晃晃地朝房子走来。她急忙冲出去，要求知道哈里对她的丈夫做了什么。在她照料他时，哈里等着马莫解释，可老头儿只顾着叫骂，不肯躺下，直到丽安娜威胁说要打他。她让哈里去树林里想办法给马莫做根拐杖。

由于丽安娜要一门心思地筹办马莫的生日宴会，于是接下来的几天，照顾马莫的任务就落到了哈里身上。他帮老头儿从椅子上站起来又坐下来，把他带到工作室的门口——但和所有人一样，他也只能到此为止——并把他带回到房子里。丽安娜把一部移动电话系在她丈夫的脖子上，里面存着她和哈里两个电话号码。作家往往被陌生人所喜爱而被家人所痛恨。哈里年轻的时候，要是马莫·艾扎姆一天给他打五个电话，他一定会惊喜万分，感激不尽，受宠若惊。为何如此杰出的、所有人都向往和他交谈的男人，会想和他说话呢？而如今，作为"家人"，他距离他太近，害怕听到他那慵懒无力的声音。"求你了，哈里，亲爱的孩子，如果你在附近

---

① 出自奥地利小说家弗兰兹·卡夫卡的小说《变形记》。书中描述了主人公格里高尔突然变成了一只使家人都厌恶的大甲虫的荒诞情节。

的话,你能做做好事帮我去拿本书吗——那本绿色封面的书,我想是绿色的、浅绿色,或者也许是蓝绿色,但我记不得书名和作者了——它在电视机附近……至少我觉得是在电视机附近。还有,我找不到我的眼镜了。镜框是蓝色的,不,是黑色的。你知不知道……"

不幸的是,正当丽安娜渴望哈里对他们的朋友留下深刻的印象时,马莫的背伤却让他在身体倍感无力的同时脾气也比以往更暴躁。丽安娜变得尤为忙碌,事实上对于晚宴的筹备有点狂躁——正如她提及这个夜晚时所说的,这是"永远的开始"。

丽安娜好几次匆忙赶去镇上,带着购物清单,安排菜单、酒水和座位表,而茱莉亚在她身后被她呼喝指使。她热切地希望确保出席人员的完美组合。显然,大部分的用餐者是当地人,但还有一些朋友从伦敦来;其他人则从全国各地开车前来。届时会有谈笑风生、美酒佳肴。对于哈里来说这也有益:他能见识一下一个成功的男人是怎样生活和被人爱戴的。这将是丽安娜为日思夜盼的、今后在伦敦会时常发生的事作彩排,但他们需要存够钱在那里买房子。

爱丽丝还在伦敦工作,不过她从哈里那儿听到了发生的一切。她已经和办公室的人去了巴黎,但是答应可能的话,她会赶上火车过来加入他们,但这取决于镇上事情的进展。

晚宴的当晚,也是哈里来到马莫家的一个月后,他们俩坐在餐桌边等着茱莉亚帮丽安娜穿好衣服。事实上,这两个女人在露丝的协助下,已经从昨天早上开始忙乎到现在了。马莫将其比作是

给沙特尔大教堂 ① 重新装修。在此期间,男人们只需花一秒就换上了西服,整理好发型,早已让几杯凉爽的马天尼下肚。

哈里问马莫是否还好。"如果您不介意的话,我想说您看上去像是刚发现上错了火车的男人那样惊恐万分。"

"我的手不是因为那杯果汁而抖的,哈里。有什么比纪念一个人的晚宴更糟糕呢,我的朋友?我宁愿待在家里自虐。这个妻子,正如你用你那在公立学校学来的造作的伦敦腔这么称呼她,可就算是她也似乎是被施了魔咒。"

"这顿晚宴让你们俩都神经紧绷。丽安娜真是太好了——"

"我不得不说你是个活力四射的小伙子,可以给人写传记也能端茶送水。我越来越喜欢你了。也许你得帮我一个小忙。"

"我想知道是不是马上要去做前面说的那些事情了——"

马莫探过身去。"今晚密切注意丽安娜——你知道你多么擅长谈论些关于胸罩、垒径 ② 和其他女性感兴趣的话题。"

"你说什么?"

"凭你的聪明完全能发现女人对偏头痛和猫这两个话题永远不会厌倦。让这个老婆娘喝薄荷茶。"

"好的。"

---

① 沙特尔大教堂, 全称沙特尔圣母大教堂(La Cathédrale Notre-Dame de Chartres), 坐落在法国厄尔 - 卢瓦尔省省会沙特尔市的山丘上。是法国著名的天主教堂。它与兰斯大教堂、亚眠大教堂和博韦大教堂并列为法国四大哥特式教堂。

② 垒径(ley line), 曾有英国考古学家发现若以圆形石林以南的古老石碑、古树、古坟及其他历史遗迹相连会呈一直线, 而直线上的许多地名都以 ley、lay、lea 为词尾。

"提醒你一下,你还可以帮我一个忙,帮我把那瓶伏特加拿来,谢谢。在冰箱里的那瓶,丽安娜把她的羊绒衫也放那儿了。"哈里找到了,还拿来了两只水晶烈酒杯。马莫倒了两杯酒,喝下一杯,又迅速满上。"喝了它。纯酒更好。苦艾酒弄得我们晕头转向的。"哈里喝下他那杯,马莫又给他加满了。马莫说:"我知道你在这方面经验丰富。"

"哪方面,先生?"

"女人。"

"您更了解,先生。您和佩吉在一起很多年了。我正在研究。"

"哈里,请别忘了向急切的读者大众指出她是个完美的女人,但没人应该娶她。一个人坠入爱河,然后,在那期间,意识到一个人会受到另一人童年的影响。这个人会明白,比如,在一段时间过后,他其实一直生活在他妻子母亲的怀里。我犯了一个错。完全可以理解。"

"为何?"

"我相信性和工作可以取代爱情。我不得不说,佩吉死后,我感到轻松,可能还有些许激动。有一瞬间我不知道自己要做什么。我真正需要的正是我如今所拥有的。一个让人伤脑筋的姑娘——毫无疑问,非常伤脑筋——但却属于一个男人的女人。"

"那是怎样的女人?"

"这样的女人不忠实于她自己、她的孩子、事业或是酒精,却忠实于她理想的男人、他的笔和他的天赋。如果有这样的男人,那个男人,"马莫叹了口气,"应该是我。"

"您很幸运,先生。很快就会更加幸运。"

"为什么？"

"等到今晚您见到您的妻子就知道了。"

"她整容了吗？"哈里摇了摇头。"更贵的？请告诉我吧。"

"等一下。"哈里站在后门，点了支烟。"我会告诉您的。"

那天早上茱莉亚来到哈里房间，关上门，差点哭了出来。她并非那种哭哭啼啼的女人。当哈里问她出了什么问题时，她说了出来，丽安娜在过去几天变得尤为疯狂和焦虑，她言辞激烈地提醒茱莉亚，她丽安娜才是管事的，而且因为她拥有一切而茱莉亚一无所有，茱莉亚更应该小心一点。茱莉亚现在有所注意了。

"姑娘，你应该学会更感激，更听话些，"丽安娜补充道，"那样的话，insh'allah，或许马莫和我会帮你在这个艰难的世上取得一些成就。"

哈里得知在此之前还有一系列积累的伤害：早些时候，丽安娜曾指责茱莉亚头发油腻又邋遢。丽安娜的霸道、急躁以及再次威胁说要掌掴她，激怒了茱莉亚，她左思右想，想到了一个报复丽安娜又不会被解雇的计划。并不是说哈里认为丽安娜无论如何都会撵走她；他知道丽安娜并没有按照她在房子里的全部工作时间来支付给她钱，并且丽安娜试图将他们两人定义成为"朋友"。

在这件事上，茱莉亚并没有把钱视为重要因素。她最终找到了自己的目的，并努力让自己成为丽安娜生活中不可或缺的部分。清晨的第一件事，她便为女主人准备衣物，将一天所需穿戴的衣服、水晶和饰品一一摆放出来。她确保丽安娜的浴室擦洗得如手术室般干净。随后她开车送她，陪她购物，刷洗并喂养动物，然后在她焦虑的时候拿给她香草冰激凌。尽管对她了如指掌，茱莉亚还是把丽安娜变成了她自己一直以来自己心目中的贵妇。另一边，哈里听到丽安娜厚着脸皮说为这对夫妇工作的"经验"会让茱莉亚的简历"看上去有层次"，而茱莉亚只能对此报以假笑。"你为什么这副表情？"丽安娜问道。茱莉亚回应："但是，小姐，我们在这里并没有职业。有时我们有工作，但不是经常有。"

茱莉亚喜欢"希望之屋"胜过她自己的家，这对哈里来说已不是什么秘密。她第一次来到这个房子时还是个孩子，那时她母亲受雇于佩吉。茱莉亚的哥哥司各特想要照顾她，但却得常常外出。过去几个月里，她母亲出去寻欢作乐的频率和强度都大大增加。几乎每晚露丝都会去酒吧，然后带几个男人回来再开始新的一轮。"在人生的这个阶段，我值得拥有一些陪伴。"露丝坚持道，边说边拖进来一箱啤酒。"我可能在爱情里不走运，但享受生活永远都不迟！看看你就知道了，"她继续说道，"你把那个漂亮男孩带回来，我说什么了吗？"

"但你有什么可以说呢？"茱莉亚问。她对哈里说："所以妈妈开始讨厌你了。"

哈里说："有一天早上我狼吞虎咽地吃下炒鸡蛋，注意到她眼神凶恶地看着我。但我不是一直以来对她温文有礼吗？"

"只是针对你，"她说，"她很滑稽地模仿了你调情的样子。"茱莉亚正准备重现，考虑之后又放弃了。"她说你是势利的中产阶级，又以恩人自居，你是她恨这个国家的所有原因。总有一天会有人给你教训的。"

"我渴望学习，你是知道的。不过我祈求上帝我的老师不会是司各特。"

露丝"狂欢的夜晚",会有跳舞、尽情的纵欲,接踵而至的是打架和清晨地板上的血迹。只要可能,茉莉亚便在她朋友露西那里过夜;偶尔当她觉得家里太糟糕时,她会瞒着丽安娜和马莫,悄悄地去一间谷仓,然后睡在沙发上。但大部分时候,她在家中,在那闩着的房门后面,彻夜未眠,想着她是否,或者什么时候应该介入。要是叫喊声过于声嘶力竭,而且打斗过于厉害的话,她会穿上衣服,走下楼,冲着这帮疯子大吼。她用锤子砸碎过一台手提录音机。还有一次她报了警。尽管露丝戴着眼镜也很消瘦,但还不至于像酗酒者那样瘦骨嶙峋,这位母亲朝着茉莉亚的耳朵就是猛的一拳,似乎要让这个可怜的女孩脑震荡了,害得她的耳朵总是嗡嗡作响。不仅如此,其中一个男人似乎已经搬了进来,住在客厅台子下纸盒般大的地方。茉莉亚一坐下来,一只汗津津的手便会伸出来抚摩她的脚踝。"就好像是住在酒吧里。"她说。

她即便休息的时候也不回家,干草地的最下方有一条几乎隐蔽的河流,她会去那狭窄、冰冷却清新的河水里游泳。她和哈里会骑着司各特修好的四轮摩托车去小河。当哈里漫不经心地弹奏着吉他,对她唱着缓慢的布鲁斯歌曲,她凝视着熏衣草色的天空,想着这片农村,思索着未来。

她开始更有力量地行走,很快又想轻轻地慢跑,有时是和哈里一起。她将几缕发丝染成了红色,于是在她奔跑时,这颜色似乎也在翩翩起舞。她会坐在干草地底部一张厨房的椅子上,面朝着阳光,让自己放松。她说:"我的很多朋友都有孩子了。我知道他们承受的痛苦。并且在孩子出生后、男人离开后的很长一段时间将继续地痛苦下去。"这些孩子中有许多是她曾经照顾过的;她对小孩很和善也极富耐心。她说像她这样的女孩被当地的中产阶级称作"婴儿车",但这个地方的唯一的日常娱乐就是性交。

一天夜里,在他吻了她之后,她从包里拿出一个信封递给哈里。里面装着三本污迹斑斑、破损的记者的笔记本。笔记本内满是马莫用铅笔和圆珠笔写下的已经退了色、几乎难以辨认的笔记。她一直将它们放在床下。哈里谢过她,顺手将其放进迷彩裤的口袋里;后来,当他有时间快速浏览一遍时,他发现了它们的巨大价值。

哈里和茉莉亚在房子里的时候尽量避免眼神接触。但茉莉亚深信他们之间有一种"永恒"的关系,她常常发短信给他,送去她的香吻,并告诉他接下来该对她做些什么。有一次在他工作时,她提着水桶和拖把走进他的房间。他转过身时,她把手伸到紧身衣前面,舔着中指,揉搓着全身,而他则在镜子里看着她。

哈里喜欢茉莉亚的大胆;她淘气的、与众不同的笑容总能让他心情愉悦。在她狡黠地发现激起她女主人的偏执总能成功时,他愈加喜欢她了。

这是她报复性的还击。"丽安娜,你是老大,管理这里的一切,感谢耶稣。但有一些东西我拥有的**肯定**比你多。"

"你肯定是在跟我开玩笑。是**什么**?"

"你猜,"茉莉亚咯咯地笑了起来,然后继续用她谦卑但顽固的口吻说,"你的胸比我小。比大多数的人都要小。"

丽安娜停下来盯着她看,好像以前从未见过她似的。茉莉亚有些畏缩,在想丽安娜是否会打她一拳,或是解雇她。

"是的,好吧……有人议论这事吗?"

"有。"

丽安娜噘起了嘴。她不会把自己说成是一个神秘的、天生具有洞察力的女巫。她想了一会儿,说:"到现在马莫走进房间我还会手心冒汗。"

茱莉亚说:"那**马莫**有哪个部位会湿吗?"

"对,这就是问题所在。你说得一点没错,我必须要加强我对他的影响力。"

"您必须得这样,小姐。"

"否则他会变得厌倦和危险,正如他对佩吉和玛莉安所做的。在我的国家我们这些女人都很有魄力,也都明白留住一个男人的唯一方法就是满足他。我会把他榨得一干二净,让他连跟另一个女人问好的精力都没有。"

丽安娜想要确保每个人都知道她能用她的"阴谋诡计"让她的丈夫在那个夜晚性欲高涨。"那样的话,那些村里喜欢八卦,嚼舌根,认为我丈夫不渴求我的人,可以永远地闭嘴了。"

"干得好,茱莉亚,"哈里肯定地说,"危险,但很绝妙。我等不及要看丽安娜有什么阴谋诡计了。除了你,她没有更好的帮手。希望她的小算盘不会适得其反。"

此刻哈里掐灭了手中的香烟,又给马莫倒了一杯酒。他说:"在茱莉亚善意的帮助下,丽安娜准备特意做些什么来取悦您。不言而喻,您所指的理想女人——属于男人的女人——需要一直被男人所占有。"

"如果你听到我上个月给了丽安娜更多，你一定会很激动。"

"您给了她什么？"

"男人得抓住女人的耳朵，与之交谈甚至偶尔倾听。不过这一次我抓住了她的脑袋。我似乎给她买了一个假发。"

"那她肯定需要走出去炫耀。否则，就像是把委拉兹开斯①关在橱柜里。对她好点：圣诞节给她一对新的乳房吧。她会喜欢受到关注的。"

马莫笑了起来。"亲爱的孩子，你的老二如此之硬，几乎无法直走。但我是连路都没法走——你知道这是为什么。并且，我最后冷静下来。"他继续说，他有一个好朋友在巴黎，是个比他年长、才华出众的诗人。"想一下两个老男人坐在咖啡厅里，看着这个世界消失殆尽。他或许是比我软弱，或许比我更固执，还在玩着爱情游戏。他说有一天对于衰老的人们唯一可以说的就是很难达到高潮，如果还能有的话。"

马莫说他朋友的两眼会顿时放光；他会站起身来，尾随一个女人走到街上，边走边引用司汤达的话："美是幸福的承诺……"马莫的朋友会把这些女人安置在公寓里，和她们做爱——至少在一开始的时候——给她们付学费，让她们成为律师。等女人们找到更富有和更年轻的男人，这段关系便结束了。有一天这个老男人在窥探他其中一个美人时，在阳台上被警察逮捕了，当时她正和另一个男人在一起。

---

① 迭戈·委拉兹开斯（Diego Velázquez，1599—1660），西班牙巴洛克画家，具有贵族威严的绘画巨匠。

"然后,哈里,他跑来向我哭诉,但没有人能安抚失恋者的心。"

"您嫉妒他?"

"我的朋友也许需要懂得,你也是一样,当老去时,与其轰轰烈烈地恋爱,怜悯婚姻的呜咽、**兄弟之爱**、温暖的谈话可以成为现代典范和所有爱情的目标。在一个人可以自由思考时,宽容的、相互促进的、平衡的、理性的爱情让人拥有心满意足的日子。而且,一个人想要吃晚饭时,晚饭就出现在桌上。"

"父母之爱,或是情同手足之爱,而非成年人的爱?"

"为什么说这不是成人的?"

"没有性。"

马莫一口气喝下他的伏特加。"我不得不承认,你可能执迷于某件事。"哈里笑了笑,他很高兴终于引起了马莫的兴趣。"你差不多,但并不完全是我所认为的傻瓜。"

哈里探过身去。"你把你的老二放在了纸上。"

马莫满脸疑惑地看着他。"你说什么?"

"马莫,你把你的女人转变为一个个虚构的人物,而不是把她们当成真实的人去爱。"

"哈里,想想你能得到的,"马莫悲叹道,"如果你不是一直太过火的话。"

"只有在我过火时我才觉得我取得了些进展。"哈里说。

马莫刚闭上眼睛就听到从房子的别处传来一声叫喊。"我还活着,准备好去跳舞! 准备好吧,人们! "

"小伙子们,她来了! "茉莉亚欢快地高声喊道。

马莫清醒过来,伸手去拿他的拐杖。"最好是值得去做的事。"

丽安娜小心翼翼地走下楼,茱莉亚陪伴在她左右。马莫消耗了一些体力,转过身看着他的妻子。哈里不知道这是马莫的妻子为其生日而特别精心挑选的风格,还是她似乎把他所有的钱一下子全部穿在了身上,让马莫好似一个准备将电暖炉扔进浴缸里的男人。

"帮帮我,"他抬起手臂对哈里说,"请扶我起来——我有一半屁股没感觉了。"

　　一阵窸窸窣窣的声响：哈里想整个世界都要沸腾了。丽安娜盘起了腿。

　　"如果这都不成功，就没法子了。"她将身子靠向哈里并在他耳边小声说，一边把裙子往下拽了拽。

　　他说："就连我的裤子都搭起小帐篷了。"

　　"我很期待今晚，我好想触碰他。"

　　"希望你拥有许多缠绵的高潮。"

　　"我会的，过一会儿，"她说道，"这是我们之间的秘密，我很容易高潮，如果碰上我喜欢的男人，有时可以连续两到三次。要是不喜欢，就只有一次。性爱让人的生活更有意义吗？你有一次不是说过'只有好的高潮才能让我们生活更美好'吗？"

　　他咯咯地笑了笑。"但愿如此。"

　　他又瞥了丽安娜一眼，并称赞她 A 字形的皮裙、透明上装以及他认出的鲁布托①高跟鞋。至于她的手提包,他不得不承认自己一直是豹纹爱好者;他的睡裤也是同样颜色。

"停车——就是这里,"她最后对哈里说,"马莫,"她大声喊,"请听我说,我们要下来了。"

"这里?"马莫眯起眼焦虑地看着窗外。"你确定吗?"

"当然。"

"不可能。继续开,孩子!"

"不,停下,"她说,从车里走下来,绕到一旁让马莫出来,"我没开玩笑。"

哈里也吃了一惊,晚宴设在一间地道的印度餐馆的后屋,有着仿七十年代殖民时期的装饰。这显然对马莫是个不小的刺激,他像一个将要被遗弃在老人院的退休老人那样不住地颤抖。

"你说你不去旅行,这里是我们的波特帕提②,过去我们常常好几个小时痴痴地望着对方,谈论我们的童年,我们喜欢的图书馆的颜色,未来,以及我们将要一起做的事。你知道你喜爱这里的食物,亲爱的。"丽安娜带着恳求的语气说道,一边说着一边爱抚着他的双手,并试图强行将它们从紧握着的坐椅上拉开。

"我喜欢吗?"

"你说这里的碎肉是上帝赐予的佳肴。有太多可以喝的,看——我们的朋友在那里!"

"我讨厌那些浑蛋——"

---

① 克里斯提·鲁布托(Christian Louboutin,1963—),法国高跟鞋设计师,也是以他命名的高跟鞋品牌。
② 波特帕提(Pottapatti),印度马杜赖市的一个小村庄。

"别傻了。他们都读过你的书。我们得感激那些版税。"

"我的出版商寄给他们的是免费的样书。"

哈里和丽安娜要把马莫从车上拽到宴会场地有些困难,尤其是当丽安娜这会儿才告诉他要是他等一会儿能够作一个"简短的演讲"就会显得格外亲切时,马莫不得不停下来难以置信地盯着她看。

"演讲? 在这里?"

"拜托了,亲爱的,就一会儿,对你亲爱的朋友说几句亲切的话。你只需要摆出一副纳尔逊·曼德拉的样子就行。这对你来说易如反掌。"

马莫凭直觉知道——"哦,上帝,这将像是沙可 ① 周二的讲座——"一连串有点衰老憔悴、忧虑失常的人很快就到了。马莫瘫坐在桌子旁的椅子上,如果不是起不来的话,他也不愿带着如同一个印度亿万富翁注视他的仆人那样冷漠的表情向那群亡灵表示问候。丽安娜还邀请了一对富有的美国夫妇从伦敦赶来,以此增加参与者的"多样性",他们一直崇拜马莫的作品并想要见一见"这个伟大的男人"。尽管这个女人对马莫上一部关于澳大利亚的作品不乏溢美之词,将其描述为"个人新闻学"体裁的经典之作,也没有美国人那么好出风头,不过马莫并不想和他们说话。

晚餐期间,马莫的朋友们问起他现在忙于什么,他耸耸肩说:"什么也没干,都太晚了,工作在那里,工作完成了,我已经差不多

---

① 让 – 马丁·沙可(Jean-Martin Charcot,1825—1893),法国神经学家,现代神经医学的奠基人,被称为神经医学之父。

了，只剩下无尽的黑暗等待着我。"丽安娜则谈论着双行道、旁道和"绿化带"，正如他们在乡村里所做的一样。

当被问及对此事的看法时，马莫清了清嗓子，下了决心说："我爱你们所有人，我爱英格兰——农村、这里的人们，甚至是食物，尤其是印度食物。"然后闭上了眼睛。

丽安娜轻敲酒杯，引起大家的注意；他们都恭敬地望着马莫，等待着这个老人的双唇再次开启。

最终马莫睁开了眼，说："我们居住在一个只有过去，却没有未来的国家。如果我是一个守旧者，那是因为我想要保存我所认为的属于那段过去、属于英国和英国人民的特征。我是一个移民，但英国是我的家。我在这片满是猴子的荒野和傻瓜的民主里待的时间比任何地方都长，我喜爱这自由的乡村气息和公平竞争胜过其他任何地方。我也十分关注着它的悲和喜。当我还是孩子时，英国是世界上最强大的国家，它的议员们让人既畏惧又敬仰。我喜欢六十年代的那股愤世嫉俗，那些政治人物们远非像在其他地方那样被人们理想化，人们无所畏惧地大肆讥讽和嘲笑他们。

"不过，显然，如今我们这些作家和艺术家不被允许去攻击他人了。不准我们去质疑，批判或是侮辱他人，以免被追捕或谋杀。现在没有几个保镖的作家不会被人们当成重要人物。劣评是最无关紧要的问题。我们要取悦每个疯狂的傻子：这是他们的人权。话语权永远会被夺走，即使有也总是暂时的。我担心真理就要输掉这场游戏。人们并不想要；它并不会帮助他们变得富有。

"改编来自卢卡奇·捷尔吉[①]的话,我们住在大深渊酒店,里面服务和设施应有尽有:它很漂亮,光照良好,舒适,有热心的员工。它位于悬崖的边缘,因此有着美得难以置信的景色。而居民们都在下面掘洞找石油,致使它随时都会坍塌。我们是幸存者,在这片令人愉悦的、自由的飞地,人们靠赚来的日子随心所欲地阅读和说话。但对那些不住在里面的人——那些在这个世界上一无所有的弱势群体、穷人、难民、和那些被迫流亡的人来说——他们仿佛生活在荒漠之中。

"这种不断加大的差距是致命的。我们住在酒店里的人是幸运的,我们不能忘记这一点。就连我也十分感激。我永远不会回家乡。这里才是我的安息之地。"

"希望不是在这间餐馆。"丽安娜说。

马莫继续说道:"我想说的是,由于男人成为唯一痛恨着自己的物种,这个世界可能走向完全的自我毁灭。"他举起了酒杯。"祝一切顺利,我的朋友们。为愉快的世界末日干杯。"

"愉快的世界末日。"其他的客人举起他们手中的酒杯,顺从地低声喃喃道。

"彻底的自我毁灭。"马莫说。

"彻底的自我毁灭。"他的朋友们重复道。

"还有死亡。"马莫补充道。

"死亡。"

---

① 卢卡奇·捷尔吉(Lukács György,1885—1971),匈牙利马克思主义哲学家和文艺批评家,传统西方马克思主义创始人。

"死亡。"

他们唱起了"生日快乐"。随后,在上冰激凌之前,马莫的一个助手,一个有时替他做研究的年轻的印度人,站了起来,并发言赞扬马莫的才华、仁慈、同情心和理解力,正如在场所有人会做的那样。这个学者还将马莫称为革命者,并将他比作德里达、法农、奥威尔、果戈理和爱德华·萨义德。所幸马莫不擅长用面部表情表达;当这些话语涌向他时,他只有一脸困惑和不解。

哈里从头至尾一直做着笔记,他意识到将这一场面作为特色放在书的前言的总结部分和结尾可能是个不错的主意。致辞一结束,他便走到外面呼吸新鲜空气,坐在一堵墙上,给这些客人增添一些个性和补充。他不会仅仅呈现"事实";他追求的是更偏向小说的、个性化的笔调,展现这个作家满载着成功和荣誉的晚年。再次进来后,哈里高兴地看到客人们喝着咖啡,尽管这时大多数的人已经无可救药地醉倒了。他匆忙跑到餐馆的角落查看他的电话。她打过电话来吗?

他想念爱丽丝,但他不认为她会想念他或是任何一个人。她并不是那样一个人,她为人比较冷淡。在她很小的时候,父母无暇顾及她,因此她便开始自力更生。不过由于哈里来这个房子已经快五个星期了,并且对于缓慢的进展开始泄气,情绪低落,他坚持,甚至向她打包票,如果她跟随他一同来到乡下,没人会在她周围说些狂妄的、令人费解的,甚至是高深的话。基于这个前提,爱丽丝终于同意过来拜访。不过哈里收到一条短信,他打开后发现爱丽丝并不确定今晚是否能过来。她不认识其他宾客,总之,她很忙。她一如既往地让他"等候听命"。

"亲爱的,帮帮我。"他感觉到有一只手搭在他肩上,还有一只胳膊搂着他的腰。丽安娜低声说道:"我们必须得从这里出去。我已经受够了。你看。"

哈里看见马莫在对英国的赞美之后似乎便想要离群索居,此刻他从椅子上掉了下来,坐在地板上,就像一个困惑的孩子。有几个客人蹒跚着走向他,扶他回到座位上。此时,丽安娜正告知他们的朋友们她觉得马莫已经不能再喝了。

哈里和两名服务员费了很大力气才把几乎醉得不省人事的马莫从餐馆里拖出来并让他上了汽车后座。他们脱下他的鞋子,将一个靠枕垫在他头下,并把一条毛毯盖在他身上。

在哈里忙完并给了服务员小费之后,他对丽安娜说:"要是我早知道写传记会变成这样一种体力劳动,我可能会重新考虑一下。"

"我们走吧,"她说,"请往前开。"

　　她嘱咐哈里小心开车好让马莫睡一觉。他会睡一个小时左右，然后他们会去找些乐子。她从车窗里向客人们作最后的道别，并朝一些准备离去的客人挥手，其中一人正对着阴沟呕吐。

　　由于丽安娜噘着嘴，并可笑地摇晃着身子，仿佛她即将在身体内在的压力下爆发，哈里从方向盘上腾出一只手捂在她胸前。

　　"小心点，"她叫道，"我的胸罩里有一块粉晶①！"当哈里漫不经心地说他觉得她的客人们很喜欢那些食物，她说："如果你这么想的话，你就是个不了解印度美食的白痴。你再也不用担心便秘了。难道你不觉得这是一种悲剧吗？我可不想在这些奇怪的东西周围。"

---

① 粉晶（rose quartz crystal），又称蔷薇水晶、芙蓉晶、芙蓉石或玫瑰水晶，石英石的一种，是著名的爱情宝石。

"你真正想要的,丽安娜,是成为一名贵妇,一个时尚的社交界女主人,有一个沙龙,萨默塞特·毛姆、阿诺德·本涅特①,偶尔托马斯·哈代也会顺便去那里喝个茶,谈论一下剧院里正在上演什么戏。"

她说:"我得在伦敦才能做这些。你难道从没注意到马莫为我做的是微乎及微吗?"

"但你是托尔斯泰的妻子,"哈里说,"难道你获得的地位和尊重给你的慰藉还不够吗?"

"我之所以安排那个无人领情的晚宴,只是因为马莫从不带我去任何地方。你知道'卑鄙的本'吧,我的那个思想龌龊的灵媒?"

"那个目光短浅的灵媒? 是你说的那个变性人吗?"

"亲爱的,看看那些指甲就知道他肯定是了。"

"丽安娜,我能问一下,雇用一个最多只能预见未来六个月的灵媒有何意义? 这不就像是找一个失明的外科医生一样吗?"

"我问过'卑鄙的本',"她说,"你不能让马莫兴奋起来吗? 在接下来的六个月里你能预见我有任何性生活吗? 不可能——他觉得我被我的前夫诅咒了,并向我索要七百镑来消除祸端。"

"没有忠诚折扣吗?"

"哈里,我问你,我还有什么选择? 马莫几乎不跟我说话。我把我的需求写下来,把字写得很大,然后把我的日记放在外面。什么样的丈夫在走过他妻子的日记时不会多看一眼?"

---

① 阿诺德·本涅特(Arnold Bennett, 1867—1931),英国作家。

"他和你有肢体接触吗？"

"就连我的生日那天都没有！对我而言，即使神性也植根于世俗人生。会有人因为缺乏激情和爱而发疯吗？还有人想要触摸我吗？我猜你可能知道，哈里。"

他瞥了她一眼。"你是一个丰盈的女人，楚楚动人，也正处于性欲旺盛期。一个有太多尚未被挖掘的潜能的女人，还有很多的美好在等着她。尤其是在接下来的六个月里。"

"虽然我努力过了，我的四十岁并不如意，"她说，"宝贝，亲爱的，离婚这样的事情可是相当耗人精力的。"

她描述了她对马莫的文学欣赏，以及在某个瞬间它是如何转变成了爱。对她来说，这是一种性的、精神的和情绪上的"觉醒"。她发觉了这个世界的意义所在；所有的一切加在一起，她的灵魂充满了光和生命。这种状态在最初的三年里一直维持着。然后，光开始闪烁。"在那一刻他没有什么可以给我，也没有给予的意愿了。"

哈里说："你这是在庸人自扰，丽安娜。如今你有房子、土地，还有朝你摇尾巴的狗。等马莫离开后，你会得到钱，会惊讶地发现自己被视为这永恒之火的守护者。你还有一项终身的工作在等着你，要拒绝对于各种授权的请求，抨击任何称你丈夫是江湖骗子的记者。"

"哈里，这对女人来说更为糟糕，哈里，你不懂。你七十五岁时还能娶妻。他将是我最后的爱人。或许也是我最后一个男人，而我将不会再被人爱了。在马莫之后还有什么男人会接受我呢？"

"你会找一个伟大的艺术家作为丈夫。丽安娜，你现在还有欲望吗？"

尽管马莫鼾声连连，丽安娜还是转过头确保他真的睡着了。哈里的 iPod 开着，音量很低，放着巴西歌曲和北欧的爵士乐——柔和的小号声和圆润缓慢的钢琴声交织在一起。哈里能听到丽安娜急促的呼吸声。他让她听音乐，这样他好专心于驱车穿越于漆黑狭窄的乡间小道中，两旁尽是草丛和树木，他边开车边把车大灯调亮，调暗。

她靠向他，低声说道："我很狂躁，亲爱的，狂躁。我对茱莉亚说，最理想的是，我不用过上超过一个月没有爱的日子。"

"那她怎么说？"

"她尖叫了起来——差不多一个星期。她告诉我，一个女人要是一天没有高潮，皮肤就会干燥还会长皱纹。按她所说的，一个人需要把她爱人的精液抹在额头上。"

"她的脸看上去确实是乳白色的。"

丽安娜接着说："我不应该承认——别把这写进书里——我伸出手臂，拥抱了一棵大树。"

"狗会在树边撒尿，丽安娜，"他说，"你想让我跟他说说此事吗？"

"行吗？如果不行的话——"说到这里她满脸认真地看着他，"我可能要问问你晚上都上哪儿去了。"

"什么？"

"天黑了以后。"

他知道她一直在监视他。他说："天黑后我想要放松一下，丽安娜。我喜欢开车。有时我会走到巨石阵那儿，翻过围墙，把我的脸颊紧贴着古老的岩石。这样的放松让我开始思考这本书。你所谓的纸上作业。"

"我是好心这么说，哈里。但是你得小心一点。我尊重你的秘密，但是巨石阵这种废话你还是留给你的女朋友吧。我很好奇她是什么样的。"

"我不是很开心，因为她说她会来这里参加马莫的晚宴。"

"她总是逃避吗？"

"她整个人生就是一场失约。"

"我不想这么说，但是你让我想起了塔罗牌魔术师。你有许多精神力量。你值得拥有更好的，"丽安娜说，"我会告诉你我们要做什么。我有着清教徒和天主教徒的背景。在我那个年代不相信上帝是要受到惩罚的。我远离化学实验。但是我在现代小说里读到过这些内容。你有没有尝试过可卡因——或者不管它叫什么，"灵魂出窍"①？你有吗？"

"摇头丸？这对你可不好。"

"那为什么报纸上说有成千上万的人在服用？"

"它在短时间内让人很享受。"

"这就是我想要的，"她吐露道，"短时间的享受。我开始觉得自己像是个老太婆。我的膝盖很疼。还有我的心脏。"

"我父亲总说违禁药物比起合法的东西对人更好。有多少艺术家是在醉酒，嗑鸦片酊、鸦片、三氯乙醛或安非他命的状态下进行创作的？抗抑郁药为文化做了什么？"

---

① "灵魂出窍"（Ecstasy），即摇头丸。

"很好。要是你不给我一些好东西尝尝的话,我就去镇上的那个讨厌的酒吧,你喜欢去那里喝酒的。"她触摸了下他的膝盖。"就一点,拜托了,哈里。"他告诉她,那她得答应给他点好处。"你必须让马莫同意我去采访玛莉安。行吗?"

"不过他对她很提防。她内心充满仇恨并发誓会进行可怕的报复。"

"什么样的?"

"我们等着它来。他所做的就是深深爱上了我。他不会让她来攻击他。别冒这个风险:要是你提到她,他会把你撕成两半。"

"我必须得冒这个险。"

回到了房子,哈里还是面临同样的困难。要将马莫从车里弄出来,把他带去厨房,上楼,然后上床。

丽安娜走在他们前面,到了卧室,她关上了灯,点燃了蜡烛。然后她一下子坐在她最爱的黄色的、装饰有奇珍异鸟的扶手椅上,让头发散落下来,并脱下了鞋子。

"你应该知道,"她说,在他迫使马莫跌跌撞撞地勉强挤进门后并扶他上床时,"这只鞋的足弓是按女性高潮时脚的形状设计的。"她伸进胸罩里拿出那块水晶,焦躁地抚摸着它。"把他弄醒。"

哈里轻轻地唤道:"马莫⋯⋯马莫⋯⋯"

没有任何回应。她说:"你是肌肉玛丽 ①——扇他耳光。他之后会感谢你的。我们都会感谢你的。"

---

① 肌肉玛丽(Muscle Mary),指拥有发达肌肉的男同性恋者。

哈里轻轻拍了拍马莫的脸颊。"拜托,老伙计。"

她让他再用力些。"让他醒过来。用水泼他。"

哈里用手背轻轻拍了一下这个老男人,并沾了一点水洒在他额头上。马莫抬起头,睁开眼,直直地盯着哈里看了一会儿。随后便倒下,闭上了眼睛。

丽安娜哼了一声,用手指了指马莫的真丝睡衣。"这个浑蛋今晚是没戏了。我们得自己找点乐子。起码试试把这个给他套上。"

"我为什么这么做,丽安娜?"

"你想要了解他,而我已经累坏了! 你不觉得我的脚踝看上去有点肿吗?"她说,"言归正传,你给了我希望。你真觉得我能用我们之前讨论的办法赢回马莫的心吗?"

在几声愤怒的哼哼声和喘息声之后,正当哈里准备开始给这个老头儿脱下裤子换上睡衣的大工程时,马莫便又熟睡了过去。其间,哈里匆匆瞥了一眼窗户。外面是漆黑一片;下着稀疏细雨。哈里走到窗前:他相信他看见了在远处手机发出的亮光。

他对丽安娜说:"你必须下定决心,使用浑身解数来色诱。"

她用水晶轻抚椅子的扶手。"你说得对。我一直都太不积极了。"她精心地盘起腿。"我看到你的眼神。他过去常常看着我。他曾经迷恋我的双腿,虽然我觉得在威尼斯的那美好的一天,当他发觉自己不得不和我身体其他部分一同结婚时,他是有点意外的。哈里——"

"什么事?"

"你今晚唤起了我的热情……你准备去你平时晚上去的地方吗? 要是我受到惊吓怎么办? 如果我哭了怎么办?"

"别哭。"马莫终于换好衣服睡觉了。哈里向她打了招呼然后向门口走去。他感谢她今晚的招待并让她好好睡上一觉。他回到自己的房间并锁上房门。几分钟过后她过来试着开门,大声喊道:"别像其他人一样拒绝我!"

他并不相信她是真心的,很快她便放弃了。他走向窗边,从窗口爬了出去然后跳下。茱莉亚在院子里等着他,在午夜的细雨中拿雨衣盖着头顶。

第十二章

"他们和我不是一类人。"

"当然不会。"

"真的不是一类人。"

"我知道你是怎么想的,我早已经说过他们和大多数人合不来,爱丽丝。这些自命不凡、专制的老头儿可不是人人能品味的——说不定是变态。"

但让爱丽丝感到有意思的是,她坚称他一定是爱上了马莫。这"再明显不过了"。他问她怎么会有这种想法。

"有一天,你在郁闷的时候打电话给我,我不得不忍受着你对他嘴唇和眼睛的描述。"她重复着哈里圆润的嗓音和属于上层阶级的带有讽刺而又慢吞吞拉长调子的语气。"'他的眼睛,亲爱的爱丽丝,仿佛如此深邃让人难以看穿,但它们却无比炙热。'"

"是的,但这只是供你参考罢了。来这里的话你会被大家感激的。"

他不断重申会增加金钱上的诱惑;他将在庞德街为她大出血。因此,在诸多争论、借口之后,外加许诺去威尼斯旅游,大事件终于发生了:爱丽丝不仅同意过来拜访,他还发现那天早上她早早地就来到了那个小车站,有些不耐烦地在站台等待,轻轻敲着她的手机。

此刻这对情侣的车正开在交错相通而又狭窄的小道上,驶往他们的目的地,也是所有当地道路的交会处:希望之屋。她有着细长的脖子,优雅地转过头,就在这完美的时刻,树篱分了开来:牛群吃着草,鸟儿唱着歌,鹿站在原地不动。她陶醉于这片安静的美景,而他早知她会如此,他说他必须向她道歉,因为他并非真正邀请她来享受这份宁静的。

"但是我的身体正在舒展,"她说,"这几乎是瑜伽时刻。你为什么不告诉我有那么美好?"

"看看我。告诉我,我看上去怎么样?"

"你洗澡了吗?那件 T 恤该扔了。我要是你的话现在就往头发上涂点发蜡让它们看上去更浓密些。你喜欢昨天的晚宴吗?说给我听听。"

哈里告诉他,在马莫失去知觉前,他把他作为 Darbari① 介绍给他的朋友们,意思是侍从或是娈童。然后丽安娜向他索要毒品并坚持让他给马莫换衣服。她向哈里暗示他也许也想去脱她的衣

---

① Darbari,由英国殖民统治者在印度举行的仪式性集会的参与者。

服。很快他将可以去老维克剧院① 当演员们的服装师了。

爱丽丝说："你一直在和别人调情吗？哦，上帝，哈里，求你在这里表现正常点儿。你是不是到处在惹麻烦？"

"我向你保证是她挑起的。就连她的意大利面都难逃她的魔爪。她嗅的到我的血液，我的恐惧和软弱，而且她盯上了我，对我过于亲密，爱打听我的事，嘲笑我的背景。她总是说我碌碌无为，缺乏创造性，我每每愤怒地发抖然后独自哭泣。"

"她说的是事实吗？"

"我只能赔着笑脸。"

"因为罗伯的坚持？"

"我来这里是为了精神上和物质上都能更上一个台阶，"当爱丽丝问及他面谈的进展时，他回答说，"就像你给我的好建议那样，我站在马莫图书馆外面的时候，从十开始倒数，然后再走进去。可是后来，我怕我的主人公会把长而尖的鱼头插进我的屁股，想到这儿我就害怕得发抖，不得不在他开始说话前先跑去洗手间。"爱丽丝质疑他的男子气概，就像她常常喜欢做的，而他回应称"如果你读过马莫的文章，当然你不会去读，你会知道他吃过人肉。"

"拜托——"

"不是很大一块。不是手臂或是喉咙。但他们说到孩子，至少他尝试过——油炸，再撒上些盐和胡椒粉。我确实有点怕**他**，爱丽丝。当他侦察到我开始研究那本笔记时，他看上去很烦躁，像是一

---

① 老维克剧院（The Old Vic），英国最著名的剧院之一，位于伦敦的滑铁卢桥路，前身是一八一八年落成的科堡剧院，一九四一年由于严重受损而被迫关闭，一九五〇年重新启用。

个将要被洒上柠檬汁的牡蛎，"他接着说，"很大程度取决于我是否能见到他过去的情人，玛莉安。罗伯说我必须得到马莫的准许，因为要是我让他跟我再对立的话，他就会把我扫地出门了。"

"你害怕什么？"

"他的反对。他的脾气。你都会看见的，然后你就会明白现在问题的严重性。"

"会吗？"

"我没法控制自己不去激怒他，让他觉得我是一个没出息的人。"

她用双臂紧紧抱着自己。"他也会认为我是这样吗？"

"一开始不会。他会吸引你。然后，他会撕烂你的脸拿去喂猪。"

"哦，看在上帝的分上，哈里，请带我回车站吧。你到底为什么要带我来这个鬼地方？"

"我内心的黑暗在不断扩大，爱丽丝。不属于这里也不属于任何地方的东西一直在我眼睛和耳朵中闪着。晚上，还没产生关于任何疯女人的幻觉时，我能感受到一股沮丧从我的周围开始燃烧。如果我深陷其中，我就不得不放弃，然后开始写小说。"

"那么我们就会变得很穷。"

"更糟糕。被我的家人看不起。事实上被所有的家庭看不起。"

"我不想说我警告过你。"

"但你会看到我安然穿过这片火线，而我的大部分头发还在，至少睾丸完好无损。"

他们经过了汽车修理厂、教堂和酒吧,拐进小巷。很快他们一路颠颠簸簸穿过小道,开往姜饼屋①。

她靠近他,轻轻地吻了吻他,并说他是个虐待狂。"我能感觉到你对此很期待。我要是消失了你不会大惊小怪,是吗?你知道我喜欢逃跑。"

从车后面拖着她来时带的大包小包走进房子里,他告诉她当地人把这个地方称为"全景饭店",所有的出口都用挂锁锁上。她是不会消失的。

就在这时,传来一阵叫声:丽安娜匆忙跑出来打招呼,她仔细看了看并拥抱了爱丽丝。爱丽丝特别喜欢那几条狗,丽安娜便马上急切地要带她参观。

但首先哈里和爱丽丝还是先去了他们的房间,他躺在床上。在半睡半醒之间,他望着她一件件翻着她自己的衣服。爱丽丝每天至少换三套衣服,她把自己大部分的钱以及他的相当一部分钱都花在了衣服上。她从做生意的朋友那里拿了很多便宜又好看的衣服。而她最爱的是那些从未穿过的衣服——她在等待"合适的场合"——有太多这样的场合了。衣着和饰物是一个人的创造力;一个人的外在如何全凭自己决定,就像是油画上的一笔。她告诉过他,如果他理解女人的衣服,他便会更懂得欣赏女人。

她搬进来后,衣服换来换去就变得频繁和习以为常了。他们俩都喜欢女士的鞋子,一个晚上她可以换上许多双。他并不宽敞

---

① 姜饼屋(gingerbread house),出自格林兄弟的童话故事《巫婆的糖果屋》,是女巫住的地方。

的书房已然成了她放裙子和外套的洞穴。她的衣服把他的书都盖住了。而这只是冰山一角。"我负债累累,哈里。我忍不住要花钱。茶具、咖啡机、珠宝、米兰——这些不起眼的必需品都跟我没关系了。"她想向他借钱,但除非罗伯预支**他**一点钱,他自己也所剩无几。如果准备买房子组成家庭的话,他们不得不像其他欧洲人一样学会节俭。

他知道谁都有疯狂的一面,也意识到爱丽丝在这个时候与别人并无不同:负债并没有什么好羞愧的;事实上,没有欠债的节俭人士才被视为愚蠢的失败者。不过,他还是劝她减少开支,正如任何相互间有依赖关系的人会做的那样。可是她把购物称为她的"发泄",担心如果缩减开支,她会需要通过其他的途径来减轻焦虑。

今天,爱丽丝安顿下来后,哈里觉得让她和爱丽丝和丽安娜在一起是个好主意。惊人却充满热情的思想,醉心于食物、家具和她男人的情绪,使得丽安娜会给这个年轻的女人树立一个好榜样。

"丽安娜,亲爱的,告诉我,你觉得我的女朋友怎么样?"在那天早晨晚些时候哈里独自和那个老女人在一块儿时低声问道,"我需要让她打包回家吗?"

"看到她明亮的笑脸,我也能开心起来。她有一点儿高傲,像你所说的,但是富有朝气也很纤弱。她展现出她品位的那一刻我便喜欢上她了。她说得太好了。'丽安娜,这完全是一栋女性化的房子。'她让我想起了在我宿醉和遇见马莫之前的自己,真让我觉得她可能是我的女儿。她是模特吗?"

"过去有人在路上拦住她让她从事这一行。所以简单来说她过去是。但是对于露屁股赚钱这种事,她太不擅长了。"

"她太瘦了,我几乎都可以看穿她了。还有她的头发,多特别的颜色啊。"

"是自然的。"

"我有说不是吗?银发女郎,我猜你会这么说。几乎是白色的。"

"丽安娜,求你千万别给她衣服。你为什么要将它们赠送出去呢?"

"把它们留在这里有什么意义?女人穿漂亮的衣裳就是为了让男人们想将它们脱去。"

哈里说:"可怜的爱丽丝,她今天早上几乎就要发抖了,丽安娜,因为怕你。"

她抓住他的手臂。"怕我?千万别那么说!我只想吓吓马莫,当然还有你。为什么呢?"

"她很害怕。你的阅历和处事的老练令人生畏。"

"亲爱的孩子,我必须得帮助并指引她。她让这个房子充满生气。"

爱丽丝出现了。丽安娜大叫了一声并招招手,小狗们便冲向车里,丽安娜则飞快地带着爱丽丝去镇上采购午餐。随后,丽安娜又带着她看了看厨房,和她一起做饭,她们两人喝了一瓶葡萄酒,而丽安娜一直滔滔不绝。没过多久,丽安娜就称呼爱丽丝为她"失散多年的女儿",并拉她带着狗一起参观整个房子、谷仓和庭院,然后是她的衣服和鞋子;这些带有意大利复古风格的东西十分吸引爱丽丝。

当一个年长的女人遇见一个年轻的女人并且对她有好感时，就会给她衣服。这加固了她们之间的某种关系，或许是拉近了距离以及相互间的理解。丽安娜还给了爱丽丝许多印度和意大利的首饰，以至于哈里在厨房撞见爱丽丝时以为自己眼花了，因为那个在火车站穿着简单的橘色夹克、牛仔短裤和系带凉鞋的爱丽丝，如今在房子里走动时会有叮叮当当的响声，就像是来自宝莱坞电影里的女主角。仔细看清楚后，哈里明白丽安娜实际上是把爱丽丝打造成了年轻版的自己。

丽安娜说："你的爱丽丝是个多么富有创造力的女孩啊。她看了一眼这个没有生气的地方就给出了很多关于怎么让它起死回生的好主意。我会和我的中介说的。我们可以在这里拍一部电视剧。我知道你是怎么想我的，好像我是一个庸俗的暴发户。但我们是在共同筹谋靠这套房子赚取生活费。我们要让年轻的艺术家都来这里。"

"多年轻？"

"别冒生命危险把这告诉马莫。他已经在房间里因为午餐晚点了而发牢骚。不过，多亏了爱丽丝，我们有芦笋、无花果、红鲷鱼、冰激凌和世界上最好的意大利干酪——我姐姐寄来的布拉塔奶酪。哦，我现在有点抓狂，担心他会对她很粗鲁。因为你，他最近变得很狂躁。"

哈里问她是否像之前许诺的那样跟马莫说起过爱丽丝，她的话难以让人相信。"呃，我做了一些准备工作。"

"你是怎么说的？"

"我跟他强调，虽然她从没听说过作家马莫，但她会像对其他伟大的设计师那般高度评价他的。"

　　他哆嗦了一下。"你把他们作比较？"

　　"在那个语境里。"

　　"要是他对她说些疯狂的话怎么办？"

　　"我已经提醒过他别开始谈论他的梦想。快点，赶在他发火前把弥诺陶洛斯①接来。"

────────────

　　① 弥诺陶洛斯（Minotaur），克里特岛上的半人半牛怪，拥有人的身体和牛的头。

第十三章

下午,哈里穿过院子来到马莫房间去接这位隐居的老人,他现在还弯着腰拄着拐杖。在网球场意外过后,马莫的医生诊断出他有椎间盘突出而不是肌肉拉伤,并建议他做手术,但并不是说能保证在他这个年纪能起到效果。在马莫详细地述说他的困境时,他吞下一把止痛药,按丽安娜所说,他看到的无助、衰老的未来让他的脾气变得比以往更坏,言辞也更为刻毒。

"又一个无所事事的早晨。"当哈里把他带去厨房并让他坐到椅子上时,他说道。茱莉亚赶忙拿来他最爱的冰苏打水。

爱丽丝向他走去,坐下,拉住他的手,望着他的双眼。"感谢您邀请我来这儿,"她说,"这真是个好地方。"

"亲爱的,我们一直在等你,"他说,"告诉我,时尚界怎么样?"

"情况并不糟,谢谢。"

"你能跟我说说它的意义何在吗？"

"什么？"她难以置信地摇了摇头。"这是商业。我们进行买卖，让人们不会越来越冷。它怎么会没有意义呢？"

"别以为你的情况我不知情，"马莫说道，并仔细地打量着她，"丽安娜告诉我你把我比作裁缝。"

"哪个裁缝？"

马莫发际线和眉毛之间的血管在跳动。"裁缝或是鞋匠，或是类似的巧匠。我有说错吗，丽安娜？"

爱丽丝看了一眼丽安娜，她正屏住呼吸望着他俩。由于丽安娜不知道该说什么，爱丽丝便开口问道："您有见过亚历山大·麦昆的夹克吗？"

"当然没有。你在说什么？这个麦昆读过我的作品吗？他能不动嘴唇地阅读吗？"

爱丽丝说："或许为了让我更好地给您定位，我确实提到过您是一位大师，像瓦伦蒂诺那样的大师，受到包括丽安娜在内的许多人的爱戴。"

"你在给我定位，是吗？你**确实**在拿我们作比较。"

"也许这是一种荣幸。"

"这怎么可能是一种荣幸？"

"呃，对我来说，是。"

马莫看上去有些急躁。他说："和这些人在一起我们只谈论外表。"

"我不这么认为。"

"什么？"

爱丽丝说:"不仅仅是这样。我们谈论的是一件东西该被做成什么样子。它看上去如何。它怎么样。这是一种态度。"

"态度。怎么讲?"

她说:"一个吻……"

"大声点。我几乎半聋了。"

"一个吻、一个诅咒、一只杯子、一只鞋、一条褶边、一件羊毛衫、一只手表、一个玩笑、一个礼貌的行为——当然还有一句话、一个段落、一整页……这些难道不都需要风格、优雅、天赋和智慧吗?"

"当然了。"

"所以艺术怎么能仅仅只局限于书本里?"

哈里低声说道:"福楼拜写过:'风格即是生活。'"

马莫说:"一种更普遍的美或许是需要争取的。"

"很好,"爱丽丝叹了一口气说道,"是的。"

"太好了。感谢上帝,太好了。"丽安娜说。她拿起了一瓶葡萄酒。"这瓶是二○○九年的吉佳乐世家。或者你们喜欢夏布利酒吗?"

"安静点儿,丽安娜。"

"你说什么,马莫?"

"大师,和您不同,我看的是杂志,"爱丽丝继续说道,"您不是对一个记者说过艺术家需要在他们的作品上撒上一些神奇的粉末? 这难道不是适用于每一件物品吗? 您看看这枚普通的白金戒指。"她把手递给他,他拉着她的手盯着看。"您明白我所说的吗? 这枚戒指上就有。"

他说:"是的,没错,这是性感的一种形式。有一些人把它称作厄洛斯①,从蛋里孵化出来,让整个宇宙运转起来。爱的光辐射。"

"您明白了。"

他抬头望着她。"你几乎要让我高兴起来了,亲爱的。"

"只是几乎?"

马莫说:"你提醒了我,语言,事实上一切真实的东西,只有因为感性而有活力。我明白这点。但要是我看上去有点阴郁的话,那是因为我被那该死的反复出现的噩梦所困扰。就是枯燥、常见的那种,然而却不消停,我希望它永远消失。"

"您在梦境里是赤裸的吗,先生?"茉莉亚突然问道。她一边准备饭菜一边聆听着。

"大师是从不会赤裸的,"丽安娜说,"现在,马莫,请你——"

马莫没等她说完便问:"**你**会在梦境里赤裸吗,茉莉亚?"

"一针一线都没有,在田野里尽情地奔跑,唱着歌,所有人都注视着我。"

"你这个傻瓜,"马莫用手佛了下眉毛说道,"哈里,如果你还要把自己强加给我们一段时间的话,你可能会派上些用处。我知道你自称为一个解梦人。"

"我有吗?"

"丽安娜告诉我说你能立马看透一个梦境。你从你那令人敬畏的父亲那里学到的。"

---

① 厄洛斯(Eros),在希腊神话中是司"性爱"的原始神。

哈里摇摇头说："我父亲还警告我说不要和任何人提及你的梦境,正如你永远不会和人分享你的银行信息。"

　　"但你很聪明,哈里,"丽安娜说,"马莫,你为何不告诉我们,求你了——能告诉我们你的灵魂去哪里游荡了吗? 它四处漂泊,让我们在很长一段时间里都痛苦无比。"

马莫说:"是吗？让我就说这一次,丽安娜。"

"说吧。"她说。

马莫清了清嗓子,露出一副丽安娜提到的发表诺贝尔获奖感言时的表情。

"出于某种原因,我置身于一个墙壁有着优美弧度的大礼堂里。我在那里进行总决赛,但却毫无准备。我坐在那里死死地盯着纸上空白的一片,直到对失败的恐惧不断上升,而我知道我即将崩溃。我醒来,浑身是汗,而你知道的,哈里,有时我会大声狂叫。这一切是因为什么,哈里？"

"我早说过,哈里,别埋没你的才华。"爱丽丝紧握着他的手说。她咯咯地笑了起来。"跳舞吧,猴子,跳舞吧。"

此刻他们都把目光投向哈里,而他正犹豫着是发表自己的见解还是跳舞,他焦虑地发出了小熊维尼的哼哼声,双手不停地在牛仔裤上擦拭。

"这很常见，那个梦——"

"是的，可是为什么？"马莫问。

"因为它是关于我们所无法准备的——我们男人过去通过了的巨大的考验，却无从知晓是否还能再次通过。"

"谢谢，索索特利斯太太①，"马莫说，"你所指的是什么考验？"

"一种力量。发挥男性魅力的阳具的力量。和以往其他任何时候相比，是否这一次，一个男人能满足他的女人，抑或将无法满足她。这个男人到底拥有什么——不中用的阳具？难怪你会出汗。我们的梦境总是领先我们很多，先生，"他接着说，"您很好心地将您挚爱的父亲的信件给我看。他不断地坚持提醒您要通过各个方面的成功来给家族带来荣耀。他如此铁石心肠让我十分震惊。他的坚持比我父亲的还变本加厉。"马莫目不转睛地盯着他看。哈里忽然想起罗伯曾建议过，引用古代作家的话，不管是真实的还是虚构的，总能打断作家的思维并让其留下深刻印象。"我们知道可怜的基督徒想要放弃欲望，但是伟大的佩特罗尼乌斯②说得非常好：'没有武器你如何成为一名战士？'"

停顿了一下。马莫说："我明白了。"

丽安娜说："别傻盯着看了，茱莉亚，别摆出着那副表情。继

---

① 索索特利斯太太（Madame Sosostris），英国诗人托马斯·艾略特成名作《荒原》里的人物，是一个具有遥视或预测能力的超自然女人。

② 盖厄斯·佩特罗尼乌斯·阿尔比特（Gaius Petronius Arbiter，27—66），罗马抒情诗人、小说家，生活于罗马皇帝尼禄统治时期。讽刺小说《萨蒂利孔》（Satyricon）被认为是他的作品。

续干你的活儿。你为什么像根树干一样杵在那儿？"

"那要我做什么？"

"我从来没那么脏过。放一缸水给我洗澡。"

"是的，小姐。"

"还有，你手里拿着马莫的书准备干什么？"

"这本？我准备读，小姐。"

"你在读我的书，茱莉亚？"马莫说，"真的吗？"

"是的，读第二遍了，"她说，"我最喜欢的是关于五个独裁者的故事——两人来自非洲，一人来自中东，还有一人来自远东，最后一人更像英国本地人，他们都爱上了同一个姑娘。您展现了爱情温柔、不断完善的特性，以及男性恶魔的一面。这个故事太美了，先生。每次都让我开心又流泪。"

马莫脸红了。"很好，很好。你过去看了很多书。"

"什么时候——她什么时候看过很多书？"丽安娜问。

"在她小时候，那时候她总是惹麻烦，也很有趣。"马莫说。他抬起手掐了下她的脸颊。"一个惹人爱的小家伙——呵，**孩子**？"

茱莉亚说："马莫给我一些书。他把它们都扔给了我，像是一个考验，以为我永远不会去读，但我坐下来把它们都读完了，并展示给他看。"

"你确实读完了。"他说。

"举个例子呢？"丽安娜说。

"嗯……哈珀·李 ①、露丝·伦德尔 ②、穆丽尔·斯帕

---

① 哈珀·李（Harper Lee，1926—2016），美国著名女作家。
② 露丝·伦德尔（Ruth Rendell，1930—2015），英国著名犯罪小说女作家。

克①——"

"**感谢上帝**,你真是可笑至极。"丽安娜说。

"别冤枉我!"茱莉亚喊道,"永远别说我笨。您是这么说的吗,小姐?"

"丽安娜不敢那样说,**孩子**。"马莫说。

"她在我们的房子里大喊大叫,马莫,"丽安娜说,"听听看!"

"没关系。"他说。

"别纵容她!"

"我没有。"他冷静地回应。

茱莉亚坐在他的身边,说:"先生,有能力去说那样一个故事一定是件神奇的事情。您肯定每天醒来时都为自己骄傲。"

"谢谢,亲爱的姑娘,我现在非常自豪,"他说,"我夜里醒来浑身冒着汗,却很欣慰。我侥幸成功了。曾经当过作家是件了不起的事。"

"曾经?"

"先生您真是太谦虚了。"哈里说。

"为什么?"

"我父亲的一个朋友,是您这个时代的电影制片人,在他上了年纪之后提高了他的产量。他明白继续干的重要性,是对他被赐予的才华的尊重。"

"这他妈的是为了什么?"

"为什么男人对力量和工作的欲望要减小呢? 毕竟,除此之外

---

① 穆丽尔·斯帕克(Muriel Spark, 1918—2006),英国女作家。

还有其他什么尊严呢？至少在假装的无能为力中是一点都没有的。'一个人即使被毁灭也必须追寻自己的道路。'索福克勒斯在《安提戈涅》里这样说。提香在七十岁之后创作出了最好的作品。歌德在七十四岁高龄向一个十九岁女孩求婚——至少拥有更多的性爱。"

"听到像我这样的人还有各种各样形式的满足真是令人激动。我喜欢——真的喜欢，当一名作家。光是工作就足够了吗？"

丽安娜一直瞪着茉莉亚，然后咚咚地敲着桌子。"你好大的胆子！为什么坐在那儿一动不动？你是不是已经忘了自己在这里的工作了？"

"您想让我继续帮您清理鞋子吗？"

"是的，另外不要未经允许就拿走任何东西。我可不想再一次在镇上撞见你穿着我紫色的马克·雅各布。我是让你在家里穿给我看，而不是穿出去。"

"对不起，小姐。不会再发生了。"茉莉亚说。

"还有别忘了把橙皮放在里面过夜。"丽安娜喊道。随后，这个姑娘刚离开，她就开始说："一个女仆还以为自己是布鲁姆斯伯里团体里的一员，她所说的无非是为了引人关注的垃圾。是时候找一个无知点的人来取代她了。我猜她加入了工会，马莫？"

"我该跟撒切尔夫人谈论下。"他说。

等茉莉亚跑出去而丽安娜去花园找狗时，马莫紧紧抓住椅子的扶手，呻吟着，试图站起来。

"但愿你知道，爱丽丝，一个艺术家是如何去唠叨并竭尽全力让语言保持生动性，我的背自从网球事件后是何等疼痛，让我在不该硬的地方僵硬。我可能从现在起就将永远地成为半个废人了，让你的男朋友推着我的轮椅。"

"大师,您为什么之前不说? 我可以帮您。"

"怎么帮?"

"哈里没告诉您我以前受过按摩师短期培训?"

"你有吗? 没人对我说过比这更甜蜜的话了,"他说,"你亲爱的哈里一点用处都没有,只会问些愚蠢的问题,关于四十年前发生的事!"

"那会让运动员疼痛不已的。"

他扭动了下身子。"亲爱的姑娘,你确定能忍受触碰我吗?"

"我十几岁的时候,就是一名老年护理。"

"好极了。"

"让我找一些杏仁油。"

"试试去丽安娜的浴室找。抓紧时间:我们可以去我的谷仓,那里不会被打扰。在哈里改写我的历史时,你可以重新调整我的脊椎——如果哈里同意的话。"

哈里说他再乐意不过了。他把爱丽丝带去前厅,他们靠着墙,相互拥吻。他低声说道:"幸运女神,你是怎么做到的——像那样和他较量?"

"我不知道,哈里。他就像你说的,很倔犟,他诱惑我,把我困得走投无路。一切发生得如此之快我甚至无法呼吸。但我知道我不得不反抗要不然我就完蛋了。事情就是这样的。"

"你真棒,要是你替他按摩,他会冷静下来,我们可能会有所进展。"

她给了他一个吻。"我会去做的,剩下的交给你了。"

哈里回到厨房时，马莫喃喃道："多谢你用梦境来打断。"

"很荣幸。"

"显然，"马莫说，"可爱的、乡村孩子，茉莉亚。这个在梦里赤裸的孩子，我记得有一次，在你打台球时，我听到她叫你'小饥渴'。在别人说话时，你总是饶有趣味地看着她。"

"我有吗？"

"那是为什么？"

"我想是因为在伦敦你看不到白人工作。"

"我承认这是美好的一幕，即便在这也极为罕见。我早就说过，白种人的时代结束了，这个显而易见的事实却让新闻记者焦虑不安。富人像往常一样统治；他们肤色各异，特别是黄种人，"他说，"不过我承认看着别人工作是很惬意的。"

"您觉得自己高人一等？"

"一点都不。它提醒了我，我的职责是贡献，我想回到以前，一旦我摆脱了这疼痛。"

"您为何一直无法工作？"

马莫说："我可以听听巴赫的音乐，也能忍受舒伯特，因为我有忧郁症。其他的都让我感到压抑——贝多芬，尤其是过于欢快的莫扎特，叽叽喳喳的声音没完没了。有一天，在我假装对福斯特和奥威尔不予理会时，你的小脸看上去很沮丧。你还是希望被打动。在我十几、二十岁的时候，甚至在我三十出头时，我喜爱阅读，可以迷恋一个作家几个星期，读遍他们所有的作品，关于他们的一切。现在，我全都忘光了，而且，作家的时代已过去了。"

"过去了？"

"想想他们,伯特兰·罗素、A.J. 艾耶尔 ①、D.H. 劳伦斯、阿道斯·赫胥黎、安东尼·鲍威尔 ②、安东尼·伯吉斯 ③、威廉·戈尔丁、亨利·格林 ④、格雷厄姆·格林——"

"不,不是那个格林。不——永远不会。"

"不错,你真勇敢。但另一方面,那些还没有读的、不值一读的、被丢弃的、已故的,大量的文字冲进海里,一去不复返。大力水手有更长的文化生命力。如今只有妇女和娘娘腔才会看书和写作。否则的话,现在,一有人被近亲鸡奸了他们就以为能写出一部回忆录。一切都结束了。"

哈里说:"但**你**的一些书会一直留存下去。"

"会吗?"

"大概四本左右吧——"

"四本?"

"不,三部大作。第一部小说以及几部长篇,是最值得保存的。还有,可能早期关于易卜生和斯特林堡的女人的文章。"

"有那么多吗?"马莫说,"都结束了,也都太迟了。我不该抱怨。留给我的还有什么呢?有多少老年艺术家还能创作出伟大的作品呢?"

"但是先生,这才是您梦想的真正意义所在:对失败的渴望。"

"为什么?"

---

① 阿尔弗雷德·艾耶尔爵士(Sir Alfred Jules Aye, 1910—1989),英国哲学家。
② 安东尼·鲍威尔(Anthony Powell, 1905—2000),英国小说家。
③ 约翰·安东尼·伯吉斯·威尔森(John Anthony Burgess Wilson, 1917—1993),笔名安东尼·伯吉斯,英国当代著名作家。
④ 亨利·格林(Henry Green, 1905—1973),英国作家。

"为了激怒您的父亲，他对您总有更高期许。"

"说下去。"

哈里说："为了毫无意义的平静或退休而放弃工作和女人的爱是一种消极的自我背叛。您对自己的描述从叙事的角度来说比我要在书里对您的描述受到的局限还要多很多。看看李尔①所做的吧。他允许其他人，甚至是鼓励他们来羞辱他。如果一个男人觉得自己很有力量，一定能保持生命力和重要性。"

"他是怎么做到的？"

"我不得不说，先生，我在这里的这些日子学到了一些东西。你教会了我只有挫折才能使创造力变成可能。你和你的素材相互较劲，然后变得善于创造，甚至有远见。"

马莫撑着头。"你让我头晕，还带给我腰痛。我所想的就是我必须坚持下去，创作，虽然会被遗忘。但那是我想要的；也是我所能做的。但同时，这还不够。一定还有其他的什么。"

"是什么——那些其他的？"

"我不知道。现在开始我会思考。我们的谈话耗尽了我的精力。"

哈里帮他起身。不久之后，哈里从厨房的窗户望去，看见马莫穿着拖鞋和条纹睡衣急切地和爱丽丝一起走去他的谷仓。哈里注意到，他的身形越来越像一个问号，正如他那让人难以捉摸的个性。片刻之后，谷仓的门被重重地关上了。这个特殊的地方是丽安娜和其他任何人都禁止入内的。丽安娜透过窗户所能看见的就

---

① 爱德华·李尔（Edward Lear，1812—1888），英国诗人、画家。

只有马莫的头顶,而他整天都保持着同一个姿势。"国王在他的账房里。"丽安娜喜欢这么说。如果她着急见他,她得打电话,尽管她担心他会吹着斯蒂凡·格拉佩里①的口哨而让电话铃一直响到语音留言。罗伯曾经说过,马莫的房间里装满了变态的权力狂、盗窃癖者和疯狂的独裁者杀手赠送的厚礼。据说,马莫每见一个独裁者都要拍马屁。不过爱丽丝是哈里所知道的自他到来后唯一一个进入这个房间的人。

九十分钟后,在听到狗叫声之后,哈里回到窗边,茱莉亚在他脚边清扫,他看见马莫回到房子,神情愉悦,看上去也更高了,像是一个倒感叹号。

"她有着珍·茜宝②的脑袋和斯维亚托斯拉大·里赫特③的双手,"马莫气喘吁吁地说道,"每一次抚摩都让我感觉自己成为一个天才。"

爱丽丝拍起了手。"我让他变得更富创造力了!"

马莫说:"要是我能重回六十五岁就好了……哈里,你是个幸运的男人。"

① 斯蒂凡·格拉佩里(Stéphane Grappelli, 1908—1997),爵士乐史上最伟大的小提琴家之一。
② 珍·茜宝(Jean Seberg, 1938—1979),美国电影演员。
③ 斯维亚托斯拉夫·特奥菲洛维奇·里赫特(Sviatoslav Teofilovich Richter, 1915—1997),德国血统的乌克兰钢琴家,被认为是二十世纪最伟大的钢琴大师之一。

　　"我发誓,这是我来这之后睡的第一个好觉。"哈里第二天和爱丽丝醒来后一边做爱一边说。她是唯一一个他想清晨第一眼见到的女人;而吻她则是他与生俱来就擅长的。"感谢上帝你来了,和我在一起。那些吵声没让你生气吗?"

　　"什么吵声?"

　　"外面的动物。被托利党捕获的狐狸的尖叫声。"

　　"这里是乡村,哈里。那是自然界的声音。不过还有其他的声音。"

　　"是什么? 在哪里?"

　　"你的反应为什么这么大? 有什么事困扰你吗?"

　　"是的,我在这里整天都心烦意乱。我觉得母亲透过墙在呼唤我。死去的母亲们甚至比活着时话更多。"

　　"她都说了些什么?"

"她问我在这里做什么。"

"这是做母亲的本能。"

他说："但一直抓着我的老二。"

"等一等。进来吧，"她喊道，"哦，大惊喜。哇噢。"

门开了，茱莉亚走了进来，手里端着盛着早餐的餐盘。

"早上好，小姐。"茱莉亚说完将餐盘放在床头的茶几上。哈里缩在床单下面。这还是第一次在茱莉亚面前他的老二没有翘起。"先生，对不起，今天是我来——妈妈身体不舒服。她的膝盖摔伤了。"

"不是被推倒的？很抱歉听到这个消息，茱莉亚。希望她很快便能康复。"

"谢谢你，先生。我能为你沏茶吗？"

"那太好了，亲爱的。"

"楼下有烤面包和鸡蛋。我会为您放洗澡水，小姐。"

"谢谢。"爱丽丝说。茱莉亚离开后，她小声说："每天都过着P.G.伍德般的生活吗？"

"哦，没错。来这以后，我连手指头都没动过一下。我发现懒惰已经彻底让人委靡不振了。"

爱丽丝和哈里下楼去和丽安娜一起用餐，茱莉亚和她母亲则在他们周围缓慢地移动着，边喷着药膏边进行打扫。尽管爱丽丝只向茱莉亚要烫衣板，但茱莉亚还是不知怎的找到了他们的衣服，并主动替爱丽丝和哈里把衣服洗好，熨好，她解释说要是爱丽丝执意要自己动手的话，非但会让她不高兴，还会害她丢了饭碗。

"我求你了，爱丽丝小姐，自从他们关了屠宰场之后，"她说，

"这是我唯一的生计了。"

屠宰场的关闭导致了很多连锁反应,大多是有害的。周末为丽安娜和马莫工作的同时,为了增加收入,茱莉亚过去还在工作日里为屠宰场干上几个小时。如今,由于她意识到丽安娜已经受够她了,因此她不但照顾她和马莫,还打扫起哈里和爱丽丝的房间和浴室,整理哈里的稿件、笔记本和文具。哈里对于茱莉亚的时刻存在感到有些压抑,却无能为力,而对于她处在有利位置,通常是在墙边注视着他和爱丽丝的一举一动,也无可奈何。

在漫长的周末过后,爱丽丝意识到她还有年假没有休完,便决定继续留在这里,而并非如之前所说那样马上逃回伦敦市区。她几乎为这个地方赋予了浪漫主义色彩,尽管哈里抱怨说要花上一个小时才能买到牛奶,并且大部分时间都要穿高筒靴,否则就是雨衣外加背心。爱丽斯坦言如今她十分喜爱马莫和丽安娜,他们就像是她的双亲,并且,在和哈里相处的这段亲密的日子里,她目睹了他的痛苦,听到了他的烦恼,他对她袒露心声,这应该是他们交往中关系最好的时刻了。

哈里工作的时候,爱丽丝则负责帮马莫挑选衣服,然后带着他开车出门散步。在乡间,马莫背靠在树上,她开始替他为"这本书"拍摄一系列他的照片。

"我想,他一定讨厌拍照吧?"

"是我拍的话就不会。他听女人的话。"爱丽丝随后说,这会儿他们正泛着小木舟荡漾在温和清澈的小河上。爱丽丝安静地坐在最前面,穿着航海条纹衫,戴着一顶鸭嘴帽,偶尔将船桨伸进水里掌几下舵,像是人们搅拌茶的样子。"我感觉他想要理解并帮助我。"

"帮你什么？"

"更成功地生活。"

"那是什么？"

"拥有更多欢乐。"

那天早晨早些时候，他望着走在前面的她，在阳光下，缓缓地、轻柔地、性感地，几乎超越时间之外，带着一丝茫然，像是属于另一个维度的生物，然后，他愧疚地想到，于他而言，那就是一个女人：总还会有别人，和对他的挑逗。此刻，他从脚边的篮子里拿出一只桃子递给她，看着她咬着它，汁水沿着她的下巴流了下来。

"你真是个漂亮的小妞……"

"谢谢。"

"听你说他会倾听并且感兴趣这着实出乎我的意料，"哈里说，随手递给她一张纸巾，"我访问过他的朋友们，都说他很固执。有一次他大发雷霆只是因为番茄太凉了。"

"我讨厌他发脾气。我不知道要怎么做。我可能只会哭。那丽安娜是怎么应对的？"

"'太凉了，**宝贝**？哦，亲爱的，'她会这么说，然后把这只番茄拾起，塞进裙子里，放在大腿之间，'一个凉掉的番茄。那一定是世界上最糟糕的了。让我来为你把它弄暖吧？这是不是更好？'她把它再次放在盘子上，他咬了一口。'确实好多了，夫人，'他说，'你知道我要善待我的牙齿。'"

对爱丽丝来说，粗话和幽默是一扇通往疯狂的大门，她说："他对男人没有兴趣。而和女人一起，他确实会把注意力放在我们身上。他会开一些肆无忌惮的玩笑,还会哼着我介绍给他听的蒂朵①的曲子。"

"蒂朵?"

"斯蒂凡·格拉佩里的曲子让我感到消沉。"

"我也觉得。可是他哼蒂朵的歌?你们两个人听《白旗》②这首歌?"

"他一路啦啦啦地唱着。接着是崔西·索恩③,然后我就要慢慢设法让他转向艾米·怀恩豪斯④。你觉得怎样,茱莉亚?他听你话吗?"

"是的,他会听。"茱莉亚说,她手里抱着一堆毛巾等候在小码头上。哈里和爱丽丝已经发现,你只需要念她的名字,她就会像精灵一样突然出现。"他并不像对待仆人那样对待我。从我小时候开始,他从未这样过。早晨他读报时,就会坐在那里然后告诉我报上说些什么,问我那些人都是谁。"

"你看,"爱丽丝说,走向茱莉亚,让她扶她上岸,"走进他,哈里,和他说话。抓住你的机会。我对他摇摇手指说:'哈里现在失眠,抑郁。别让我的爱人烦恼,作家先生,不然你会发现一切将变得不顺利。'"

"起到作用了吗?"

"现在他会让你了解得更多。他似乎之前在那里嘀嘀咕咕,可

<hr />

① 蒂朵(Dido,1971—),英国创作型女歌手。
② 《白旗》(*White Flag*),蒂朵著名的歌曲。
③ 崔西·索恩(Tracey Thorn,1962—),英国女歌手、词曲作家。
④ 艾米·怀恩豪斯(Amy Winehouse,1983—2011),英国女歌手。

能说是你可以去见另一个女人。"

"玛莉安？"

"现在，快去吧，"她说，"我想和茱莉亚在一起。"

"为什么？"

"我们有相似的背景，还有相似的兴趣爱好。来吧，亲爱的，"她对她说，"让我们在一起，谈论男人、孩子，还有我们小时候有多胖。我们一起吓唬哈里，然后今天下午和丽安娜一起去购物。我想去买香水。等会儿也许我们可以在谷仓里跳舞。"

哈里说："我不能和你们一起吗？"

"当然不行。你有更重要的事要去做。"

第十六章

"今天我们能聊一会吗？"哈里小声问道,他很开心在图书馆里找到马莫。

出乎他的意料,马莫说:"好,为什么不呢,我很期待。"尽管他的确瞥了一眼哈里的写字夹板,好像那是他的死亡证明。"至少这一次你该有些让人兴奋的问题吧？"

"我想知道早晨按摩之后您是否有精神焕发的感觉呢？"

"我的每个细胞都充满活力。而你又让我不得不去思考你的事,实非我所愿。"

"思考我的哪些方面？"

"你看上去有些惊讶。"

"大吃一惊,先生。"

"很好,"马莫说,"你对女性身体的迷恋并非违反常理或不同寻常。事实上年轻女子的身体是世界上最重要、最神秘的物体,被同志所赞美和渴望,当然,还包括其他女性、婴儿、女同性恋者、儿童、时装设计师和直男们。难怪基要主义者则提醒我们女性的情欲是最大的问题。对这些人而言,女人本就是荡妇。他们有理由如此关注,"他接着说,"年轻女性的身体是全世界关注的中心,也通常是大部分选举中关注的事务——堕胎、单身母亲、产假、卖淫、乱伦……我们都来自于女性,又都向往去向她们那里。女性的身体能让知识变得不再重要。真是不可思议居然还有人有时间去思考哲学、文学、心理学和历史。女性也明白这一点,这就是为什么她们在大街上行色匆匆。没有一个漂亮女人愿意放慢脚步。"

"您最早是什么时候对此感兴趣的?"哈里问他,同时调整了一下他的数码录音机,但还没按下"录音"键。

"我还记得年轻时在马德拉斯①读过一些伯特兰·罗素写的东西,他因无所不知而闻名于世,那时候我也有怀有满腔热情。

"他写下他情感生活的某个阶段是'非理性的'。可他并不赞成这种'非理性'。罗素的爱、恨、欲望——全部的肉欲,全世界所有伟大的哲学家能说的就是:那是一种'非理性'。这让我想要畅所欲言,仿佛这整件事还需要解释,找到这些在世界上如此有影响力的非理性之人,然后听听他们的言论。"

"有什么治愈方法呢,先生?"

"在我把它捏碎之前停下你那不安分的手指。别把下面的话录进去:这是你我之间的秘密。你问我治愈方法——我猜是对性欲过剩的治愈方法吧?"

---

① 马德拉斯(Madras),印度第四大城市。

"是的。"

马莫大笑起来。"所有的宗教都关注人类戒除他们的欲望。毕竟,有谁能忍受自己的需要呢?让我们想一想忍耐,正如禁欲主义者所希望我们拥有的。我喜欢读塞内加①,他说欲望是与生俱来的。或者柏拉图喜欢将其称之为自我认识,可能会驱散这种欲望。但是欲望是我们拥有的一切,我们无法也不应该被治愈。我并非弗洛伊德学派的人,然而没有人能否认欲望是我们存在的动力,正如它对于任何一个想要继续生活下去的孩子那样。你的狂热表明,它通常会让你失控,而且不幸的是它和疯狂联系在一起,因为对象——心里想着的那个女人——只会躲闪,并且会逃避你。她自然而然会拥有其他的心思和生活。这便会使人嫉妒,相信另一个人拥有我们所没有的。普鲁斯特靠着这个简单的想法赚了一大笔钱。但我想说的依然是,多一点欲望,少一点惩罚。"

哈里说:"您提到了伯特兰·罗素和他对迷失方向的恐惧。"

"所以呢?"

哈里瞥了一眼写字板,注意到一个问题,随即抬头看着马莫。"这是不是就是您第一次遇见玛莉安的情况,您和她之间的身体接触是之前和其他人都没有过的吗?在那个时候您所经历的,是极度的非理性,让您偏离了中心?"

"你是在创造一段和我生活相似的历史。不过,你为何不直接去问她呢?"

---

① 塞内加(Lucius Annaeus Seneca,约前4—65),古罗马时代著名斯多亚学派哲学家。

"显然，这是我需要去做的。您会同意吗？我能这么说吗，先生？"

"这取决于玛莉安。不过亲爱的爱丽丝用她的按摩技术和照片——看你是多么幸运——已经说服了我让我更配合你。"

"她为我求情？"

"她很善良，你知道，为你说情。她也考虑到了我的痛苦，要是我对你多坦诚些的话，我也会好得快些。去玛莉安那里自己发现吧。我等着看你在她那里碰钉子，就像其他那些好事者一样。她曾经把一瓶墨水倒在一个向她恳求的三流作家身上。"

"为什么？"

"你会知道的——哈——她可是个性感的红辣椒！"

"这就是你没有娶她的原因吗？"

马莫大笑，说："确实在某些时候，有些快乐太过强烈，让你不得不重新完整地思考你的人生，要么全盘接受——或者去回避它。"

哈里说："愉悦会让人不知所措。您是说接下来新的开始会是一系列高潮吗？"

马莫站起身。"不管玛莉安说什么，在你的书里，我永远只是个陌生人。"

"谢谢您的祝福，先生，"哈里说，"最后一个问题，不知为何，刚刚想到。您是否后悔没有孩子？"

"没有孩子是我人生目前为止唯一高兴的事，"马莫说，"现在，收拾好你的东西，滚出我的视野。我需要平静。"

"再次感谢您，先生。"

"你有的是要感谢我的，"他咯咯地笑着说道，"特别是当你的灵魂遍体鳞伤地淌着血,偷偷溜回来的时候。我可等不及了。"

　　大概十天以后，爱丽丝和哈里回到了伦敦。罗伯办公室的洛特早已把机票和接下来几周繁忙的行程一起寄给了哈里。罗伯也想哈里快马加鞭地赶完这本书；他需要在月底前至少看到两三章。

　　从马莫住处那个幽闭的环境中解脱出来，哈里感到如释重负。在城里，他、他的父亲和兄弟们观看了切尔西队的比赛并一起吃了饭；随后，他们的父亲希望他们一家人一同参与酒吧的游戏。奖金高达一千万英镑，男人们对此相当认真。双胞胎兄弟擅长体育和音乐，他们的父亲负责科学部分，哈里则负责文学。最后他们屈居亚军，并不开心，父亲批评了他们，就好像刚刚从校长那儿收到了一封让人不悦的信件。

　　哈里想起了自己是谁。他的兄弟们对马莫没有一点印象也丝毫不畏惧他。他们对马莫的作品很冷淡，而且，因为他所写的书没有一本书名能有人认出，他也极少出现在电视上，因此他们根本不在乎他是谁。然而他们看不惯的则是他们的小兄弟被一个狂躁的自我主义者折磨得身心俱疲，还要求哈里描述出其强大的自我。哈里明白，在马莫个性的笼罩之下，他会允许自己受到人身攻击；丽安娜和马莫似乎可以无所顾忌地说他。而他的父亲说过："哈里，目前为止，你一直是他所需要的那面镜子，那为什么他还是不高兴呢？"

"他很和善。"

"你确定吗？你为何不去稍稍搅乱一下他的思维，扭动一下他的老二，对抗他，然后看看会怎么样？有时候小小的混乱能带来创意。"

哈里和爱丽丝为了时装秀的那些花里胡哨的东西赶去了巴黎，然后连夜乘火车去了威尼斯——这是哈里母亲最喜欢的城市——爱丽丝此前从未去过。他和爱丽丝睡在卧铺上，清晨醒来后，不一会儿工夫就到了大运河。他们几乎都在水上巴士上领略风景。哈里喜欢看着爱丽丝看东西的样子，望着她就像世界在眼前缓缓展开。一天夜里，她握住他的手。她做了验孕。结果呈阳性。他们并没有具体计划过，但稍微地讨论过，不过她很开心；那他呢？

是的，是的，也许吧。现在起他们永远地联系在一起了。他有些震惊，迷茫和害怕。顷刻间未来在他面前突然呈现并将成为必然。他将会有责任，将成为一种不同的人，而他们将以一种新的方式去了解对方。"天啊，"他对他的父亲倾诉，"我完蛋了。"

"是时候了。欢迎来到这个世界，"父亲说，"你知道该怎么去思考这件事吗？"

"不知道……还不知道。"

"她呢？"

"她有她的朋友。她们早就在那里喋喋不休地计划了。我感到孤立无援。"

"它将会与你在这个世界相遇，哈里。你不能永远漂泊不定。我喜欢当父亲的感觉，我想你也会的。你比你自己所认为的更优秀。"

几天后，爱丽丝回去上班，而哈里则带着他新的认识飞去印度，去看看马莫小时候生活过的地方。

两个半星期的时间里他见了这个老头的家庭成员和熟人，还有那些可能曾经被马莫冷落，羞辱，利用或睡过的人。他发现了马莫过去是一个优秀的拿奖学金的男孩，以及他一直表现得超然离群，似乎认为自己高人一等。"他穿着闪闪发亮的纽扣运动衫走起路来趾高气扬的样子！"人们告诉哈里，"他瞧不起人！"他从几个老人那里听到说马莫一直算不上是一个"真正的"印度人，他在这片次大陆上就如同在英国一样被人疏远。在家里，他说英语，除非是和仆人交流，他只看英国和法国的文学著作，对伊斯兰教和印度教知之甚少，并且极少去农村。

马莫的母亲信奉宗教，整日在自己的屋内祷告，只有在去请教高人《古兰经》的问题时才会出门。父亲就负责培养孩子的野心，而非他的快乐，这是他所反对的，哈里是这么认为的。他从没打算培养一个追求女色、酗酒成性、四海为家的花花公子，坐在欧洲各国首都的咖啡馆里，踩着一双破鞋，四处借钱，在自怨自艾和满身债务中煎熬,同时还在讨论萧伯纳和托洛茨基。

不过他的父亲并没完全成功。哈里从可靠渠道听闻一些更离奇和有趣的信息,他开始明白这个父亲曾经的遭遇。马莫曾是一个极具魅力的少年,显然老男人和女人——学校朋友的母亲们;学校的护士;一个警察的妻子,据说,还有警察自己——都被他拉进自己的圈子。

和诸多印度男性家长一样,马莫的父亲带着骄傲和希望,从一开始就下定决心送他的儿子去他憎恨的母国去接受教育。儿子始终是父亲的梦想,尽管这个父亲并不清楚这个决定对马莫来说有多么痛苦,他将面对怎样的势利、蔑视和困难。这个父亲想不到他绝望无助的儿子一晚接着一晚在伦敦街头徘徊,孤独和焦虑让他几近发狂,只能偶尔靠啤酒和妓女来宣泄。即便有点艰难,但不会持续很久,因为男孩返家时会成为一个更好的男人,继续做他那孤独的父亲的支柱,他的镜子,他的**傀儡**。“记住我。”父亲不断地提醒他,想要植根于儿子的思想。还有:“和我一起生活。”马莫拒绝了。即使在痛苦中挣扎,按照马莫后来的说法,他想要融入“更博大或是更完整的文明”。他抛下了他的父亲,再也没有回家住过。他的父亲因此含恨而死。

如今看来好像马莫始终清楚自己在做什么,他的成功也几乎是必然的。哈里意识到马莫展现了怎样的决心和力量,并不仅是他留在了这个不友好的英国靠写作谋生,而且他让自己成为一个前无古人、独树一帜的作家,从一个被殖民者的角度去书写殖民者的文化,又不带任何恨意,却有一丝着迷,甚至可能对其文化表示认同。不顾忌当代背景和态度,马莫把自己塑造成一个有影响力而又成功的艺术家,在他之前几乎没有一个和他背景相似的人有此成就。一度,他做得惊世骇俗,将新的思想引入到文化中,说别人从未说过的话。他也获得了回报,但并不仅仅是这样。任何傻瓜都知道一匹成功的"脱缰之马"总会引发人们的反感和大范围的嫉妒。但是,在印度的家乡,伴随着马莫的飞黄腾达和成就而来的是人们的怨恨、锐利的目光和批评,若是一个意志薄弱之人,即便这没有将其摧毁也会使其困惑不已。

这其中部分原因也是他自己一手造成的:马莫的傲慢、自负,以及他的口出狂言都不是什么秘密。但其中许多的嫉妒是针对白人的怨恨。他从前的朋友和伙伴们都认为马莫已经变成了"白人"。对他们而言,任何形式的改善都是背叛。那些被他甩在身后的人说他和魔鬼订下了契约并亵渎了他的祖先和家庭。"我希望事实果真如此,"马莫对一个朋友挥手道别时说,"尤其是所谓的亵渎。"

哈里在印度了解到了很多这方面的信息,并且也有时间研究茉莉亚给他的笔记本。他重新燃起了对主人公的热情——**你要如何把这等复杂写出来?**——他带着一丝安慰飞去了纽约。三天以后他去见了马莫的旧情人玛莉安,她住在波特兰的一间小公寓里。

罗伯并没有完全"把事情安排好"。这非常符合他的作风。过去的几周里玛莉安不断给哈里制造麻烦,取消计划好的会面,打电话询问他更多的问题,并且常常表现得像个风骚女人。一直以来,她想让他清楚她能给他提供有价值的线索,但有代价,尽管没有告诉他是什么。她还坚决要求各大中介和出版社担保他的良好初衷和他的诚实。直到马莫告诉了罗伯,罗伯又告知了她以后,玛莉安才最终敲定见面时间。他终于可以去她的公寓了。

门开了。

银色长发及腰，拄着拐杖走路缓慢且不稳，玛莉安把哈里领进了狭小、异常闷热的公寓。见到她让哈里松了口气，哈里试图牵起她的手，但她执意要把脸贴向他，于是他亲了亲她的面颊。她紧紧握着他的手，仿佛已经很久没有触摸过别人了。

她告诉哈里自己患有白内障，所以无法过多地进行阅读、看电视或是打扫。她需要的是有人和她交谈，但她的家庭早已和她断绝来往了，她如今也鲜有拜访者，除了一些好事的学生和她的一个秘书过来做听写，帮她进行写作。世界上没有比古稀之年的女人更让人缺乏兴趣的了，不过还是有人对马莫·艾扎姆感兴趣。他是她最后一张王牌。

"在你开始问**我**问题之前，"她说，一边递给哈里茶和饼干，然后坐了下来，将毛毯盖在膝盖上，"你能先回答**我**几个问题吗？"

"当然可以。"

"你有没有任何我可以触碰到的关于的他的东西？"

"什么样的东西？"

"一条领带。一本他给你的书。"

他无能为力地双手一摊。"没有，抱歉，我没想到。"

"他没让你带任何东西？"

"只有我而已。"

她说他从来就没有特别体贴过。"但我这里有他的老花镜，每个星期天我都会把它擦亮，一边怀念他身上的味道和他肌肤的触感，想起他那沙哑的声音——粗哑，有时刺耳，但很亲切——还有他总是在恰当的时机让我开怀大笑。"

她能很好地还原马莫,也似乎喜欢和他之间的对话,往往同时扮演两个角色。她问起了丽安娜,情绪很平静,想要知道她有多高多胖,她是否能应对马莫的情绪和坏脾气,她的厨艺如何,她是否喜欢购物,有没有消化不良,睡眠是否好,她是否能应付他的噩梦,还有她能否让他开怀大笑。

她想听听马莫在忙些什么,他现在有没有染头发,他的健康状况如何,特别是他的背,他的胃还有其他五脏六腑以及牙齿。她需要知道当你问他一个比较难回答的问题时,他的头是不是还会这样或那样地动。她还想知道有关房子和土地的情况——那地方她只见过照片,但却是她一度以为将与她心爱之人共度余生的地方。

然后,她发出了刺耳的笑声,之后,难免又悲伤哭泣。他也抹了抹眼泪,这似乎显示出了他的善良和感同身受,他们都说对方多愁善感。他去找纸巾,而她则去了洗手间洗脸。

等她准备好了,他打开了录音机。

玛莉安是哥伦比亚人,母亲是英国和犹太人的混血,她告诉哈里她和马莫是怎样在阅读时相识并相恋的。在五年的时间里,他常常来看望她,他们还一起去了印度、美国和澳大利亚旅行。在遇见马莫之后她很快便将她那沉闷的丈夫抛在脑后,并在纽约西村① 找了一处小地方安顿,因为马莫考虑以这里为背景写小说。"别忘了,"她说,"他基本上把女人视为仆人。我让他有了些好的

---

① 西村(West Village),指纽约市曼哈顿区格林尼治村的西部。西村从一九一六年开始被称为"小波西米亚",是纽约西部波西米亚生活方式的中心。

改变,但终究是有限的。"

他们之间总有说不完的话,马莫如同世界上最具魅力的男人一样幽默风趣,思维敏捷——对于文学和政治的见解,对于他人,以及最主要的,关于他自己。他很自恋却不自我欣赏,因为过于焦虑和缺乏安全感。他时时刻刻都在担心,她说,他的作品差不多可以让他保持神志清晰,但也会让他变得完全疯狂;他并不认为自己有多了不起,但偶尔会对自己的作品和主意兴奋不已。他会给她看正在创作的作品草稿,她会坐在桌对面,拿着笔帮他一起看。他会听取她的意见并认真回应。他让她觉得自己充满价值和创造力,她知道那些著名的书都是如何创作出来的。

"毫无疑问,《和杀手在一起的夜晚》中有些访谈是虚构的。那肯定是众所周知的。"

"之前从没有人说过。他不是把它们录下来了吗?"

"是的,还被记录成了文字,有时是佩吉做的,有时是我或是秘书做的。当他坐下来写这些内容时,有大量的工作要做。他从没到达满意的状态,他向我坦言他只是"差不多"满意。"

"他是一个有创造力的艺术家,创作了——"

"或是编造了,"她说,"他为了迎合他的作品会去遗漏材料,更改其他内容,胡编乱造,甚至改写别人说的话。他描写了他从未去过的地方和从未见过的事。"

他无所谓地耸耸肩。"这就是小说家。对你来说是浑蛋。"

她说:"想必有一天你会发觉自己和他们都是一丘之貉。"她望着他。"你现在想的应该是这会是个不错的办法。"

"乔伊斯称其为'抄袭的故事'。马莫的确说过,聪明至极:

'我希望你不会是那些愚蠢的作家中的一个,认为需要足够的事实。'他认为创造力是抄对东西的艺术。他是一个艺人……"

"你是有多差劲。我怀疑你就是那种喜欢争辩的讨厌鬼。我们还有继续下去的必要吗?要是能走,我现在就走了。"说完把脸转了过去。

今天注定困难重重。他会有所进展吗?他该走出去吗?他安静地等待着,正如他父亲会建议他做的。

"你为马莫放弃了很多。"他最后说道。

"是的,没错,所有一切。"

"你说起来时怎么会如此轻描淡写?"

"就是这样。"

接下来陷入了更久的沉默;在她重新开口后,他松了一口气。她的丈夫并没有损失,但她挚爱的孩子们却对她用家庭来交换他前夫口中的"个人刺激"这件事怒不可遏。但是马莫,她认为他很像奥玛·沙里夫①,是一个可以让女人为其放弃一切的男人。玛莉安深深爱着他,他就是她的命运;她认为爱情是世上最重要的。虽然他因为佩吉的关系不能经常来美国,她仍相信他会照顾她一生。他曾经说过他会。

玛莉安没有理由不去相信马莫。他们的爱情生活是那么充实和强烈,她以前从未经历过,他们在一起非常合适。除了她,就只有佩吉的存在,而最终,她发现他俩都等着可怜的佩吉死去。她对佩吉并没有任何意见——尽管她确实称她为"赖在病床上的

---

① 奥玛·沙里夫(Omar Sharif,1932—2015),埃及演员、制片人。

人"——而她对于马莫对她的不离不弃钦佩不已。他已经履行了他"徒劳"的责任。

"你说徒劳。为什么?"哈里问。

"就我所知,"她说,"因为这两个人生活在如此封闭的空间里,极少与外界接触,她让他如催眠般地相信他不但是造成她痛苦的元凶,也是唯一能治愈她的良药。是我把他从这种错误的信念里解放出来。"

她倒并没被感谢。最后,玛莉安有一年多的时间里没有见到马莫。她等到了那一天,听到佩吉去世的消息,她准备好马莫会打电话过来。她最终会离开纽约,搬去英国和他一起生活在他的房子里。她早已想好了要怎样布置。她要把窗户都打开,马上把佩吉的东西整理好放到一边,重新安排所有一切。她不想和一个已死的女人生活在一起。

她打电话给马莫。接电话的女人——哈里猜是露丝——说会给她捎个口信。这样的情况发生了很多次;露丝说她把话带到了。一天天就这样过去了,玛莉安连一点马莫的消息都没有。她猜马莫是在忙葬礼的事宜还有其他一些哀悼的事情。更多时间过去了。

在没有他消息的那段时间,她去了波哥大,并在哥伦比亚旅行,她独自承受着痛苦,不管到哪里眼前都浮现出他的身影。过了几个月她才从一本杂志上得知他已经和丽安娜结婚,还了解到,他是大约十八个月前在意大利推销他的作品时遇见她的。显然马莫又回去看了丽安娜好几次,他们一起在巴黎租了一间公寓。他终于把她带去了威尼斯,并在那里向她求婚。玛莉安目不转睛地看着他们的照片,所有她试图忘却的记忆又都回来了。

她需要一个解释。于是玛莉安不顾一切地时常给马莫写信;不断地给他打电话。然后,有一天马莫破天荒地接起了电话,正如他碰巧在电话附近时偶尔会做的那样。他说听到她打来电话很惊讶;他告诉她毫无疑问一切都太迟了。他们之间所拥有的在不久以前便已结束。她难道还不清楚吗? 她的身上没有他想要的了。在适当的时候,你只能有负于他人,他是这样说的,让人难忘。由于她大部分的过去和她所有的未来瞬间化为乌有,玛莉安大声尖叫并愤怒不已。马莫说她虚构了可笑的幻想,不该再联系他;他是个快乐的已婚男人,对他来说,这就足够了。他放下了听筒。

她在哈里面前再次流下了眼泪,并甩着手臂捶打着沙发上的靠垫。他有些尴尬和不安;他是想撰写一本内容丰富的书来颂扬一位优秀的作家,而并非将一个年老的女人带入到心理剧中让她精神崩溃。

和玛莉安最初的谈话持续了差不多一整天,他需要思考一下她所说的。他回到了酒店,查看他的录音并做了笔记。

他给爱丽丝打电话告诉他自己有多疲惫。让他没想到的是,她整个周末都和丽安娜还有马莫在一起。

"你这会儿在那里吗?"他问。

"在。他知道你要离开,所以他们就邀请我过来。"她说。

"老奸巨猾。"

"在我看来,是好意。我需要休息,而且我需要把领带、衬衫和其他一些东西给马莫带来。"

"他喜欢吗?"

"他很高兴。他想要一个全新的面貌。"

"有点道理。"

"不管怎样，他们喜欢我的陪伴，我也觉得这里很适合休养。马莫想要恢复以往的体力；我们就一直长时间地散步。"

"是吗？那聊些什么呢？"

"只是随便闲聊罢了。真的很神奇，哈里，我什么都可以跟他说，他从不评论，但总是会冒出些充满智慧的话。他有强大的大脑。我能在这里放松放松真好，特别是我现在十分焦虑的情况下。"

"你为何不在回到我们房间后把他说的话都记下来呢？"

"这是为了什么？你知道，我相信活在当下。而且这些全部是私人谈话。"

"什么是全部？"

"生活、父亲、艺术、政治、性。"

"他对这些了解吗？"

"比起普通人，他有很深的见地，哈里，你是知道的，而且他说的话都很有趣，这就是为什么你会去研究他。他给我作精神分析，并了解我的债务问题。我很害怕他会发现我肤浅又自恋，就像上次我们回去的时候你父亲认为的那样。"

"我父亲做了什么，爱丽丝？"

"你的声音变得像个被阉割的歌手。别对这个话题过分敏感。"

"什么？"

"你说你从不带女人去见你父亲。"

"她们必须得非常特别。这对我来说是件大事,爱丽丝。"

"我当时心跳加速。你肯定记得,我们坐下来以后,他是怎样环顾四周,双手重重地敲着桌子说:'告诉我,你对金融危机的看法是什么?'"

"你是怎么说的?"

"我害怕得要命,担心会恐慌发作,所以就逃去厕所用冷水拍脸。那就像是马上要上电视的感觉。"

"我知道你更希望自己能隐形。"

"你们家里过去一直都像这样吗?"

"父亲他很一视同仁,即使对方是傻子他也会听他们讲话。那是他的工作。他肯定不觉得你肤浅。他说你有进步。而且我能肯定马莫会对你说的话听得特别认真。我以为你不喜欢老男人。"

"你知道我一看到小说就无法集中思绪,但我已经开始在看马莫的书了。"

"你喜欢吗?"

"别担心,我可不会成为知识分子。你希望我笨一点吗?你是不是感到有威胁?"

"亲爱的,写这本书让我大伤脑筋。印度的那部分内容很头疼。我快累死了。"

"马莫对你很同情。"

"是吗?"

"他非常希望玛莉安不会过度地误导你。"

"他是怎么说她的?"

"她说的话没有一句是真的。他希望你不会上当,这是为了你好,"她接着说,"你知道,我开始理解马莫一直以来是多么勇敢,攻击那些穿着灯芯绒衣服的毛派,当众人都赶时髦地跻身其中的时候。他打破了沉默。你父亲是一个毛派吗?"

哈里大笑起来。"马莫这么说的吗?我要和他好好理论一下。"

"不,请别这么做,不然我就不告诉你他说的其他话了。"

"为什么,他还说了什么?"

"他说他的朋友和熟人都被催眠了,就像一些人被基要主义所催眠那样。他们所做的一切目的在于让工人阶级获益。"

"是的,关于这点他写了一篇有意思的文章,《世俗的迷信》。"

"但他非常有先见之明不是吗?"

哈里对此嗤之以鼻。"马莫总是认为所有东西都是腐烂衰败的,若是有人相信什么,那这人便是一个受蒙骗的傻瓜。要是你从一开始就是个愤世嫉俗者,就不会出错。"

"你还是一个社会主义者吗?他说你是。"

"他这么说吗?一个自由民主党人,爱丽丝,像一杯加了片柠檬的苏打水那样无害。"

爱丽丝问:"你父亲是怎么认为马莫的?"

哈里想了想说:"父亲认为英国战后最大的成就,除了国民保健服务,就是发展成为一个多民族的社会。然而就在英国人开始要被淘汰而混血儿开始接手时,马莫却想要成为英国人。父亲认为他蒙骗了大众,因为他从不谈起英国种族主义的蔓延,尤其是在七十年代最为致命的时候。马莫想要假装这从没有发生在他身上。他也是个可笑的势利眼,按父亲的话说,他把自己归类于一个并不存在的阶级。

爱丽丝说:"你知道,马莫说的话让我很高兴——他说我能成为艺术家。"

"艺术家?"

"为什么不呢?也许有一天,等到我们未来的孩子在他的摇篮床里睡着以后,我便能开始认真地画画了。马莫说如果交谈对我而言有难度的话,我应该用其它的方式来更好地表达自己。"

"好主意。"

"马莫也很恶劣,"她继续说道,"我不该反复提这件事的:显然有一个粉丝问他,是用哪支笔或哪台电脑进行创作的,而他的回答是他喜欢一大清早把手指插进屁眼里然后直接写在厕所的墙壁上。"

哈里说:"你爱我吗?"

"是的,当然了。我和你说了无数次了。"

哈里问:"丽安娜怎么样了?"

"我没怎么见到她。她一直忙于园艺,然后匆匆赶去伦敦去做美甲。她见到了挚爱的灵媒,还遇到了外出办公的另一个人。"

"她去了多久?"

"我觉得,就三个晚上。"

哈里马上给茱莉亚打了电话,她声称自己一直在那儿追踪任何蛛丝马迹。她说,马莫和爱丽丝之间都是吃饭和聊天。他们深夜在烛光下能坐上几个小时;在隔壁,茱莉亚躺在长沙发椅上读马莫的书,他的声音在一间房里,文字则在另一间房里。她心满意足地迷迷糊糊睡去,梦见他。次日清晨,她的身上盖着毛毯。

她记不得马莫和爱丽丝说的所有话；一些喃喃低语能有多重要呢？

哈里说："不重要！你说，只是聊天而已！聊天是最危险的交往形式！"

"丽安娜都觉得没问题，所以我想可能没多大关系。否则，她会杀了他然后是爱丽丝。"

"不过，他没了我这个障碍。至少告诉我马莫说了什么值得注意的话。"

"只有'任何从事园艺的人都失去了人性'。"

哈里问："你爱我吗？"

"是的，"她说，"越来越多。我太想见你了。我正穿着你的T恤。"

"是吗？你从哪里找到的？"

"在你的房间里。我把脸贴在你的衣服上，"她说，"你爱**我**吗？"

他两眼茫然地陷入了沉默，听着他俩心中翻江倒海的波澜。"不管你是谁，茱莉亚，我都属于你。"

"你看了我给你的笔记本吗？"

"看了，我正在重新看一遍。"

"你觉得怎样？"

第十八章

哈里安排第二天再次拜访玛莉安,但当他走在楼外还没进去前,考虑他是否值得回来。爱丽丝对马莫的热情让他烦恼不已,他想马上坐上出租车去机场,飞回伦敦,把这个老男人从她身边推开,让她想起他和哈里的存在。他需要在和爱丽丝的这段关系中多投入些,不然一切都会停滞不前并走向终结。如今玛莉安又会补充些什么呢?他迟疑着是否要重新走进那满是悲伤、遗憾和绝望的住处。但他坚定地告诉自己:虽然马莫刻意要摆脱他,但这终究还是生意。他强迫自己给她买花;在她门外又一次按门铃。

今天她看上去更有活力,甚至有些妖艳,穿着裙子、低胸上衣,佩戴了首饰。她炫耀着她和马莫在一起的照片。

"哈里,看,他是怎样握着我的手。他是多么需要我!在那个国家、那幢房子,他们居住在充满恐惧和愤怒的环境里。那个地方是不是闹鬼?"

"是的,有点。"

"那是她,佩吉——阴魂不散却根本不存在!他最初的家庭生活并不像那样。是她的不幸摧残了他。"

"你是怎么告诉他的?"

"我向他展示了爱情的可能性。还有性。你知道,他曾经**很性感**。会大汗淋漓。但是有一段时间他没有正常的性爱。马莫认为对女人的需要就像是对香烟的需求。这种需要可以变得很强烈,但你一直等着直到它消失,便可以重新回到更重要的事情上去。"

"必须要承认,佩吉是善良的,她只想着他。她带他步入社会,把他介绍给他可能感兴趣的人,向他们解释世界要比英国大得多。可是他——"

"怎么?"

"呃,欠操。"

"我喜欢你说话的方式,玛莉安。还有那语调。"

"亲爱的,她在性这方面对他完全没有驾驭能力。可悲的女人;疯狂,失控。等到做爱时,她就像一盘冰冷的意大利面,在那里呆滞地颤抖着,迫使可怜的马莫生活在没有激情的世界里,仿佛内心从来无处安置激情。你想不到对于有些事他有多天真。"

他问她所说的"天真"是指什么。

"在某些方面他就像是个少年。好像期待着由别人来主导。你肯定知道,他年少时有过许多各式各样的冒险经历。那些成年人无法把手从他身上移开。他曾经是个美少年,一头乌黑发亮的头发,电影明星般的身材,还有细长的鸡巴。他几乎有你这么漂亮,亲爱的,但总的来说,更像是个讨厌鬼,性格偏蹇,还有,很显然,天赋过人。我可以想象你只是个小讨厌鬼,尽管你有一副高傲的外表。"前几天的一个晚上她在看《定理》①。"就连帕索里尼②都会扑向你。你有没有跟老男人在一起过?"

见他一言不发,她便继续说道:"试着想象一下。我初见他时,马莫期待着他的婚姻能安稳伴随一生。他不认为他和佩吉会有分开的一天。但他确实沉迷于性爱,因为他在我身上重新找到了。这带给他新的自信。他喜欢。他太喜欢了。他身体的一部分又重振雄风,以致他终日有所需求。然后他想要更多。更极端的方式。"当哈里问及是何种极端,她说:"如果我告诉你,而你把它写进书里,这将成为人们对于我唯一的认识了。"

"你已经考虑过了?"

"当然了。"

"但你还是想从你的角度讲述这个故事?"

她说:"他会否定我,这我知道。他甚至会大笑,不屑,指责我疯了,这是男人惯用的伎俩。最近,他竟然对着一个记者指责我是一个满脑子不切实际幻想的人,一个魔幻现实主义者,甚至——是讲给孩子听的故事! 这出自于一个为了谋生去捏造人物,让他们说话然后死亡的人的口中! 但在**我**离开前我会说我想说的。"

哈里把录音机推向她。"你是指什么?"

"把那该死的机器关上。"他按下一个按钮。她笑着拿起它并从房里扔到走廊上,然后要求他将门关上。

---

① 《定理》(*Teorema*),一九六八年上映的意大利电影,导演为皮埃尔·保罗·帕索里尼。

② 皮埃尔·保罗·帕索里尼(Pier Paolo Pasolini, 1922—1975),意大利导演。

她告诉他有几个她知道的聪明迷人的已婚女人,是她多年的好友,她把她们介绍给他认识。一天夜里,他突然说她们很吸引人。而他对她感到厌倦。"我没法让他的老二高兴。他会和她们一起,这能助长他的性致。"

他说自己已经变成了一个功利主义者,为最多的人带去最大的快乐。同时他也心情沮丧。他的父亲过世了,这让他自责不已。他曾经和父亲起过激烈的肢体冲突,将他从椅子上拽起然后又一把将这个老家伙推向墙壁。

"是的,我听说了。但是具体情节呢?"

她告诉他,马莫就读的学校的校长以及校长夫人都是这位父亲毕生的挚友。而这个男人——"顺便提一下,他只有一条腿"——为人善良,他让马莫以低廉的学费就读这所学校。但结果却是,在马莫十五岁的时候,他大部分的时间都和校长夫人,也是学校的护士,在医务室里鬼混在一起。她还借给他书,读了他早期写的故事,替他编辑,鼓励他,并告诉他在他身上拥有所有人都想要但大多数人所不具备的,也就是天赋。他发现他只要一开始写作便被人喜爱和崇拜。文学就是一个大腿开瓶器。一个优美的段落比飘香四溢的红酒更胜一筹。

她说:"这位校长一直到马莫二十多岁时才有所发觉。于是校长在这个女人死后,单腿跳着去见这位父亲,说他妻子的不忠败坏了他晚年的名声。女人说她爱过马莫。这让校长蒙羞。"玛莉安换上印度家长式的口吻。"父亲对马莫说:'你这个下流胚,你真让我们感到羞耻!玩弄这样一个女人——她可是我们全家的朋友——居然还在校舍,要知道我们还拿着别人给的丰厚优惠!还有其他什么肮脏的事情是你做不出的?"

"'那个时候她对我很热情也充满感激,'马莫回答道,'你为何忧心忡忡?你嫉妒吗?她说她很孤独,而我是那"第二条腿"。我有她渴望的身体,她用牙齿拉开我的拉链。你的朋友让她无聊得要死。是我让她高兴起来,你真该发封祝贺的电报给我。'"玛莉安接着说,"你能想象得出,正是在这一刻,父亲的愤怒达到了极限,他狠狠打了马莫一记耳光。但马莫那时练过举重,已是相当强壮,他一把将父亲拎起,然后像投篮那样将他扔向垃圾桶。"

"在马莫的晚年,他感到羞愧和后悔,十分担心他的父亲。是我提出了他父亲是否是同性恋这个话题。"

哈里差点呛到。"这到底是怎么回事?"

马莫很认真地思考了这件事。一切渐渐明朗起来。马莫的父亲有过一段包办婚姻,他不断地和他妻子打架,大多数的夜晚在赌博中度过,同时又玩命地喝酒。但他从不找女人,并不断告诉他的儿子永远别结婚。马莫开始怀疑自己离奇的青春期性行为是否源自于他父亲的困惑。

玛莉安说:"也许你已经察觉到了,马莫有点像是尼采的自动点唱机,任何场合都要引用他的话。而他尤其喜欢这句:'父之私密,显于其子。'我们一起热烈地讨论着。在疲软之后,毕竟,还有交谈,这就是爱开始的地方。我们会喝上一瓶或三瓶葡萄酒,然后整晚在一起聊天,解决所有问题。他那时一直在美国教书,我们同居在一起,十分亲密。"

他问她那是一种什么样的生活。

她大笑起来。"和他在一起是件美妙的事。但并非没有摩擦。

和马莫有关的一切都是矛盾迭起的。他曾不可避免地和学术权威起了争执，最终因贬低女性等指责而收场。"

哈里说他有听到过一些相关的传闻，正准备去调查。他问她具体发生了什么。

"我和他在大学校外住了几个月。"她说。马莫十分确定他与学院格格不入。但他知道如何用自己的观点引起别人的兴趣。"于是，不幸的是，他在一个鸡尾酒会上对着一位黑人女权主义讲师说：'现在黑人根本不能算是一个完整的职业了，不是吗？'"

"然后发生了什么？"

"一阵大骚乱。他之前的话连同他随后的言论，说加勒比黑人社区里因为缺少父亲导致精神病的发病率很高，让他惹了大麻烦。场面变得很难堪，我们不得不立马走人，就好像是被扫地出门。"

"这有给他带来困扰吗？"

"他说他不想仅仅因为自己是棕色皮肤并曾因此饱尝痛苦从而被剥夺**享受**种族主义的权利。他说，能或多或少地因为随意的一个理由就去恨别人，一定是最大的乐事之一。"

不过这意味着他再也无法继续教书。这给他带来金钱的损失。他不愿承认，但却十分烦恼，因为就这个他投身了一辈子的事业，他还有很多重要的话要说。不知怎么的，他在这些愚蠢的横祸中迷失了自己。他声称他理解不了，并且需要"慰藉"。

"来自女性的慰藉？"

"我告诉他为了和他在一起我牺牲了太多，我没有办法接受他在我面前带走我最好的朋友。他说我烦人，让他郁闷。他竟说我不擅长舔老二。"

"哦,天啊。你得注意你的牙齿,"哈里说,"我猜你是知道的。或许你该多练练。"

"相信我,宝贝,我能把你的大脑从你的屁股里吸出来然后吹进罐头里。"

他问:"那他的舔阴技术如何?"

"有时,很热情。但是不够准确。然后——"

"然后?"

她说:"当一个男人不再愿意为你口交,那他便是想和你了断。"

"这想必是人生最沉痛的教训之一。"

她接着说道:"马莫真的能和你冷战,直到我再也承受不了焦虑。我有尝试过,但三人性爱不是我喜欢的。男人自认为他们喜欢,但他们的眼睛比鸡巴大。男人要满足一个女人已非易事,更何况是两个。不过我还是决定让这些女人加入到我们中来,如果她们愿意的话——一次一人。为什么不呢?六十年代不是已经过去了吗?为何还要如此保守,为什么要对一切说不呢?而且她们都是自由的女人。我们尝试过几次。他说这是他做过的最惊喜刺激的事。"

"那些女人为什么要这么做?"

"我猜,这是第一次他发现他能用他的权力、地位和魅力去引诱并利用别人。正如他说的那样,有名、诙谐和英俊,这些让他成为中老年妇女杀手。他开始对一些事情非常感兴趣,世界似乎都在他周围摇摆。而这些女人都好奇心十足。但她们有丈夫、孩子和生活,在他需要的时候并不总是有时间。于是他想出一条妙计,邀请专业人员来加入我们。"

"有多少次？"

"几乎每晚，持续了几星期。我们完全垮了，我们把他的收入用掉了一大块，倒不是说他会在乎。他怎么会呢？我猜很大一部分钱是佩吉的，而他觉得是她欠他的。"

"你们当时有喝酒和嗑药吗？有没有其他男人参与其中？"

"他非常热衷。"

"我怎么知道你说的是真的？"

"我有书信。"

"如果我们要刺中他的要害，那我必须看到它们。"

"是吗？"

"不然他可以说你只不过是一个疯狂的幻想家。"

她犹豫了片刻，随后起身带他走出房间。在走廊里，她推开了卧室的门。

在他的面前，墙上相框里是一大张理查德·艾维顿[①]拍摄的马莫的照片。哈里以前只在皮书套封面上看到过邮票大小的这张照片。照片里马莫穿着西装，打着领带，周围是一片烟雾腾腾，他当时一定是四十多岁，黑头发，黑眼睛，满脸苦恼的样子，一个有着忍耐力和诗人的灵魂的男人，他是亚洲的加缪。自那之后，马莫这个彻底的离经叛道者——对他而言准确的语言总是不断处于革新——常常会和他的同僚们进行无休止的争论；他因为政治或宗教观念，被许多国家所抵制，收到一堆宗教裁决令，并被撤销各大

---

① 理查德·艾维顿（Richard Avedon，1923—2004），著名时尚摄影家。

奖项,可他满不在乎,并不断写出好作品。

"你看见了?"玛莉安说。

她站在身后,哈里继续盯着这张照片:要是他已经忘了年轻时为何会喜爱马莫——这个倔犟的男人,艰苦谋生的艺术家,毫不畏惧地正视黑暗,勇敢说出他所看到的一切,把真相和事实放在自身安全之上——那这张充满骄傲、自知之明和魅力的照片应该能够让他想起。

这想必是真的,正如罗伯喜欢反复说起的那样,作家,事实上每一个真正的艺术家,都是魔鬼,想要和上帝媲美创造力,甚至试图超越他。上帝无疑是人类最致命的创造,是魔鬼迎合大众的劣作。正是上帝坚持要求人们的崇拜和景仰,才使得人们对艺术的争论成为必然,让这异议的火焰始终在男人和女人的心中延续。异议人士正是艺术家,他们的想象力跨越了理性和非理性,天和地,梦想和世界,男人和女人。

柏拉图连同最新的教皇,认识到让艺术家在周围制造矛盾,用所谓的真理和醉人的幻想及魔术去搬弄是非,是多么危险。因此,因为出格,也因为偷走了上帝之名和荣耀,艺术家们被抵制,囚禁,责难,禁止发声和杀害——这些时而扮演上帝的人,总会有那么一天。

一定是马莫浮士德式的思想,成为英雄和神圣的反叛者,挑战上帝和义士,才让哈里爱上了这个吸引他走进这间屋子的形象,而在他身后的是多来年每晚望着这张照片入睡的女人。照片里的这个男人,也是哈里曾一度想要成为的。然而现在,他只不过是一个说故事的人,却非主人公。他想知道,他要怎样才能更接近这个形象? 他何时有过那样的勇气和胆量?

玛莉安亲吻了一下自己的手指然后轻轻按在照片上。

哈里注意到除了和她一起坐在狭窄的单人床上，就没有别的地方可以坐了。在一尘不染的书架上摆放着她的孩子儿时的照片。他告诉她他们非常可爱。

"女人一定不能逃跑，"她说，"孩子们惩罚了我。我离开时，其中一个孩子企图自杀，现在还因为发疯被关在收容所里。我最小的孩子拒绝让我见我的孙辈。"

她让哈里把一个鞋盒从床底下拖出来。她从里面拿出了差不多五十封信件。她拆开了其中两封，给他看了日期，以及用他熟悉的草书写下的"亲爱的玛莉安"和"我所有的爱，马莫"。

她说："在这期间他不停地说我让他厌烦，还有他再也感觉不到自己还活着。如果我想不出新鲜的玩意儿供我们去尝试，他就会发疯。他沉迷于各种形式的做爱，女人们不同的回应、动作、亲吻的方式，每一次都是全新的体验。他就像一个法医在取证。

"我提议我们可以让男人加入，而他，如果愿意的话，可以在一旁观看。他确实看了；他想要参与进来。他似乎要和其他男人联手。他们有太多人了。他开始让我做一些我无法忍受的用来取悦他的事。我一想到那堕落的场面就恶心。老虎，燃烧着火光……燃烧着火光……

"他想要一种更刺激的狂喜，他指明说这是爱伦·坡所谓的'无限的精神刺激'……他奇怪地声称这种极端、连番的背叛和亵渎是他迄今为止做过的最接近宗教体验的事。他说，在这里，他可以完全地迷失自我，并一次又一次地背叛他的父亲。他明白随波逐流意味着什么，它会让人远离自我，不再拥有个性。

"我和那些我在其他情况下根本不会去触碰的人做爱。在那时很危险,但为了留住他我愿意做任何事。**任何事**。"

"他有没有伤害你?"

"如今,回头看,我感觉自己受尽了虐待,被利用了。我真是个傻瓜,会相信他会永远爱我,相信他会娶我,"她说,"他那时很强壮。他抓着我的脸,塞到男人的胯部,我记得当时在想:'你为了你的享乐而伤害我。对你来说这比我更重要。'性爱里有许多堕落,不是吗?"

"如果运用得当的话。你是说他是个变态吗?"

"你是一个严肃作家,还是你为《国家询问者》① 工作?"

"询问者"。

"我了解真正的性爱是疯狂的,疯狂的,疯狂的,"她说,"它能超越所有一切,特别是感官和理智。而你必须记住,即便他恨我,他还是如此的爱我。在性爱中,我让他神魂颠倒,他是属于我的。幸运的是,他那时常去旅行,并在旅行时会写信告诉我等他回来后我该满足他的各种'要求'。"

"他回来了吗?"

"最后,佩吉因为当时精神或是身体状况不好要求他回去。他犹豫了几天。假设他就这样走了,他会失去什么,又会得到什么?她怎么办? 是选择责任还是爱情? 我从没见他如此痛苦过。我当时太傻了:我说不管他的选择是什么我都会支持他。后来他跟我吻别。我相信他是会娶我的。我完全没想过我将再也见不

---

① 《国家询问者》(*National Enquirer*),通称"询问者",美国八卦小报。

到他，"她接着说，"我猜他是回去见另一个女人——不是丽安娜。那会儿还没轮到她。"

"另一个女人？你知道是哪个女人吗？"

她耸耸肩。"你知道吗？是的，再明显不过了。你肯定知道。"看他默不作声，她又说道："我后来从读他的报道中得知，我们有过的这些经历让他受到内心的煎熬。他只能靠坐在房里数月来消化那段放荡的时光。我甚至认为他仍相信他能放弃他的性欲并彻底使其升华。

"佩吉撑了十八个月。她创造了他需要的环境，让他写下那些可怕的文字，我读过的最糟糕的其中一本书，书里有一个性虐待狂，我相信那是他的无心之作，因为他实际上是爱女人的。而他是艺术家里最清醒的一个，但他知道有些想法出现时即便包含真理，也只能弃之不理。"

哈里说："我有些事情需要问你。你确定不能让我看他写给你的信？我能拷贝它们吗？我可以用手机拍照，也能替你联系美国的大学来购买这些信件。毫无疑问，你将从中获得很多的好处。"

她大笑起来。"这我都知道，而且我很需要钱来支付医疗费。我并不笨，哈里。这些材料在你的书里将成为一个章节。而它于我，将是一本完整的书，这也就是为什么我到目前为止一直紧守着不放。我的书会比你的内容更火爆，感情更热烈，言语更通俗。我认识其他涉及的女人，她们会用她们的回忆来支持我，当然是匿名的。我的书已经开始启动了。你我是否在赛跑呢？"

他说："从我嘴里说出来太虚伪了，不过你为什么想要曝光这些隐私呢？"

"我记得福楼拜的情人写了一本有关他的书？还是卡夫卡的未婚妻？如果出自一个作家的伴侣之手又会怎样？在我写下我这一生和他的故事之后，他和我便永远联系在一起了，"她又补充道，"他爱过我却又利用了我。现在我将以牙还牙。"

"这真是耸人听闻。"

"难道女性的声音不是经常被压制吗？你嫉妒他，也永远体会不到爱上他是何种滋味。我会把视角放在卧室中以及亲密照片上。如果你想了解一个男人，看看恋爱中的他是怎样的。这难道不是真相所在吗？"

"是的，但真相总是在撒谎。它或许就是你作品的亮点。"

"那是主要内容。"

他说："那如果他想让你回到他身边呢？"

"即便是现在，我也会立刻过去。你能把这告诉他吗？他冷酷，英俊，才华横溢，一个男人该有的他全都有了。哈里，你能在他面前提到我的名字然后看看他的反应吗？他非常清楚他依旧属于我，他是摆脱不了我的。"

在门口，她把脸贴向他。他亲吻了她的脸颊，发现她想要吻他。或许这是她最后的一个吻了。片刻之后，他迎了上去。为什么不呢？她试图将他拉向自己，但他移开了她搭在他身上的双手。

"我依然有需要，"她说，"如果你能帮我，我会给你看这些信。"

"你是什么意思？"

"我很累了。明天再来吧？你可以再多来一天吗？我还有一些重要的事。"

第二天他得知他可以在她床上读一些信,而她躺在他的身边。他只穿了一件T恤和裤子,她则被允许仅仅触碰他的上半身:胸部、肩膀、头和头发。他并不反感她的爱抚;他觉得自己很高兴能派上用处,然而,不管怎样,他有些紧张,这其中有很多原因。

当她双手在他身上游走,哈里开始看起这些材料:它们都是些情书,伪装成希望他人陪同他们"散步"的约会邀请。除了她所承诺的,以及她口中关于"那个夜晚"对于他此生有多重大的意义,他是多么"有活力"和"有趣",依然是在他所认为的"人类场景"里,并没有什么实质性的材料能作为证据。

哈里所能做的只有感谢玛莉安,亲吻她,然后和她告别。如果还需要别的什么,他会写信给她。

"请再过来——任何时候。"她握着他的手说。他怀疑她是否肯放他走。"求你了,我会试着去找其他的照片和笔记。告诉我,你是否可怜我,一个孤独的老女人,除了对一个作家的零星记忆外便一无所有?"

"我很欣赏你,玛莉安。"

"为什么?"

"因为你是一个基要主义者,因为你为了一个执着的信念——爱,便放弃所有。你始终如一。"

"换成你,会作如此大的牺牲吗?"

"对我而言这世上到处都是女人。她们中的许多——有太多了——都很好。"

"一段紧接着一段的爱情让你感到安全,但却是最危险的事。

你永远不会想念任何人,没有牺牲,就没有爱。"

他问她如今怎样理解她的爱,是一种奉献,或是性受虐狂诱人的召唤?

"在你问我之前,我一直认为是第一种。然而现在,由你来告诉我。"

自我奉献是世间最难改变的瘾。他说:"马莫感到不安,那种连续不断的爱和占有欲向他袭来。"

"那是你的感觉。我知道一些弱小的男人害怕女人。但你为何要这样说他?"

"他逃跑了。"

"可他毕竟是受害者。"

他说:"我想坠入爱河是件美妙的事,而失恋、失去幻想——如今也是一门必不可少的艺术,若能掌握也会获益匪浅。"

"我想,这就是你所要写的。接下来我必须要开始我的书了。"她叹了口气。"我似乎毁了我的人生,而你似乎挽救了你的。"

"还没那么快,"他说,"我和我女朋友在伦敦作了检查,她现在怀有身孕。我们谈论过孩子的事,但还从未明确地达成一致。我感觉我自己还是个没长大的少年。"

"你对自己的认识是错误的,"她说,"那样很危险。"

"怎么才能看清呢?"

"这就是问题。"

"要怎么做,怎么做呢?"

"你早已看清了,"她说,"你看见了。如今却把它掩盖起来。你把真实的自己隐藏了起来。"她亲吻了一下他。"别忘了,按通常来说,你其实拥有了大多数人想拥有的。寄一张小家伙的照片给我。"

哈里猜罗伯一定是哪里出问题了才会在他返回伦敦的那个下午,建议他们在火车站的一个场面狂乱的酒吧里见面。罗伯并没有打算去旅行:他说他现在只喜欢"没有名气"或是"非社交型"的场所。他们刚一碰面,罗伯便急不可耐地评头论足起在他们周围东奔西跑的那些焦虑的身体,说他们的四肢是怎么和它们的主人失去联系,像是带电的假肢。

罗伯不停地在喝酒,汗流满面,并剧烈地颤抖着,即使这是为了他自己。他似乎将自己大部分的衣物都塞进了一个敞开着的工具袋里,哈里能看到里面有大量的手稿,保加利亚、阿尔巴尼亚和突尼斯的小说,还有一些诗集。由于这个编辑身上散发着一股恶臭,哈里从凳子上起来,告诉他这很尴尬,并强烈要求他们俩找张桌子坐下,让罗伯坐在较远的地方。

"我看上去很糟吗?"罗伯说。他睁大双眼偷偷地环视四周,好像就快要被人袭击了一样。哈里记得他父亲对待偏执狂患者是多么温柔,轻声对他们说话,不问任何咄咄逼人的问题,往往只是小声重复着他们说过的话。他也设法这样去做,直到罗伯告知正准备陪他一起去马莫位于乡村的家。

"你要去?为什么?"哈里问。

"你难道不觉得那儿是个用来戒酒的好地方吗?我们可以一边在树林里漫步一边讨论材料。我可以帮你一起组织。"

"罗伯,我一点准备都没有,"哈里说,"你需要知道的就是印度之行很棒。"

"那美国呢?"

"我不得不低声下气,不过结果证明和玛莉安的相处还是不错的。她的傲慢和自信与丽安娜十分相似。马莫肯定知道人们总是在寻找同一种类型却没有发现这一点。但她比丽安娜更聪明也更精明。她更懂他。然而,其实这么多年来她对这个脾气古怪的老家伙的爱从未停止过,直至今日,真是让人佩服。她甚至替他物色其他女人。"

"嗜好是无法解释的。尤其是那些文学巨匠,哈里,你会发现女人们都会贸然地扑进火坑里。而你我这样的粉丝是站在了文学错误的一边。"

哈里说:"他所有想要的和他不想要的,她都给了他。多到他只能选择逃命,即便这意味着回到痛苦呻吟的酒鬼佩吉身边,要知道她会吞下一切,除了他的精液。"

"难怪他会躲在小屋里写作。"

"我猜,他后悔这样的逃避。错失亲吻对他没什么好处。不过想到这个浑蛋同时忍受她们两个人是怎样一种折磨，还是挺让我高兴的。丽安娜的出现对他一定是一种解脱，把他从爱的劳役里解放出来。他肯定以为从此一切都会变得轻松起来。"

"那马莫如愿了吗？和他一起在乡村的日子究竟是什么样的？我猜我今晚就会知道了。"哈里看上去一定是太过惊讶了。"但我已经打好包了。而且这是多有趣的内容，哈里。我等不及想听到更多了！"

"等到适当的时候。"

"你他妈什么意思？"罗伯说，"你难道不准备让我插一手吗？"

"罗伯，你听上去有点狂躁。你语速过快，看上去状态极为不佳。"

他说："你有得到一些客观证据证实马莫的不雅行为吗？你他妈的不能就拿那些小道消息来当回事放进我的书里：律师会把它撕成碎片的。"

"这个我明白。"

罗伯说他正在重读马莫的第二本书，岁月让他对这本书有了进一步的理解。他全都领会了：基要主义是如何要求并告诫人们保持沉默，而哪里有沉默，罪恶便由此产生。作家非但没有淡出，反而成了更为重要的角色。他和哈里应该大声向世界疾呼马莫还存在着，人们应该听听他的声音。罗伯接着说他这里也遇到了不顺。"老婆把我从家里赶了出来。我们起了争执还动用了暴力——她动的手。她说我是个偏执的酒鬼还伴有人格障碍。"

"有谁会这么想呢？"

"还有，说我是自恋狂，显然，对她来说任何一个没有无时无刻不想到她的人都是。我准备治疗我的抑郁症。如果药物不起作用的话，我就会要求使用电击，好让我完全恢复健康。等我身上插满交流电和直流电的时候，你会拉着我的手吗？"

"罗伯，说我情况不妙的人可是你。"

"抱歉，我忘了。对你来说是不好。没法更糟了，没法。"他把身子靠向哈里。"小心你的周围——你身后、身旁和面前的一切。"

哈里笑了笑。"为了什么？ 我刚刚在纽约和美国的出版商讨论过这本书。我有的是好点子。他很满意。"

罗伯轻轻靠向他。"有一个刚走出校门的青年才俊，比起你来办事更有条不紊，少一些感情用事和幻想。你出国后丽安娜马上就飞去伦敦私底下和他见面。她告诉他你对真相的渴望执拗得让人不可思议，然后还鼓励了他。"

"她竟然这样对我？"

"这个年轻有为的家伙作出保证，他能在一年里搞定这本自传，给马莫一个全新的光鲜形象——战后最后的文学天才，从此以后只有博客、网络喷子和业余写手。我都能听到丽安娜的阴道在那儿狂热地鼓掌称赞。"

"你是在开玩笑吧，罗伯。我可是签了合同的。"

"要是丽安娜开口，你就等着像一只用过的避孕套那样被丢弃吧。我和我超级温柔的伙伴洛特使出浑身解数才保住你。"

"你们是怎么做的？"

"我们进行了威胁——当然还有其他的。丽安娜不得不相信我：我说那个家伙还不及你一半的头脑和本事。听起来像是你一

194

直干得不错的样子。我给你争取了更多时间。但你必须加把劲，朋友。没有我的保护，事情会很糟。我可不想有一天看你服用抗抑郁药。怎么了？你连外套都拿好了。你在往别处看。你就要急着走了——但是，求你了，带上我。"

"对不起，罗伯，我不想无礼，但我急需见见爱丽丝。"

当罗伯说他也想时，哈里站起身，付了账单便准备离去。罗伯跟在他身后，仍说个没完。"我说——我们很快再见一次面，把材料带上。也许就在现场。置身于那个有山羊、鱼和粪便的地方能让我的心灵得到净化，"他接着说，"另外如果我不能确定这些材料是合适的，等着你的就是完蛋和去教创意写作，老兄。你懂我的意思吗？"

哈里摆脱了罗伯，并躲了一会儿。爱丽丝终于来到车站，她已经花了两天时间购物，车里堆满了她买的礼物。喝过茶之后，他们开车前往马莫家。

"你心情不错，"爱丽丝说，"我还没听你说旅行的细节。你得到你想要的了吗？"

"我可能有个故事。让我和你娓娓道来。这本书有某种重点。马莫后期的两部小说里出现了和玛莉安所描述的相似的事件。他笔下其中一个心怀愧疚的恐怖分子喜欢做同样的事，和其他男人一起来羞辱女人，以及诸如此类的事。马莫称其为'道德败坏'，正好证实了我的想法。"

她问这些内容是否足够，他告诉她"和玛莉安一起的时光"是马莫极为重要的一段时期。在拖延了几周后，马莫还是丢下了在美国的玛莉安,回到佩吉身边,并陪她走向死亡。她曾乞求他；她的身边除了露丝这样唯一的朋友多年来帮她打理这个家之外,再也没有别的人了。每天会有一个护士过来,还有茱莉亚来帮忙打杂,她那会儿还只是个小女孩,都还不到十几岁。但家里依旧冷冷清清。

在露丝的敦促下,佩吉也表明态度,马莫的不出现会直接导致他被迫放弃她名下的财产。他所有的财物都将被丢到院子里,房子则归她姐姐所有。而马莫将一无所有。他将永远不必费心去想他要在哪里生活或是晚餐想吃些什么。但至少佩吉是充满母性的。是她让马莫成为艺术家。婚姻无非是性和财产的组合——而财产是<u>这里</u>的关键。

就这样,如同一具被捆绑的僵尸,马莫偷偷地回来了。这是一剂毒药；对他而言是一种宿命和勒索,阻断了他正要开始的新生活。他答应过玛莉安回到她身边。他一遍又一遍地想着她,但他没有回去,也没有让她过来。他放手了——先是短暂地。然后是更长久地……

不出所料,佩吉的日记在这一部分只是寥寥数笔,但她记下了在被逼迫之下的马莫是多么体贴。她孤独了太久,如今再也无法忍受。他重新踏进这扇大门的那一刻,她的心欢呼雀跃起来。他,她的王子,回家了。她千百遍地赞美并感谢他——她的丈夫。他放下他的包。在她需要他的地方她拥有了他。

在她休息和睡觉的时候,他陪伴左右,并在房间那头的写字台上写作——他不停地写:小说、日记,还有他的生活笔记。哈里告诉爱丽丝,他在谷仓里堆放着的佩吉的东西中发现了几本破旧的马莫的笔记本,他正在翻看。

这些事实上是由茱莉亚给他的笔记有趣地剖析了马莫照顾佩吉的方法:描述了她的身体是如何消瘦直至死亡,她的双手,她的嘴,他是如何替她清洗,以及她的痛苦和屈辱。还有——他对印度的记忆、政治和哲学理念、人物角色、散文的创意等等。他一度成为一具行尸走肉,活着只为生存。他在很久以前就停止了对她的爱,而她是知道的。

马莫坦言佩吉整个人都让他感觉不舒服。她的声音让他反胃;她伸手拉他,让他畏缩。最可怕的是她不会那么快死。恨和责任交织在一起毁灭了他:他失去控制,极度不快乐,半疯,酗酒,想知道自己为何要如此忠于她。他难道不该和玛莉安在一起而辜负佩吉吗?

后来佩吉真的死了。他走进房间,吃东西,在写字台上哭泣,也为了玛莉安而哭,他也和她断绝了关系——至少在心里。所以:他和她之间也结束了。可是和如此多的人"结束"意味着什么呢?还有谁,或者还有什么,留了下来?

他带着全新的坦诚和认真写下了他地狱般的内心世界。这是他成为一个"真正的"艺术家的时刻。他不再只为了自己的立场而说话,而是畅所欲言。哈里说没人能像他那样把死亡描述得那么好,还有哀伤、孤立和贫困是如何使他发疯的。

哈里说:"马莫在十八个月里没有见过任何人。"

"不,不可能——"

"除了——除了他所描述的'他的新家庭'。在我有的那本日记里他写了很多关于他们的事。"

"什么？你说的家庭是什么意思？"

佩吉走后，哈里解释道，是露丝这个当地的女人在照料他。因为马莫无法应付，而佩吉在这一点上也十分坚持，露丝和她的孩子茱莉亚以及当时还只是个少年的司各特，一起搬进了这个房子。当然，他认识这两个孩子很多年了。佩吉一直知道露丝是个多么冷酷的母亲。因此，在茱莉亚还是孩子时，常常在假期里一连几个星期住在那里，和佩吉一同出去，做蛋糕，照顾动物，她把这个地方视作她自己的家。

但如今马莫以一种更成熟、更负责任的方式去喜爱他们。他从没想过要一个爱哭鬼或是爱发牢骚的孩子。可如今，让他没想到的是，他发现自己喜欢父亲这个角色。他享受着拥有威严和被人依赖的感觉。孩子们使他懂得在他头脑里的并不是世界上唯一有趣的东西。

他发现自己可以变得很有趣，像他父母对他那样开玩笑。他也很操心；他知道孩子们随着年龄的增长需要什么。他们在一起吃饭，观看体育比赛和电影。孩子们习惯了看见他坐在沙发上胡乱地在笔记本上写些什么。露丝问他是否需要一些安静的空间。但回答是不，他发现他喜欢这每天在他耳边的吵闹声和说话声。

他甚至还挖了个游泳池给他们，还有他们当地的伙伴们一起过来在池里扑腾。他开车送茱莉亚去学校。她爱抱怨，总是闷闷不乐，容易激动，但或许他是可怜她，甚至是喜欢她。他常常天马行空地和她聊政治、他的童年、阅读和写作，而她则在一旁倾听。他写完一个故事便念给她听。他和司各特一起在花园里打拳击。

司各特喜欢组装自行车,玩汽车引擎。当司各特和一些当地人发生摩擦闯了大祸时,马莫则四处奔波来摆平他们。露丝对此感激涕零。

茱莉亚让马莫越来越喜爱。但她身上的那种来自农村的无知让他错愕,于是他出钱让她去上钢琴课,还参加舞蹈和艺术培训。他开始教她希腊语,并让她读荷马和《圣经》,这着实有些疯狂。他给她买了古典唱片,并坐在她身边陪她一起听马勒,他欣喜地看到她落泪,因为这体现了"感性"。他许诺会送她去上大学,但结果并没有。"我猜是因为那个时候他已经和丽安娜在一起了,"哈里说,"但我怀疑他从未停止过给她钱。"

"他为何要那样做?"爱丽丝突然说,"哦,不,他不会是和露丝之间有什么吧,是吗?"

"他有可能。但我还不知道。虽然她那会儿并不像现在这样会喝得酩酊大醉,但她也酗酒,会深陷强烈的绝望之中。"

那会儿,露丝并不全是那么糟糕,或是愚笨。那个时候,她热情似火。她什么都想要,当然了:爱情、房子、未来……她以为如果她服侍马莫便能得到这一切。于是她犯了个错:她还不够自私。或许是因为她懂得马莫真正需要的是什么,又或许她真的关心他。哈里说他觉得是这样。也许即便到现在也是如此。

"发生了什么?"爱丽丝问。

露丝告诉马莫家里的状况已经到极限了。没有任何的进账。他必须得把自己收拾干净然后继续他的职业生涯。"我母亲,"哈里说,"把自己交给了恶魔。他们吞噬了她。"但马莫进行了反抗:他站了起来,刮去了他长长的胡子。露丝替他剪了头发,并给了他一个吻。她不再继续每天为他准备衣服，而是替他打包了行李箱，然后让他动身去伦敦见他的代理和出版商。与此同时，他给家里钱，让他们所有人在他离开期间继续住在房子里。他们喜爱那个地方：空间感，安静，与世隔绝，茱莉亚开始经常坐在那个让人愉快的图书馆里，翻阅艺术方面的书籍。

笔记在这里结束了。

哈里告诉她，他从马莫的朋友那里得知，在露丝的指引下马莫前往伦敦，他在那里发现人们在谈论由移民组成的新英国，以及年轻的一代在写有关多元文化、种族划分和身份的内容。马莫从未想过他自己的身份。他一直都是他自己。可以想象，这便是他的问题。在伦敦，他找不到任何新认识的人可以相处，他的朋友让他厌烦。他试着去勾搭女人，但魅力却时有时无；他太老了，爱说教，贫穷，而且技艺生疏。

不能背负着失败回去，他只能继续前行。他去了欧洲旅行——布拉格、维也纳、马德里、布达佩斯、卢布尔雅那和的里雅斯特——在酒店房间里写作，拿着报纸和笔记本独自坐在咖啡厅里，如同当年学生时期在英国那样远离人群。然后，他坐上了去罗马的火车。

终于有一天，他找到了一个女人并将她带了回来——丽安娜。他们一见倾心，被对方深深地吸引。他们极其兴奋。

现在，你可以想象，哈里继续说。丽安娜开始掌管希望之屋，她对所有嫁过来以后见到的东西都感到惊奇，她在那儿大呼小叫，把房子弄得更明亮，把东西扔出去，换上新的窗帘，直到所有一切都变了模样。一个新的女人，一个全新的世界。新的开始。露丝、茱莉亚和司各特又再次沦为了"服务员"或"用人"。马莫提前写信让他们回到自己的家中。马莫不再扮演父亲的角色。他就这样抛下了这个家庭；一切都变了样。但马莫并不擅长解释。

司各特伤心欲绝,但他能说什么呢？他依旧来花园干活,并把所有的零活干了。他砍伤了自己的腿直到它们布满鲜血。他拿着短棒追逐并殴打一个索马里移民家庭里的父亲。但马莫依旧会来看司各特,听他说话；他很有趣也很健壮,会给他指导,但是不会给钱。

丽安娜时至今日也不知道这出在她来之前上演的家庭剧。马莫知道她会过于吃醋。她将永远不会再允许这个家庭里的任何人来家里干活。"坦白来说,也没有女人能够做到。"哈里说。

"但是哈里,你现在所做的是强迫丽安娜看到这一切——你太不顾及她的脸面了。"

他说:"爱丽丝,我保证,这本书会让她了解一些她从不知道的事情。"

"但是丽安娜很快乐。为什么要去打扰她？这太危险了,哈里。我一直这么跟你说。"

哈里告诉她,马莫至少有一段时期,和新妻子回到房子里,有过一段平静的时光,他很快乐也很乐观。他的创作顺利,快乐地生活着。

"只有一段时间？"

"他现在快乐吗,还是他又焦躁不安了？"

"我怎么会知道？哦,天啊,"她继续说道,"这本书将是他们的噩梦。他会责怪她的。他会很苛刻,甚至恶毒。难道我们不能把这忘了,就和他们做朋友吗?"

"他们可不是付钱来让我做朋友的。"

"可他们现在是**我的**朋友。他们对我就只有喜爱和善意。"

"爱丽丝,我需要提醒你——和他们保持距离。"

"是什么让你变得如此不讲理,哈里? 我不会在这里久住,但感谢上帝我给他们带了些好东西。"

爱丽丝之前在伦敦东奔西跑,为丽安娜寻觅桌布、眼镜、餐具、上好的伏特加、耳环、榛子蛋糕和一幅猪的图画。在爱丽丝和哈里开车进了院子,把行囊搬进了房子里之后,爱丽丝俯下身子和小狗们玩了起来。最后她和丽安娜终于坐了下来,一边闲聊一边将这些礼物一一看过来。

马莫没有出来。透过窗户哈里看到这个老男人正在看新闻。他毕竟只是一个男人,不仅仅是个故事。哈里出现在门口时,马莫朝他点了点头。

"一切都好吗,先生?"哈里开口道,拿着一瓶酒走了进去。

"你非常清楚,能让我高兴的就是爱丽丝的笑容,和我最爱的伏特加。"

"我想感谢您,先生,对于玛莉安这件事您给予我的协助。"

"没错,我发现你似乎挺高兴的,又扫了我的兴致。她好吗?"

"令人敬畏,但十分虚弱。"

"啊。她过去总是充满活力。"

"马莫,她把所有的事都告诉我了。"

"所有的事? 花了很久时间吗?"

"她给我看了一些信件,告诉我她是如何喜爱和崇拜您这样一个男人和作家。她说您投入的时间和感情并不少。您回到这里是她此生最痛苦的时刻。"

"我感觉**很快**就要听到疯狗嘴里吐出的'但是'了。"

"她说您和她在一起时生活发生了改变。您重新找回了性欲,并加以开发。马莫,先生,她描述了一些事情牵涉其他男人和她的女性朋友。"

他大笑了起来。"卡萨诺瓦宣称但丁忘了在他对地狱的描写中把无聊加进去。你可能在做调研时听说过,我承受着厌倦的痛苦,这能把我们都变成虐待狂。我确实记得玛莉安试图通过一些无力的把戏来维持我的兴趣。我不责怪她。对于我你想怎么说就怎么说吧,夏洛克,但如果你因为这些无稽之谈而指责她,那我就要严厉地质疑你了。"

"您写作时她留了本日记。她正着手写一本书,有关和您之间不同寻常的经历。"

"是吗?"

"您不知道?"

"如果每一个知识浅薄的说谎者都不停地在那儿写,这种事为什么要我担心——又或者是你呢?"

哈里说:"她说如果她把故事和盘托出,有一个出版商愿意接手。我猜,"他接着说,"唯一能够阻止她的办法就是您去和她说。去说服她。我相信她一定想听到您的声音。"

要激起马莫的情绪并非易事,然而这个信息却让他的眼睛快速地转动起来。他让自己定了定神,才用他那缓慢而又洪亮的声音说道:"正如天才尼采告诉我们的:'生存的永恒沙漏将不断重新流转,而你这微尘的微尘与它相随。'①"他看着哈里。"而你就是这微尘的微尘。"

他艰难地从椅子上站起来,走出了房间。

哈里上楼去找爱丽丝,关上了身后的门。

① 来源于尼采《快乐的知识》中"永恒反复"的观念。

第二十章

哈里坐在爱丽丝身边,他坦言马莫这一部分的故事让他变得多么疯狂和泄气。这是事实,你不能就这样把任何一个人说成是性虐待狂。可以预见得到,马莫早已对他虎视眈眈,而玛莉安又不让他引用信件里的话——并不是说这两者能够证实信里内容的真实性。而除非有比玛莉安的片面之词更可靠的内容,不然他就得放弃这些材料,写出一本毫无特点、空洞乏味的书。

"要是我无法完成我们之前谈论的那种亲密的、剖析心理的描写,我就退出这个项目,"他说,"我要的是写出一个人完整的人生。他会发出声音;他们都会响应。我无法忍受仅仅是平庸,爱丽丝。我宁愿死也不要平凡。"

"我们能做什么呢?"

"你可以接近他然后问他玛莉安所说的是否属实。"

她一脸恐慌。"他为什么会告诉我呢,哈里?"

"这个老家伙自认为能勾引你。你和他在树林里不是一直很欢腾吗？"

"没有很欢腾，没有。他走不远。我们边走边讨论爱情和艺术的本质。"

哈里说："让我们来扭转这个局面。如果你能说服这个老家伙爽快地承认，你就能帮到我，事实上是帮了我们将要拥有的家庭。我们的未来就有保障了。"

她咬着手指甲。"你为何要拖我下水，哈里？"

正如她所言，她并不想充当"陷害"马莫的角色。他信任她；她也喜欢他，而且哈里变得如此坚持和专横，让她感觉非常糟糕。

"我需要你的帮助，"他说，"我们在经济上有困难。你能帮我这个小忙吗？"

晚餐前哈里朝爱丽丝点头示意。她下楼去找马莫，给他围巾、袖扣和领带，她知道这能让他开心。她把手递给他，建议他们去散步。她随身带着手机，用来录音。哈里已经简单地把她需要问马莫的诸多事情告诉了她。信息量很大；她听后十分震惊，不相信马莫会做出这样的事。"你能完全肯定吗？"她不停地问。

"确定你把它们都记住了。我很想听到他对于他的这段过去持怎样的态度。"

他们去了很久。等爱丽丝和马莫回来时，她无法直视哈里，但她把电话交给了他，他随即拿上楼，将其连上电脑。他听到她开玩笑似的问起马莫过去是否像她听说的那样极具男子气概。他有没有利用过他的权力和地位来进行性挑逗？他是否像看上去那样有占有欲？这个老男人咕哝了一声并笑了起来。她说如果她能说服哈里的话，她有一些"性奋"想要亲身尝试。她想知道，马莫是否尝试过下面任何一种呢？

对于她问的大部分问题，马莫都含糊地承认了，至少没有否认。事实上，他说，玛莉安曾有许多强烈的欲望，结果，让他遗憾的是，对他的要求过高。女性的激情是一阵旋风：他无法将自己交付给一个女人；他需要时间去思考，去写作。现在想来，他爱艺术胜过于生活。他一遇见丽安娜，事情都变得简单起来。婚姻是他会推荐给任何人的一副预防药，用来抵御不需要的兴奋。

在哈里听录音时，爱丽丝坐在床上望着他，看他在那儿时而点头时而做着笔记。

"我脸色看上去苍白吗？"她说。

他看了看她。"你的肤色本来就是白皙的。"

"你难道不想知道发生了什么吗？"

她让哈里到外面去。他跟着她快步去了最近的田野。她面无血色，不停地颤抖，双眼睁得很大。

她打了哈里好几下并大喊道："你为什么要让我对着一个陌生人说下流话？我不停地在想他很猥琐地在那儿享受。我关上手机的时候，你猜怎么着，我的恐慌症发作——一阵强烈的心悸，就好像一块石头向胸口袭来。我不得不躺在地上。"

"哦，天啊，我很抱歉。"

"你从来都不觉得抱歉！"

他说："我能怎么办呢？这真让人发狂！你确实提出要在这个项目上助我一臂之力。我从没说过这会很轻松。"

她说:"马莫一直抚摸我的额头直到我感觉好些了。他担心他告诉我的那些事会让我不舒服。"

"他是对的。你很敏感。你现在好点了吗?"

"我不会感谢你把我置于那种境况的。你确定你真的想照顾我吗?丽安娜怀疑你的真心。她对你的人品持保留意见。"

"我对她也一样。我爱你,亲爱的。我能吻你吗?"

"我都这个样子了你怎么还能有这种想法?"

她早已走回房子。短时间内还是不要和她交谈为好。他对真相的渴求已经让他成了一个罪犯。她不想和丽安娜还有马莫一起吃饭,也完全不想说话,只是把自己包裹在羽绒被里,戴着一顶羊毛帽,嘬着大拇指睡在客厅的沙发上。第二天一早,他开车送她去车站,她在那里坐火车去康沃尔郡①拍摄照片。哈里亲吻并感谢她,提醒他对她的爱慕,但在她的这种情绪感染下束手无策。

回去后,他发现马莫坐在客厅里,便说道:"我能问您吗,先生,我是否完全错了,认为您第六本小说的主人公阿里身上折射出您与玛莉安的经历,**您疯狂的爱情**?"

马莫在沉默了一会儿后说:"哈里,你其实早就知道,不是吗,我拒绝承认艺术和个人经历之间那老一套和过分简单化的相互关系,从而开拓你的思维。"

"我知道,先生。关于这一点,我追从您这位大师。艺术是生

---

① 康沃尔郡(Cornwall),位于大不列颠岛西南端的半岛。

活具有象征意义的梦想,它源于生活又高于生活,事实上超越任何和它有关的一切。然而,在那一时期,您的作品里明显爆发了欲望和爱情,甚至是幸福。在此之前,您的男主人公总是孤立的,甚至很天真,也许是被书本所束缚了。于是,您出色地迈出了一步。"

"我有吗?"

"您早前说过,如果每个时代都有其面对的主要哲学问题,那我们面对的就是宗教和政治的复兴。因此您开始将激进的宗教和其古怪的性欲同对身体的憎恨联系在一起——那些用来献身的被燃烧的躯体。这是最大限度的服从。我们知道六十年代西方企图移除父亲的角色,无论其是否为权力主义者。正如您经常一针见血地指出,这就是我们最终将如何终结于单身母亲的文化中。就拿露丝来说吧。

"父亲——就像所有男人一样——回归了,不论是以一种像在《教父》或是您最爱的《黑道家族》①里的黑帮形式,还是以宗教权威的形式回归。这些男人还企图排斥甚至杜绝性欲。至少是他人的。也许正如故事中所说,男人想要把所有的女人占为己有。性欲回归,正如它的必然性,如同堕落和一种性虐待。女性的恐惧,甚至憎恨,无疑是众多信仰的核心。"

马莫打了一个哈欠。"我是这么说的,是吗?如果是的话,又他妈的怎么样了呢?"

"您娶了一个女人,先生。人们说性欲是人类奥秘的中心,情色带给我们新的体验,既神圣又世俗。在您心中,和您交往过的女

---

① 《黑道家族》(*The Sopranos*),美国黑手党题材电视剧。

人与您的作品之间,如果有联系的话,是怎样的呢?"

"我根本不明白你的意思。"

"先生,请思考一下:我在努力让您显得更有意思些。我可以让您在床上和床下都有活力!玛莉安暗示过当你们两人在美国开始您的冒险时,你在她双腿张开时能接受新的想法。"

和大多人不同,马莫或多或少能对他的言语完全掌控;他不喜欢自己乱说话。但有那么一会儿,他看上去就像吞了一大颗弹珠一样。

他终于开口说道:"尽管间接地听到玛莉安的见解让我欣喜若狂,但你说的话让我完全没有头绪。我希望你不会去试着像剥洋葱一样来一层层剥开我的皮。你知道,和普通大众一样,我渴望无知。我喜欢在黑暗中工作——这是最适合我,以及任何一个艺术家的地方。想法就这样出现,像被压缩的梦。"他沉默了一会儿后说道:"我并不否认她激发了我新的创造力。才智必须与性欲联系在一起,否则作品就没有生命力可言。任何艺术家都需要和他们的生殖器一起共事。**任何人**都得用他们的欲望来抵抗无聊,保持活力。一切美好的事物,如果不是堕落的,则必然是带有一点色情的。"

哈里说:"但是,但传记作家能够看到必然性,相同范例式的性爱脚本不断上演。一旦涉及爱和性,过去便能预示未来。每个人的人生都无一例外。食人族是不会成为恋足癖的。"

"哈里,你对我的了解比我自己还多。你正在开启回忆模式,而我正处在遗忘的游戏里,遗忘是奢侈的精神享受中最美好的部分,是心灵的一次温暖、芬芳的沐浴。我遵循庄子,他是提出遗忘的鼻祖,劝告人们'坐忘①'。"

"谢谢您告诉我这些。"

"或许我妻子请你来让我拾起一些必要的回忆。我不得不说,我尤其喜欢你回忆的那些从未发生过的事。你是在编造一段虚构的人生。"

"怎么会?"

"我的人生,我过往的生活就是一部马克斯兄弟②的电影,我经历了一连串的弯路、错误、误会、错失良机、耽搁、差池和蠢事。我是一个从未找到人生方向的男人。你的人生,我预计,也是相似的。你的描述夹杂了太多的目的和意图。不过,能把这写成小说这个主意倒是挺吸引人的。让我没意料到的是,你可能具备成为艺术家的素质。"

哈里说:"我怀疑我是否有可能到达您的高度,先生。您能从和玛莉安在一起的极端和愧疚中坚持下来,让我自叹不如,并且您回到家中看到佩吉濒临死亡,还夜复一夜地守在她身边。然后,您开始了新的生活。您甚至一度有了某种意义上的家庭。您似乎挺喜欢做一名父亲的,尽管您之前否定了这样一个角色。那是为什么?"

马莫点了点头。"你知道一个人会受到许多干扰和愚蠢的影响。幸运的是我始终拥有工作来拯救我,并且可以透过我的思想

---

① 坐忘(Sit down and forget),庄子的哲学用语,源自《庄子·大宗师》:"堕肢体,黜聪明,离形去知,同于大通,此谓坐忘。"

② 马克斯兄弟(Marx Brothers),美国喜剧团体,由三兄弟格鲁乔·马克斯(Groucho Marx,1890—1977)、哈波·马克斯(Harpo Marx,1888—1964)和契科·马克斯(Chico Marx,1887—1961)组成。

来审视这个世界。我希望有一天你也能具备这种不可或缺的坚定。"

"工作是如何救赎您的？"

"你努力地想让我看起来好色淫荡，而事实是，即便是菲利普·拉金也有更多的性爱，而我自始至终都投身于文字。我总是想要回到我的书桌前去创造一些前所未有的东西。这是我唯一能为改善这个世界所作的微不足道的贡献。"

语毕，马莫闭上眼睛，发出了轻微的鼾声。他有可以随时打盹儿的本事，但最有可能在哈里提问时睡着。

哈里穿着短裤和运动鞋走到花园去做一些伸展和力量运动。他在树上吊了一个长沙包用来踢打它。这是他的日常运动，也是当马莫这里的事情变得棘手，而他知道他还得带着更多不可能有答案的问题去问时，他的发泄方式。

他想知道他还有多少时间。

几分钟过后，丽安娜穿着渔网袜和高筒靴，从厨房里走了出来，随后坐在门外的长凳上，拿着一本受欢迎的贵妇的传记、一杯茶和她的老花镜。"好极了！"她叫道。哈里感觉自己更像是奇彭代尔斯①的成员而非一个文学传记作家，他深深地吸了口气，丽安娜给他倒了些茶。

"可怜的男人，你一定累坏了。我知道我就是。我给你拿来了这个能带给你能量的乳液，"她边说边递给他一个小罐子，"你会喜欢的，等着看吧。"

---

① 奇彭代尔斯（Chippendales），著名男性脱衣舞巡回舞团。

"你真是太好了，丽安娜。你为何要这样做呢？"

"我听说你在抱怨你的肤色不均。马莫说对你而言这比经济崩溃更要紧。"

"要紧得多。这是小时候湿疹遗留下来的。这么多年来我都快把自己给挠死了。我担心现在的焦虑会让它复发。"

"什么焦虑？那个乳液有神奇的治愈效果，你看上去似乎有些不安。"

"没错。"

"我觉得现在你对我丈夫的了解比我多。"

"问题就在这。"

"玛莉安对我丈夫还有善意吗？还是她像另外那个一样满腹怨恨？"

"她是有一些怨恨，但并不是完全没有根据的。她其实是极好的一个人。"

"你确定吗？你一定是在那儿忙着调情了吧。"

他将乳液涂抹在手臂上。"她说了很多事。我还没开始写，但我能感觉到这本书已经有了很大进展。"

"进展到哪儿了，亲爱的？你让我开始担忧了，哈里。"

"我有吗？"

"我不希望你得意忘形，然后殃及到我。让我们在你的描述里尽量保持温和，好吗？"

爱丽丝此前提醒过他要小心；去忍受别人的居高临下，甚至是侮辱，不要流露出任何情绪，去讨好而不要吹捧，尽管这样的态度尚未奏效。但是，他和罗伯一致认为他们欣赏马莫的是他作为煽动者的天赋,他制造混乱和挑起愤怒的能力,然后在一旁袖手旁观,从远处凝视着这一片废墟。有时,比起约瑟夫·康拉德,马莫更像是约翰尼·罗顿①。哈里开始在想,正如他父亲暗示的那样,他太过被动了。他的恐惧让他不敢轻举妄动。他要去制造一些破坏:是时候加大赌注,放手一搏了。

他说:"丽安娜,我猜你已经知道所有的一切了。"

"关于什么?"

"玛莉安故事的背景。马莫是如何在美国的大学里羞辱一名年轻女性,称她为'职业黑人'。他不得不离开,而不久之后就变得极其尖刻。"

"这会出现在书里吗?"

"等我调查完以后。正是在这之后,马莫决定放弃并摆脱佩吉,与此同时却继续忍受着她。他和玛莉安开始了一段扭曲的关系,这不禁让我怀疑这是否曾是他生活的一个特点。"丽安娜一言不发。"又或者是否可以说仅是这一次而已。"

"扭曲的?"

哈里说有些人会这么评价。

"你能肯定吗?"

"他证实了。等这个内容曝光后,人们会用不同的眼光来看待你们俩。黑客和报纸可以把事情更简单化。他们或许会称之为性虐与受虐。"

---

① 约翰尼·罗顿(Johnny Rotten,1956—   ),曾是著名朋克乐团"性手枪"的成员之一。

她思考了一会儿说道:"不管怎么样,别把这个写进去,但我想知道为什么一开始他问我他是否能看我排尿。作为淑女,我对他说了不。为什么会有人想要看这个?"

"为了体验一种特殊的亲密。"

她说:"听着,哈里,你他妈的到底想要暗示什么? 你就不能把话明说吗? 我可不想像个傻瓜似的生活在黑暗里! 我是个成熟的女性——"她把脸贴近他。"你不是老是这样提醒我吗? 我需要知道玛莉安这一部分故事的每个细节。"

"为什么?"

"他的事你知道而我却蒙在鼓里,多么糟糕。"

他套上了一件运动上衣,和她坐在一起。没过多久,她便面红耳赤,拿着书拼命地往脸上扇风,似乎想要灭火却反而更火上浇油。好在她听他把话说完后才开口:"你说你准备把这些肮脏的东西放到我委托你写的书里?"

"如果这和他的作品相关,在那一时期他的作品基调变得十分黑暗,有时很残忍。"

她掩面哭泣起来。"可怜的玛莉安。我常常想到她,想到她是如何被拒绝的。这也会发生在我身上!"

"怎么会呢?"

"她没法让他保持兴趣。他后悔离开了她。"

"是吗?"

"她激发了他的灵感,她聪明无比。他们喜欢在一起谈论莎士比亚。她当时在学习阿拉伯语,他说她比他还聪明。他读她的信要用词典。我有一个充满智慧的父亲,所以我了解男人们喜爱那些对他们有帮助的女人,就像是助手那样。"

他问她是否还好。

她说:"你答应过我,亲爱的哈里,你会帮我赢回他的爱和吻。而如今你却给我这样**一摊狗屎**。他会责怪我搅起事端。你都做了些什么!"她站起身,快步向树林走去,只是又转过身对他说:"我已经诅咒了你。我想过放蜜蜂来蜇你,只是我的教养不允许我这样做。不过坏事就要发生在你身上了——就在今晚。"

那个晚上,哈里在房间里换衣服时,听得到他们两人在那大吵大闹,他们相互质问的声音交叠在了一起。他猜,他已经对他们的婚姻构成了一定影响。太糟了;他还有一本书要写。写作是魔鬼。写作是他受雇来做的事。

他听着耳机里的音乐,一直等到将近天黑,才偷偷地从后门溜出去,虽然此刻厨房的灯还亮着。他在院子里抽烟,正准备上车时听到一声呼喊,又或许是一声尖叫。马莫从厨房里出来,朝着这个被选定来描述他的男人走来。

马莫此刻没有像往常那样拄着哈里为他特别定做的拐杖,上端雕刻着一只栩栩如生的兔子。马莫将它举过头顶,哈里猜想他的真正用意是让它和这个年轻作家的脑袋来个亲密接触。

哈里转过身沿着小道开始慢跑穿过院子。让哈里没想到的是,马莫紧随其后,奔跑,绊倒,好像要试图甩开他的四肢。

"马莫,求你了,先生——"哈里试着说道。

哈里又跑了一段,马莫也不甘示弱。他能听到马莫粗重的喘气声,心想他一定早就累坏了。哈里也十分喜欢讲道理并讨论文学方面的事。他受过昂贵的教育,即使到了现在,也不想浪费。

"听着。"他停下来说。作家瞄准了他。哈里迅速地低头转过脸,避开了迎面袭来的拐杖。"我说,先生——"

马莫使尽全力用拐杖敲打他的背。哈里摔倒在地,马莫紧跟着又抡了他两下。"看着,犹大——我还能打正手!"

"停下——天啊!疼!你在干什么?"

"你想用上旋球进行斜线大力扣杀?"马莫一边说,一边再次举起了拐杖。他准备好直接攻击哈里的脸部。"马鞭来了——哈!"

"不,不要!"

哈里用最快的速度爬起来,用力夺过马莫的拐杖,拿着它穿过院子扔到了车顶上。而这个老家伙肾上腺素充满全身,跌跌撞撞地跟在后面,还试图跳起来,但很快便发现他作为运动员的日子已经结束了。他脸朝下绊倒在地,趴在一堆砾石中。

"别碰我。你泄露了玛莉安的那些控诉。"马莫喘着气说,哈里把他拖到跟前,拂去他身上的灰尘。

"您承认过,先生,如今每时每刻所发生的事都会被记录下来。"

"如果你曾经睡过的每个人都永久地跟在你身后,你会感觉怎样?也许她们会的,一群死去的灵魂如幽灵般哀号,充满仇怨地诅咒。那我就要笑了。"

"您一直唱反调,不落俗套,无法无天。大多数的好书难道不都是有关性的弱点吗?"哈里发现这是开展他期待已久的讨论的大好机会,便说道,"您崇拜斯特林堡,将他的作品改编为舞台剧本,还写了一篇关于他的文章。您对卡夫卡写给菲利斯①的那些痛苦不堪、歇斯底里的书信一直很着迷。让我们来想一想男性作家是如何来刻画女性性欲力量的特征——"

"闭嘴,浑蛋! 丽安娜要杀了我,她大喊大叫,胡言乱语。她接受不了除了她以外我和其他人拥有美好的时光。她把我从卧室赶到了你旁边的房间。现在她坚持让我把和玛莉安在一起的生活全部说给她听。我要怎么办? 我如何才能让她回心转意?"

"你想要她吗?"

"要是我晚上做了噩梦或是生了病,你会给我做人工呼吸吗?"

"我的吻很轻柔也很深情,先生。但实话告诉您,这些内容总是会被曝光的,无论出自玛莉安或是我的手中。除了像《玻璃侦探》里的古尔②那样抽丝剥茧地梳理出事情的真相,我还要做什么?"

"你就是个试图在我面前扮演上帝的食尸鬼。该死的,这属于个人隐私。"

"您邀请我来这里讲述您人生的故事时就已经放弃了这个权利。您知道性欲会愚弄每一个人,又何必担心呢?"

---

① 菲利斯·鲍尔(Felice Bauer,1887—1960),卡夫卡的未婚妻。
② 《玻璃侦探》(*An Inspector Calls*),英国剧作家普里斯特利(J.B.Priestley)所写的戏剧,是其最出名的舞台作品。古尔(Goole)为剧中的督察。

马莫告诉哈里他无法证实他的内容是否属实,但哈里向他阐明玛莉安已经把信给他看过了。当马莫问及玛莉安为何要这样做时,哈里回应道:"生活和写作造就了一本连续不断的书。对于所有作家都是如此。"

"玛莉安——我是说丽安娜——说你是那种想要上电视的家伙!年轻人,你是想利用我来成就你的事业!"

"我们是一条船上的人,一损俱损,一荣俱荣。"

"你的作品就是一部嫉妒之作,而你就是一个三流的、半失败的寄生虫,靠着虚有其表的魅力和终将衰退的容颜来过活。你有听到过一个传记作家的写作能和他的主人公一样好吗?"

似乎觉得这还不够解恨,马莫又一把抓起了哈里的翻领,试图将他扔向车子。

"你被解雇了,哈里。你将永远完成不了这部搬弄是非之作,等我明天午饭时间完成工作回来以后,我希望这场荒谬的灾难已经结束!我们有另外一个作家等着接手。他至少打着领带!"他把脸贴近哈里。"记住了,小子。你一无所知。你什么都不是。你将永远一无是处。"

马莫似乎累坏了,开始咳嗽起来。哈里把他带进厨房里让他坐下,给他一杯威士忌。

"您想让我叫丽安娜吗?"他猜她在楼上什么地方,用力撕扯什么或是在听莱昂纳德·科恩①的歌。

---

① 莱昂纳德·科恩(Leonard Cohen,1934—),加拿大歌手、词曲作家、诗人、小说家。

马莫摇了摇头,在哈里向门口走去的时候说:"在你眼里我看上去特别年老和衰弱吗? 我在一夜之间老了吗? 别离开我——我觉得我时日不多了。"

但哈里匆匆地走了出去,他在车里坐了一会儿,让自己镇静下来,然后开车去茱莉亚那儿去拿她留给他的钥匙。

他悄悄地走在走廊里,看见露丝正在客厅里,穿着丽安娜在马莫生日晚宴上穿的那件颜色鲜艳的衬衫。她和她的两个情人坐在桌边,在一团大麻烟雾中,拿着啤酒杯喝着马莫的香槟,而哈里很快便弄清了他们正在讨论一些涉及靠伪造签名赚钱的阴谋,并在那里练习。哈里安静地和他们打招呼。可不幸的是,他还是引起了他们的注意;其中一人站起来大声叫唤让他坐下喝口酒,而露丝也在旁邀请:"哈里,哈里,哈里——你能赏脸喝一杯吗?"

哈里去见那个他过来要见的女人时意识依然清醒。

在阁楼里,茱莉亚正躺在床上等他。

他脱去了上衣。"看。"

"好极了。谢谢——我可一直等着呢。"

他转过身。"看看这些伤痕。"

"哦,天啊,是谁干的,是我哥哥吗? 他回来了吗?"

"幸好不是。是马莫。"

她笑了起来。"算了吧。"

他握着她的手,把它放在他脸上。"他是个危险的老头,茱莉亚,他有强有力的手腕。"

"天啊,这颜色变得好滑稽。你看上去像个茄子。"

"那是我讨厌的蔬菜。给你我的手机。拍下我的伤势。所有一切都出了问题。我被解雇了。"

她给他拍了照,然后褪去了他其余的衣物,坐在他身上。她的亲吻让他平静。

"我需要你的爱,茱莉亚。"

"我知道。祝贺你,美男子。"

"你为何这么说?"

"你被打了还被解雇了。那你一定是干得不错。"

"是的,这个老家伙装作他有超越常人的愚蠢,用高人一等的老谋深算的眨眼凝视着远方,想必是在后悔那些他拒之门外的性爱机会。然后他拿着我雕刻给他的拐杖在那儿发狂。"

她开始和他做爱,知道他需要放松。"我可以问你一件事吗?我一直不停地在想。爱丽丝在这儿时,你和她做了几次?"

"就只有一次。我们正要再来一次时被你打断了,谢谢。我知道你假装在房间外面打扫,耳朵却一直竖着。我特意加了几声呼噜声来好引你笑着现身。"

"我没有在偷听!"

"和爱丽丝在一起,永远只能由她主导,就像是被授予和女王约会的机会。她最新的言论就是声称自己对精液过敏。她很脆弱。"

"我刚才想说的是,虐待。你从她那里得到的会越来越少,漂亮男孩。"

"眨眼间一切都快消失殆尽了。我原本都准备好去改变了。"

"但你不喜欢放手。"

"告诉我你真正的想法。"

她突然把一根大麻烟卷塞进他嘴里，然后替他点燃。"如果她懂得欣赏你的话，你们两个或许还有可能。她没发现你有趣又贴心。你说的话让人着迷，也是一个很好的伴侣。和那个老男人不同，你对其他人感兴趣。另外，口交的天赋更让你成为百里挑一的男人。"

"需要不断的练习才能成为这样一个美食家。"

"我总是为了你在那里喷麝香味香水，但我现在不会要求你为我那样做，哈里。"她关上了灯，点起蜡烛，在他眼睛上吹了吹。"你似乎崩溃了；你看上去像是要对着我哭了。"

"我很低落。这是我们在一起的最后一晚了。如果我真的被解雇了，说实话，我不至于那么不悦。我已经受够他们两个人了。"

"我会上好闹钟的。我有预感我能帮你。我是你的女孩，记得吗？"

"要是这次你能挽救我的话，"他说，"你就是个天才。我会带你去吃印度菜。"

"你会为我做些事的，哈里。你知道是什么。我之前问过你。带上我，小饥渴。"

"去哪里？"

"伦敦。"

他大笑起来。"我希望我可以。眼下，我算是完蛋了。"

第二十二章

一清早他大叫起来："他们为什么要在窗外装泛光灯？"

"嗯……别闹了。这个叫太阳，"她说，"你病了吗？"

"茱莉亚，我准备放弃这一切然后回伦敦去。"

"你现在要去见丽安娜。"

"我没办法面对他们中的任何一个。我无法面对任何事情。"

她把他从床上拽起来，伺候他吃饭，然后让他上车，一路上告诉他要做哪些事情；他时而点头时而默默摇头。她看着他回到了房子里，并在厨房里找到黑线鳕之后读着阿诺德·本涅特的书，喝着血腥玛丽，之后，丽安娜终于穿着一件绸缎睡袍出现了。

她站在那里，用手指梳理头部，决心要神采奕奕地迎接新的一天到来，哈里赶紧穿过厨房，将她最爱的早餐放在她面前。

"这里，亲爱的丽安娜。"

"**你好帅哥**，亲爱的，这太好了，谢谢。你是怎么知道这条鱼在哪儿的？多么美味呀。"

"还有这个——给你。"

"是什么？"

"你之前要的一些东西。"

他递给她一小碟药丸。茱莉亚的房间里有一罐迷幻药,还有一些大麻和一袋蘑菇。她告诉他拿一些给丽安娜。但他很好心;他拿了很多。

整个晚上马莫说过的话就在他耳边萦绕,挥之不去,化作一阵阵恶毒的细语向他袭来:过度教育却平庸无奇,毫无价值,依靠他人为生……

"你可以是个乖巧的孩子。"丽安娜说,并把它们倒进睡袍的口袋里。

"来自天堂的爱抚,"他说,"不过马莫如何抗拒得了穿着这样一件奶油色真丝睡袍的你呢,还有睡衣裤和高跟鞋? 即便连我——"

"闭嘴,一大清早的,还有别在这里戴着你的墨镜! 你是只有对我说话这样直白还是对所有女人都这样? 你相信她们吗? 我不觉得你是个傻瓜,你只是很执拗,难以捉摸,并且可能是个骗子。亲爱的,给我的双唇一个清晨之吻吧。"

"拜托,丽安娜,你嘴里一股鱼腥味,而且我遇到一个麻烦,只有像你这样有谋略的人才能帮我。这一天还是来了——我被解雇了。"

"被谁?"

"你的丈夫。昨晚他拿着拐杖追打我。怎么说呢,他有一点被玛莉安那部分材料给激怒了。"

"我也是。"

"那我是不是该离开了？"

"为什么不呢？"

"好吧。我去收拾一下。"

她说："这并不说明我相信那些龌龊的东西。你信吗？那个**婊子**为了报复和炒作编造了这一切。你能想象得出他会有那样的行为吗？英国大众是宽容的，他们会理解。不用想就知道他会跟你翻脸。"

"他难道不是和每一个人都会闹得不可开交吗？尤其是女人。"

"和我没有，"她说，"我是这里的老大，宝贝，别担心。"

"我会打电话给爱丽丝告诉她你会帮我，"他说，"她正在家里为我的事担心不已。"

"她很娇弱，我们必须照顾她。不过难道你一点都不担心，"丽安娜说，"别误会我的意思——她根本没发现你有趣的一面吗？"

"谢谢你这么说，丽安娜。"

"你很有意思，你知道的，"她看着他，然后说道，"至于马莫，永远别忽视他，更不要听从他。做你该做的，我会在适当的时候和他谈的。"她使了个眼色。"留意我是如何巧妙地抓住他的性兴奋点。这就像是喂食一头狮子，而同时让你的手指完好无损。"

马莫走了进来，额头上裹着纱布。如果说哈里之前还在想马莫是否还记得昨晚的威胁，那他不必担心了。

马莫眉头紧锁,带着哈里至今尚未习惯的凶狠语气说:"我的脊椎疼得一刻也不消停,我头晕眼花,眼前一英尺内的东西都看不见。我的膝盖感觉像是装满碎玻璃的信封,而我的老二就像是被氯仿麻醉过的鼻涕虫——"

"你患便秘了吗?你又做梦了吗?"丽安娜问。

"我在我的厨房里面对着这只刺猬,"他猛戳了一下哈里然后说,"我打电话给罗伯命令他,你必须离开我的视线,我的视线。"

"不,马莫。"丽安娜拿着洗碗刷指着他,然后用手轻轻弹了弹它,就像是她的猫跳到桌上时她会做的那样。"愚蠢不愚蠢,我们都已经给了他这份该死的工作,而他必须写完。你的坏脾气可笑至极也很碍事。"

"这条毒蛇、这条木蛀虫侮辱了我。"

"他怎么侮辱你了?"

"他对我的名誉妄加指责。"

"你最终是要说所有的这一切都完全不是真的吗?"

"丽安娜,我早就跟你说过,他比害虫还可怕。"

"他的确是。就连爱丽丝也绝对认同这条木蛀虫会让人火大。但他得留下。"

"为什么要维护一个根本还没动过笔的骗子?我觉得你有点过于喜欢他了。"

"为了什么呢?"

"你这个年纪的女人是非常让人厌恶的。你就像一块羊排。"

她开始大笑起来。"那就吃了我!"

"住口。"

"看好了。"她重新拿着刷子指着他的方向。

哈里永远不会希望这把刷子指着**他**,然后他看到一个仿佛是年轻版的马莫此刻变得格外恼火和暴躁。他似乎是在环顾四周找寻手边可以朝她抛去的东西。然后他的呼吸变得缓慢,他闭上眼睛,抚摸着他被打伤的额头。

"让他永远消失在我的视野范围内。"

她说:"我们作了一个决定,你和我一起,我们应该遵循这个决定,而不是这样疯狂地封杀他。不然我就不再给你吃东西。"她端起炖锅走向垃圾桶。"黑扁豆咖喱,你的最爱。还有你的印度奶酪——和你的奶酪说再见吧。"

"丽安娜——"

"还有你喜欢我做的咸酸奶色拉。接下来原本是烤苹果奶酥和奶油。现在作选择吧——食物还是情绪。"

"食物还是情绪?别把它扔了!我选择食物。"他赶紧将餐巾塞进衣领里。"会有番茄吗?我喜欢上次你做的。"

"是吗?"她说,给哈里使了个眼色。她走过去亲吻了马莫,她的手滑向他的衬衫前面。"你喜欢吗,**亲爱的**,我的爱人?"

"如果你把所有东西都按那个方式烹饪的话可能味道会更好。"

"我会的——如果是你要求的话。"

"还有一件事。"他用手指戳了一下哈里。"爱丽丝去哪儿了?"

"怎么了?"丽安娜问。

"她有一双能让人平静的双手。"他说。

丽安娜的双手在马莫的肚子上来回移走。"我没有吗？"

"她是专业的。"

"我会尽我所能。"哈里说。

"看上去你获得了最后一次机会，"丽安娜说，"你最好把那本书完成。很快我们就会读到其中一些内容。最好合我们的心意……"

酷暑之下爱丽丝和丽安娜坐在草坪上,将一大桶香草味的冰激凌相互传来传去,并谋划着带年轻人来希望之屋。爱丽丝把脸藏在雨伞下遮挡阳光,双脚跷在凳子上;当她不再舀起本杰瑞冰激凌时,她将手背放在她那晒得过热、昏昏沉沉的额头上,深深地叹了口气。随后她注意到哈里过来,便坐起身来。

丽安娜此刻正在列名单,并喃喃自语;她用了很多诸如"年轻"、"艺术家"的字眼,还有"瑜伽中心"以及"作家的隐居所"。相比之下,马莫看上去并不像是一个很快会将自己家向公众开放的男人。他坐在一段距离之外的荫蔽处正在为他的散文集《手段与目的》校稿,因此听不到他妻子的声音。偶尔,他会中断自己哼唱的只要女孩乐队 ① 的小调,然后叹息,抱怨自己的离题,但却没

① 只要女孩乐队(Everything But the Girl),英国独立音乐人本·瓦特和崔西·索恩组成的夫妻档民谣乐队风。

有人在听。茱莉亚在丽安娜的指示下手忙脚乱地沏茶,直到他指责她想要用正山小种红茶来毒害他。尽管看见哈里在后门外面来回踱步,马莫依旧心情愉悦。他变得活跃起来:最近,他忙忙碌碌地做了很多事。

爱丽丝已经来了两天了,马莫又开始工作时,她在河里游泳,休息。哈里在结束和玛莉安的谈话后继续回到了他的创作中。他努力地想要在一片混乱的研究中抽丝剥茧,理出头绪,但这一切变得越发艰难和沮丧。几天来,他一边阅读信件,写信给马莫的朋友、同事和可能的情人,一边琢磨着和他的生活有关联的作品,将这几十年来发生的事情联系起来。

而罗伯却一直想要折磨哈里,因为马莫坚持他该这样。哈里或许可以官复原职成为正式的描述者,但马莫开出的条件是丽安娜必须对罗伯施压。马莫说过,哈里或许在"歧途上"越走越远,或是"任性"地对待这本书,因此在他变成绊脚石或是对文学产生危害之前,是时候让一个编辑来认真检阅哈里的工作了。马莫希望从这本书里他看到的是他自己。

马莫或许很恼火,但这并不是说罗伯没被这个传记作家所惹恼。有一段时间哈里一直无视和他的沟通,声称自己"不在服务区"。然而,那天早上,和爱丽丝起晚了之后,哈里拉开窗帘然后突然停了下来。罗伯正提着一个大手提箱和一个帆布背包跌跌撞撞地走在小道上。没过多久罗伯就走进房子,要茱莉亚给他准备早餐,然后在哈里过来跟他打招呼时,坚持要看他的笔记本电脑。

当他准备开始大声地朗读哈里的作品时,哈里说:"我还没准备好,罗伯。这些只是笔记而已。你为什么要这么做?"

“丽安娜是对的。我需要知道。”

“知道什么？”

“站在那里的那个男人是个艺术家。”他指着窗外，爱丽丝和露丝正按马莫的指示在修剪一棵树。“七十年代中期他在巴黎遇见博尔赫斯。他们一起吃过两到三次晚餐。他们聊了些什么？卡夫卡？形容词？他们的代理？你何不告诉我们？”他用指关节用力地叩着哈里的电脑屏幕。“天赋就像是金粉。你可以在百万人中淘金，却只能发掘零星一点。忠实于写作和当代市场上的信仰背道而驰。难道你忘了吗？”

“罗伯，让我来告诉你，对于普通人来说他卑鄙无耻，但对于充斥着法西斯思想的‘怪物’来说却充满魅力。”

“把这写进去。”

“他是个疯子。他用拐杖袭击我。”哈里卷起衬衫给罗伯看伤痕，依旧清晰可见。“乔伊斯可没这样对艾尔曼①！”

“天啊，这太糟糕了。不过，”他不屑地说，“好人连傻子都能当。马莫至少有勇气当恶人。丽安娜一直在给我打电话。除了别的事以外她还说你有点自我膨胀。”

“她这么说？”

“是露丝透露的：爱丽丝和你——身材修长的金发男孩带着他高挑、纤细、有着白金发色的前卫女友，一起牵着狗在镇上溜达，穿着时髦的破洞衣服和磨损的皮靴，你有些失望找不到哪儿有卖

---

① 理查德·艾尔曼（Richard Ellmann，1918—1987），二十世纪下半叶西方文学界现代英语文学的主要权威学者之一，詹姆斯·乔伊斯的传记作家。

荨麻意大利宽面,盯着文身的小混混看,好像刚发现了一个非洲部落一样。我听说你还对着一只傻帽的狗拍了照片。丽安娜不得不亲自道歉。"

"对那条狗?"

罗伯脱下了他的骷髅戒指,随后瞄准,给了哈里一巴掌。他盯着他,看他有什么反应。"告诉我,你为什么还没挨够打?"

"我应该吗?"

"狂欢结束了。现在是说真相的时候。"罗伯垂下眼睛看着屏幕上哈里的努力成果。"你过来,坐我边上,我们一起来检查一下你最近做的事。你崩溃了吗?你看上去很疯狂,似乎有些悲伤和狂躁。"

这是真的:自从爱丽丝发现自己怀了双胞胎以后,她的焦虑就进入了红色警戒状态,哈里也是如此。哈里的父亲甚至将他最小的儿子召回伦敦说了他一顿。这就像是拜访一个喜欢恶作剧的红衣主教,父亲愉快地重复着他的说教,一个新生儿,或者更糟,两个,降临一个家庭,就像一阵飓风向一群人袭来。而所有的支离破碎都要以一种全新的、更清晰的形象被重新拼凑起来:这是一个男人而不是男孩所要做的。成为父亲不是一种必然的经历;一个人必须承担起这个王位的分量,这是坐在王位上的父亲所声明的。"会困难重重。"他补充道,一边欣喜地擦拭双眼。但他同时也很欣慰:哈里,他身上的小聪明以及他逐渐变得傲慢,放荡和轻浮,尤其是碰到女人的时候,这让他的父亲确信他将不会生儿育女。而事实上父亲几乎已经接受了。

此刻,爱丽丝吃完了她的冰激凌,穿过草坪朝哈里走来。如果说罗伯已经耗光了哈里的精力,那么现在轮到爱丽丝了。

爱丽丝早已感到恶心和头晕,现在又发现哈里太吵,霸道,满嘴洋葱味儿,出手汗,眼神又那么过于警惕。但与此同时,她又不准他对她反感,尽管她形容自己"百无一用"。

他们在一起散步,她轻抚着他的背。她近来都没怎么合眼,为今后能在哪里生活发愁。他们至少需要一个大一点儿的地方,一个在安全的小区里带花园的房子。她要如何照顾孩子呢?关于这一点,她需要帮手,因为他不能期望她同时兼顾家务和孩子,而他则在图书馆里,很可能正和那些会给他带来可颂面包的宣传女郎一起品尝咖啡。

"我会更努力地去工作,爱丽丝。马莫知道在这场游戏里要谋生有多难。我们得去赚钱多的地方——美国,我希望在那里能找到一份教书的工作——"

"教什么?"

"创意写作。"

"你对此一无所知,"她说,"我一直在想我们应该搬去德文郡①。"

"去干什么?"

"我们得去一个安静点的、能让我们躲起来的地方。"她开始哭泣。"不只是因为我怀孕了,哈里,你来这里的时候我不断收到债权人的恐吓信。我的开支有点超负荷了。我害怕极了有人会在你来这儿的时候闯进公寓里拿走你的泰勒卡斯特和吉布森②。"

---

① 德文郡(Devon),位于英格兰西南部。
② 泰勒卡斯特(Telecaster)和吉布森(Gibson)均为吉他品牌。

对他而言没有什么比听到"债权人"三个字更能让他感到希望破灭。"你对他们说了什么？"

"别骂我。我会减少开支的，"她说，"但现在罗伯在这儿，请再问他要点钱吧。"

"我会的。但你都买了些什么？"

"外套、首饰、和女伴们一起吃晚餐，还有几双鞋。我去拿给你看。"他们这会儿正站在前门，她知道茱莉亚肯定会在附近，于是便大声叫唤："茱莉亚，你能把我的高跟鞋拿来吗？我觉得它们在我们房间里。"她低声说："茱莉亚是个好女孩儿。我们有相似的背景。出身贫穷，还有单亲母亲。"

"是这样吗？"

"我想你是从马莫那里学来的，不过我希望你不要用一个问题来回答另一个问题。这是在回避。"

"抱歉。"

"你都没注意到茱莉亚吗？"

"我全部心思都放在这本书上。"

"她和我又一起去购物了。她知道要去镇上哪些地方。她哥哥可能要教我跆拳道好让我更有自信。"

"他知道怎么踢，是吗？"

"你似乎不是很开心。是不是因为她是个清洁工你就这样糟糕地对她？"

"糟糕？"

"哈里，你知道你很势利。"

茱莉亚拿着两个盒子走了出来。爱丽丝试穿了一双鞋，而茱莉亚试了另一双一模一样的。她们站在哈里面前。罗伯走出来撞见姑娘们在哈里面前展示她们的双脚。

他说："我就知道。这就是你来这里做的——看姑娘。现在，我已经写坏了两支铅笔，今天算是干完了，"他说，别的什么也没透露，"我们晚点儿再聊。"

丽安娜开车送爱丽丝去车站，她在那里等候去伦敦的火车。哈里陪着她们，他答应爱丽丝他会把许多工作完成，同时思考他们的未来。他向她挥手告别，然后丽安娜送他去酒吧，罗伯正在那儿等他。哈里想尽快把钱的问题解决了，发短信给爱丽丝，然后稍微放松放松。

罗伯早就在酒吧里找到一个好位置，他能看到茱莉亚和她的朋友们坐在酒吧的另一边。和哈里的大多数朋友不同，罗伯依然在酒吧里感到轻松自在，虽然除了喝酒聊天什么事都不做。

"罗伯，感谢你今天过来看我，"哈里说，"我还需要你再预支一笔钱给我，我的朋友。我经济上遇到点麻烦，现在压力很大。"

罗伯笑了起来。"在你看上去不但能把这项工作完成而且还具独创性之前，我是不会给你另一笔费用的，你现在到底在做哪些事？"

"我在进行采访和计划。但大部分工作都在脑中进行。"

罗伯摇了摇头。"我好不容易才保住你在这里的位置。马莫本以为你会写像《读者文摘》里那种无关痛痒的生活来提高他的名声。他不明白你为何不仅要把他的裤子套在你脸上，而且还要告诉他。我可能会后悔请了你。"

"看上去你是犯了个错误。"

"任何和艺术有关的事都有风险。"

"但你对艺术家过分理想化了，罗伯。还有更多更有趣和有用的人。"

"胡说八道。"

"我干得不错，但你小看了我。这点让我很困扰。看，我双手都在发抖。"

"别不喝了，要收买我的话你可要对我足够好。你知道我从不带零钱在身上。"哈里站起身。罗伯说："还有，你过去时能不能顺便帮我个忙？帮我问下那个女孩——"

他指着酒吧的另一边。

"茱莉亚？"哈里问。

"问她过会儿是否愿意和我做爱。我说得比较露骨，可以节省点时间。你凑几个文雅点的词，大文豪。"

"她该去哪里进行你上面提到的做爱？"

"在洒满月光的田野里睡在外套上怎么样？身处在乡村里也让我想要回归田园生活了。不过风可能太大了。在你的豪车里怎么样？"

哈里说："罗伯，想想，你想一下你出现在她面前的样子，这么久没刮胡子也没洗澡——"

罗伯一把揪住他的衣领。"你在说什么？这里就像冰岛，他们几十年来都没看见过一个外来者。他们排着队想睡伦敦人。"

但茱莉亚已经走了，罗伯因为喝酒而耽误了。哈里听他讲述发生在文学世界里的趣事，听了很久才说他要回家了。他需要打电话给爱丽丝，然后平心静气地和她谈谈。这会儿她应该在家；

有时她会很体贴地听他说话。

让罗伯站起来是件费力的事。他服用了劣质的兴奋剂好让自己能喝得更多，到现在他的脑子好像进了水，就像一辆开进池塘的法拉利。

哈里扶着罗伯在小巷里走，这时司各特和他的伙伴遮着头走到了他们前面。哈里和罗伯停了下来。司各特穿着短裤，由于他们站在一个时闪时灭的路灯旁，哈里能看到在他的脚踝处戴着一个灰色的电子脚环。

"你太过分了。你搞了我妹妹还偷了我的东西，"司各特说，"你还取笑我。这是怎么回事？"

"他是谁？"罗伯小声问哈里。

"你想要搞的那个女孩的哥哥。"

"啊。"罗伯说，身体往前一倾呕吐起来。

"什么东西？"哈里问司各特。

司各特和他的同伴朝哈里和罗伯靠近。哈里幻想着给这个小家伙一巴掌；他想这样能让这个孩子清醒。不过罗伯在那里晃晃悠悠，而这几个男孩很可能还带着刀；哈里没法一下子对付他们三个。不管怎样，他的双腿在颤抖。

司各特挥着一根木头。"我今晚想干掉一个黑鬼。我今天有这个心情对付阿拉伯佬。要是不行的话——还有你。"

"听着，伙计。"罗伯说。他又上前一步，扔掉了他的电话，其中一个混混踩在了上面。

哈里对司各特说："我想不出你有什么是我想偷的。"

"那些药。在茱莉亚的房间。你觉得你能从伦敦过来拿我们的东西?"

哈里伸手从口袋掏出几张面值二十的纸币给司各特。"多少钱?"

司各特朝地上吐了口痰然后用鞋底蹭了几下。"我会记住,你是个愚蠢的家伙。"

回到车里罗伯说:"这么说和那个女孩没戏了? 你已经很好地融入了这里。很淫靡,是不是? 我已经很久没有这么开心过了。这不是英格兰或英国,完全是另一个地方。他们称之为印格兰①,这里就是印格兰。"罗伯在返回希望之屋的路上一路唱着:"**印格兰,印格兰,印格兰……**"

---

① 此处的印格兰(Ingerland)为音译。罗伯将印度(India)和 英格兰(England)合成一个词。

第二十四章

艺术的魅力在于发现新事物并讲述出来,哈里对自己说。所以,关于这本书,最为要紧的是他自己满意。虽然这个世界似乎在他眼前炸开了锅,突然之间所有一切都以他无法理解的方式改变着,但哈里知道他需要的是时间和规律地写作。他整日工作,然后开始在每天下午快结束的时候去树林里跑步,跑到茂密的树下光线变得昏暗时,他会用茱莉亚从市场上买来的矿工安全帽上的头灯把路照亮。

到了夜深人静时,哈里很高兴能从房子里出去。他和茱莉亚会在小道的尽头碰面。她会微笑着突然从树林里蹿出来,跳进他的车里,然后他们一起去喝酒——她知道所有当地有特色的地方。在那之后,若可能,她喜欢由他陪着回卧室。在她母亲和越来越多激动的求婚的围攻下,她会让他念书给她听,或者在她唱歌的时候用她的吉他伴奏。

罗伯在发出了严重警告之后便离开了,将他那些破旧衣服胡乱塞进手提箱里,然后像一个浪漫的诗人一样大步穿过森林,跨过田野,穿过小溪流和停车场然后去了酒吧。他似乎认为如果能够经得住这般折磨便能了解农村。为了庆祝罗伯的离开,哈里想带茱莉亚出去吃印度餐。"你觉得怎样?"

她不得不说对于即将出生的孩子她很高兴。她知道自己的位置,闭上嘴,接受给她的一切。她的家庭始终处在社会底层。然而,她对于晚餐有一些困惑。为什么家里有金枪鱼三明治和可乐却还要出去花钱呢?她和哈里上一次"正式"外出时,他们每人吃了一粒迷幻药,然后去了一个灯火通明的叫作好莱坞露天剧场的中心里打保龄球,就在小镇外,那里还有一个超级大的电影院,麦当劳和肯德基的汽车餐厅。那个夜晚荧光闪闪,像动画片中的那样熠熠发亮。

但他年纪越大就越发现毒品的愚蠢。这个时候他们会聊天——至于聊什么,他全然不知。他为何担心?如果爱就是喋喋不休,在床上的时候他们喜欢讨论她的身体与其变化,还有她的体重及发色;他不得不承认,他从她那里获得的对当代英格兰的了解比从任何人那里都多。在床上,当他思考这本书时,她会问他问题,不想浪费这个在她枕边的资源。

"亲切的哈里,"她会这么说,"大战后有过几位首相?谁是最棒的?哪份报纸最有趣,为什么?你觉得金丝雀码头①怎么样?你会带我去吗?谁是穆罕默德·阿里?男人们为什么对他们的妻

---

① 金丝雀码头(Canary Wharf),伦敦重要的金融区和购物区。

子不忠？你会甩了我吗？"

她告诉他，如今让她倍感折磨的是他就和马戏团一样，只在镇上作短暂停留便离开。"你和爱丽丝一走，我害怕被留下。妈妈越发变本加厉了。越来越多的男人到家里来。我总是碍着她的事。她说我阻碍了别人去爱她。"

但是茱莉亚深爱哈里，她想给予哈里一些什么，一个让他难以忘怀的特别款待来交换他对她的善意。正如她所说的："并不是每一天你爱人的女友都会怀孕。"

于是，那个夜晚，在他们走进马莫举办晚宴的那家印度餐厅时，一个女孩从屏风后走了出来。茱莉亚安排了一个朋友来加入他们。她比茱莉亚更漂亮，像她一样涂了眼影、唇彩，穿着松糕鞋，像是准备去和足球运动员见面一样。女孩过来亲吻他时，茱莉亚说："这是露西，我们一起来为你庆贺。"

露西给了他们每人一些摇头丸，然后带他们去了一家俱乐部，那里一个肥胖的女人正对着地板呕吐。茱莉亚提议他们换别的地方——不能去茱莉亚那儿，因为她哥哥可能在那里，肯定拿着小刀在额头上文身；也不能去露西那儿，因为她有孩子。姑娘们满心期待他能带她们去镇上的酒店。他们买了酒和可卡因，拉上窗帘，将手机关闭，直到第二天下午才重新露脸。

然而清晨晚些时候，姑娘们各睡在他的左右，而哈里却没有丝毫睡意，他想起了之前马莫说过的一些关于玛莉安的话。"事实是，所有我们真正渴望的，要么被禁止，要么是不道德的或是不健康的，要是你幸运的话，三者都有。"

"那该怎么办呢，先生？"

"不要抛弃你的欲望,即便你被惩罚。从容地接受对你的惩罚,把它当作礼物,永远不要抱怨。"

下午的时候,他和露西站在酒店外面等待茱莉亚,她把胸罩落在了房间里。露西亲吻着他;他把她紧紧搂在怀里。

"三个人总是一场狂欢。"她说。

"你让人难以抗拒,露西,"他说,"昨晚开心极了,我能想到的就只有永生的遗憾和自责。"

"因为没有经常欢笑?"

他在口袋里摸索着。"给。也许屠宰场的关闭也使你的生活遭了殃。"

他给了她差不多一百英镑而她又递了回来,说:"你会需要它来给孩子买衣服的。爱丽丝,你的伴侣,她怀了两个,是吗?"

"是的。双胞胎。"

"你们什么时候知道的?"

"有一天在做扫描时,护士说:'这是你们的宝宝——哦,还有一个。看上去你们像是有一对。'"

"你能应付的,"她说,在他手机里留下了她的电话号码,"你爱开玩笑,你和女人在一起的时候最快乐。就好像你想马上给我们口交。你母亲不是也有一对双胞胎吗?"

通常只要能蒙混过关,他总是尽量少说话。他和他父亲一样,只想当倾听者:似乎更安全。但在毒品的作用下,他的舌头不听使唤,使他只好吐露实情。等茱莉亚出来加入他们时,他发现自己告诉了她们他年长的兄弟是一对同卵双胞胎,而他母亲过去是偏执型精神病患者。因为被自己的声音弄得心烦意乱,她走向河边,溺水而亡。

"'小心死在水里。'塔罗牌上说。她在我脑海里萦绕不去,我想到她像奥菲丽娅①一样浮在水面。"

"太可怕了。"茱莉亚边说边亲吻他。

"这是最容易的死亡——只要你张着嘴巴三十秒就没命了,"他又说道,"人们为什么要死呢?我母亲不是一直朝着那个方向前行吗?我们三个能让石头发疯的男孩,与她一起拥有这些时间已经相当幸运了。我想说她太过于顺从了。"

"顺从什么?"

"我猜是在她脑海里盘旋的法西斯主义者的声音。有人说她并非太疯狂,而是过于正统了。"

露西用力捶了一下哈里的手臂。"茱莉亚告诉我你很古怪。"

"如果我有一丝疯狂的话,我会确保好好照顾它。"

"她吃早饭的时候说你在制订一份名单,上面的人的父母中有一人是自杀身亡的。"

"还有那些溺水身亡的。希特勒所有的女人——我想有七个——都是自杀的。这是一种让人特别难以接受的死亡方式。最不想发生的事已经发生了。我一直想知道这是哪一门心理学。"他说如果你的双亲中有一人自杀,你永远会害怕所有你最珍爱的都会离你远去。"今天早上,你们两个美人睡着时,我突然想到我应该试着写一本小书,关于自杀者和那些爱他们的人。我会和父亲聊一聊我的母亲,和她的朋友以及据说她喜欢的那些作家见面。

---

① 奥菲丽娅(Ophelia),莎士比亚戏剧《哈姆雷特》中的女主角,落水淹死。

成为**她**的传记作家。"

当哈里的车出现在门口时,茱莉亚的哥哥司各特从里面出来,走到前院然后站在那里看着哈里坐在车里,两个女孩一声不吭,十分警惕。

茱莉亚小声地说:"他只是出于对我的保护,但他知道你对我的意义。"

哈里摇下了车窗。"下午好。"

"都好吗?"哥哥说。

他向姑娘们做了个手势,她们马上飞奔进了房子里。司各特站在车前。哈里想再次摇上车窗,却没成功。

"玩得开心吗?"司各特再次问道,他没有提高嗓音但却忍不住朝地上吐了口唾沫。

"很开心,谢谢。"哈里说。他想他可能需要快速倒车,但不知道这是否会显得不礼貌。他们两人相互对视了一会儿,直到最后,这位哥哥终于让开了道。

第二十五章

"出什么严重问题了吗？"马莫说，"你为什么哼着这么欢快的小调？"

"我能往您的酸奶里加点蜂蜜吗？"

"这倒是初次尝试，不过谢谢你，哈里。"马莫边说边坐在餐桌前对着这个年轻人微笑。"是什么让你兴高采烈的，传记狂？是不是因为你发现了我是一个有好几个私生子的同性恋——好给你拥有未来做电视节目主持人所需的诽谤性畅销书增添内容？"

"我将进行一次长距离步行并思考您的人生，然后回到伦敦，在爱丽丝的陪伴下，尽可能赤裸地把它们全写下来。"

"谢天谢地，我永远不会去读它。丽安娜和我终于可以得到些安宁了。"

这时茱莉亚冲进房间，将一个大包扔在地上，紧接着又是另一个。"抱歉，我只能等我哥哥带我一程。"而哈里的确能透过窗户看到那个在离开前愁眉不展的兄弟。她说："你准备好了吗？我能把我的包放进你车里吗？"

"什么？"

"我要和你一起走，"她说，"去伦敦。爱丽丝没告诉你吗？"

"没有。"

"她现在大着肚子，很辛苦，我要去帮她打扫公寓然后帮你们搬到你新租的地方去。你将继续写作；她说你连手指都不高兴抬一下，而她又没办法自己做。做做好事吧，哈里。别担心，没人会说什么。我们能和睦相处，也会拥有生命中一段美好的时光。"

上一次哈里和茱莉亚在一起，是几天前在田野里，茱莉亚又一次地恳求哈里带她一起走。她说，必须是现在；这里没有一样是值得她留恋的。丽安娜冷酷无情，而露丝疯狂地恨着她自己和她身边每一个人。她从来没喜欢过茱莉亚，希望她离开这个家：茱莉亚"反对"的眼神拖累了她，害得她的男朋友们都离她远去。而茱莉亚的精神状态也在每况愈下；她梦见有人想要杀她；她害怕入眠。"我离摆脱清洁工这个身份只有一步之遥，"她说，"我会一直工作的，哈里，我永远不会成为你的负担。"

哈里说这行不通；她不了解伦敦，那里对她来说节奏太快，地方太大，消费也过高。她要怎么生存？好在她并不在意这些。

"发生什么事了？每个人都要走了吗？"丽安娜说，穿着睡袍冲了进来。

"是的。"

"就连你也要走，茱莉亚，肯定不会吧？那谁来熨衣服？谁给你这个权利？"

"今天早上我自己去买了车票，丽安娜。妈妈在楼上整理卧室。她会顶替我的。"

"不，对不起，我是不会允许的，"丽安娜悲叹道，"爱丽丝不在这里——我的两个女儿都离开了！这个地方会显得冰冷，没有人气，可我喜欢声音、做饭，还有热闹！马莫，我该怎么办？"

"丽安娜，那你平时在这里都做些什么？"

"我在照顾你。我负责看护。"

"没错，你是妻子。"

"但你是丈夫吗？"

"听我说，丽安娜，如果你带着情绪醒来，那你最好还是回到床上去，不过在这之前请帮我泡好咖啡，再给我两个水煮蛋。"

"马莫，你需要认真地问你自己几个问题。你所有在书房里独处的时间并没有让你神志清晰。你甚至一直在睡觉的时候对着自己唱歌。"

"唱歌？我待在书房里是在工作——而且只为你。在现实中，是谁让这该死的食物能够出现在桌上的？"

"你所做的一切都是在取悦你自己，马莫。"

"过了这么久以后，你现在才这么说，你十分清楚这就是我所做的，这就是我——"

"但我已经厌倦了，**亲爱的**，我需要更多女人所需要的。这两个女孩都奔向她们的新生活了！求你了——让我们也跳进哈里的车里和他们一块儿走吧！让我们逃走吧！"

起初这些争执会让哈里担忧不已，他希望它们结束。如今它们只不过是另一种乡村噪音罢了。他任由他们去争吵,自己平静地走到果园,虽然他相信即使在那里也能听得到他们的吵闹声。不过,对他来说更重要的是,在他走出门外的那一刻,他转过头停留了片刻。而那时丽安娜正双臂交叉站在洗碗槽边上,在远处继续大声呵斥着马莫。他看见茱莉亚向马莫走去,恭敬地在他的脸颊上印下一吻。有那么一刻他的手搭在她的手臂上,他的眼睛似乎湿润了。这是哈里见到的他们唯一的一次身体接触。

哈里和茱莉亚开着车沿着小道行驶,他想他再也不会回来了。他从镜子里看见丽安娜在挥手,比画着手势并双手掩面;他相信她会哭上一整天。她已经有了一些改变,但一团黑色的阴影正笼罩着她。

"我看上去怎么样?"茱莉亚问。

"爱丽丝把你的头发剪得很漂亮。你也一直很努力地保持身材。"

"我想要你欣赏我的乳房。我忍受不了无法与你肌肤相亲。"

他说:"我瞧见露丝在楼上的窗户里看着我们离开。她没挥手。她为你高兴吗?"

"她知道我不会留在这里。"

"她会跟我说有关马莫的事吗?"

"我不知道,"她说,"我拿给你的笔记本。马莫写的,关于我们像一家人一样和他生活在一起。"

"是的——"

"它们有用吗?"

他说:"放小理查德① 的歌。"

"哪一首?"

"《我又恋爱了》。这是我的最爱。"

他们开始摇头晃脑起来。他看着她。"或许我们可以在路上停留一下。在停车带上可以缠绵一会儿,然后去小厨师② 吃顿快餐?"

"你知道怎么和女孩享受美好时光。"

他说:"这些笔记真的很有用,茱莉亚。它们打开了思路。你的确帮了我一个大忙。"

她说:"可我还是不开心。"

"为什么?"

"你没用力拉扯我的头发和大声叫我。"

"我是个软心肠,你知道的。我太爱你了。"

"谢谢。我快死了,"她说,"我本来要死在那里了。现在你永远摆脱不了我了。"

"是的,"他说,"我想你是对的。"

---

① 小理查德(Little Richard,1935—),美国节奏蓝调、摇滚、福音音乐家。
② 小厨师(Little Chef),英国快餐连锁店,成立于一九五八年。

第二十六章

"啊—哈！"罗伯说。

哈里在他几乎空荡的书房里弓着身子坐在书桌前，罗伯不知怎么偷偷摸摸地溜进了这个新家，像鬼似的突然出现在门口。

"我喜欢你的新造型，哈里：短发很适合你。让你焕然一新，看上去冷酷，干练。我也喜欢这个新地方。我能搬进来吗？"

哈里卖了他的公寓来偿还爱丽丝的债务；一个出门在外的朋友把房子租给了这对情侣。房子很大，距离阿克顿①十分近。他和爱丽丝终将作出更妥善的安排，但哈里想不出他们要如何才能做到。他全身心地投入，但还没完成这本书。他目前的处境让人困惑，找不到方向。他相信他所能做的就是继续工作。

"看到你在写字台前真是让人松了口气，"罗伯说，"今天早上

---

① 阿克顿（Acton），英格兰东南部城市。

刚讨论完你的事我就直奔这里了。我可怜的同事洛特,现在还在恢复中,她告诉我几个月前她偶遇你然后邀请你去她那儿。她提到的车子的细节倒让我印象深刻。"

哈里赶忙把声音压低说道:"小点声——女人们都在房子里迎接我那该死的孩子出生。什么车子的细节?"

"她在聚会结束后,好意邀请你过去。不过洛特注意到你一直让一辆出租车等在外面,这样你好立即闪人。这很伤她。"

"她住在女王公园。"

"而你残忍地把这归咎于她?"

"我会去那里只是因为她穿了我喜欢的黄色连衣裙。她想让我看她的胸部,还抹了我喜欢的香水。我有本事让不起眼的女人改头换面。"

"她没有不起眼,说到聪明和美貌她可是佼佼者,那一双维纳斯般的长腿。你可能会觉得不可思议,不过没人像你那样能让她开怀大笑和思考。但马莫一直在给她打电话,现在还不断找我麻烦,他坚持要见你。"

哈里笑了笑。"我三周前离开时,他还在开香槟庆祝。"

"今晚请过去和他谈谈吧。"

"从心理学角度上说,我正处在崩溃边缘。而且有关他母亲的内容我现在正写到一半。"

"那明天早上?"

"他有什么特别要跟我说的事吗?"

罗伯说:"他这段时间很悲惨,一直做着关于死亡的噩梦。他给你们两人准备了精心的礼物,而且他想和你开诚布公地谈谈。"

"这倒是破天荒的新鲜事，"哈里说，"如果是很重要的事，而且他有什么材料给我的话，我可以在这几天里开车过去。"

"他需要你们两人都去。特别是爱丽丝。"

"为什么？"

"马莫说乡村的氛围可以安抚她焦躁的性格，那是她唯一能放松的地方。要学会给一个女人她所需要的。看看我——我孑然一身，夜晚独自哭泣时，只有黑暗和孤寂陪伴着我。"

哈里死死地盯着罗伯。"爱丽丝现在正忙着孩子们的到来。"

罗伯说："你没意识到问题的严重性，老兄。丽安娜也在不停打我电话——我们的孤独小姐——说马莫现在变得野蛮粗暴。"

"怎么野蛮了？"

"他拉扯她的头发。她抓伤了他。她冲着他大喊大叫。他甚至绝望地哭泣。"

"他们真是天生一对。"

"我可不觉得。"

"你说什么？"

罗伯坐在哈里写字台的一堆纸上，他拉着哈里的双手，轻轻抚摸，然后把它们贴近他的唇，轻吻了它们。在此之前出版界里从没有人对他做过同样的事。

"美男子，马莫一直专注于用真实的文字去描述无形的东西这样一个几乎不可能完成的任务。你我都知道语言是唯一的魔法。其他的魔法——咒语、水晶、摩擦的神灯——都只是美丽的徒劳。如今马莫对爱丽丝产生了一种老男人的迷恋。她和他妻子不同，她会听他的话，他也一样。他从来没触碰过她，这你是知道的。她是个美味的诱饵。"

"我何不用小指把你抬起来然后将你从窗口扔出去?"

"或者,想一想他在上钩时可能会吐露出什么。看看你是怎么把机会放走的。"

"我还没到要去拉皮条的份上。"

罗伯拿起一叠最近的小说,猛地朝墙壁扔去,并大声喊道:"你连看都没看我一眼! 但我是来告诉你一些事的,木蛀虫。"

"他是这么叫我的吗?"

罗伯说:"我来这里是和你谈论你对这个世界上最伟大的艺术家中的一个都做了什么。还有明火的事。"

"明火?"

罗伯告诉哈里几天前在家里,马莫仔细检查完自己的排泄物——老年人喜欢做的事——然后期待一个轻松的夜晚,可以翻阅一下《奥德赛》的最新译本,也可以看看那部还未看过的澳大利亚快速投球手利勒和汤姆森① 的 DVD,但他却听到音乐的响声混杂着狗吠声。他可不能忍受这个。他多希望能关上自己的耳朵。他大声唤人帮忙,但露丝在她自己家中,正喝了半瓶她老板的伏特加。于是马莫拄着他的拐杖,打开门去他的图书馆。这也许就是一扇通往地狱的门。

丽安娜至少有一个星期没有安宁过。在马莫工作时,她在床上煎熬,夜里起来读书,发邮件,在房子里走来走去。她开始唱歌,

---

① 丹尼斯·利勒(Denise Lillee,1949—)、杰夫·汤姆森(Jeff Thomson, 1950—),澳大利亚著名板球选手。

跳舞,用意大利语自言自语,马莫认定这是发疯的前兆。

此刻他打开门看到她在"飘忽不定地移动":穿着一件宽松的白色睡衣轻飘飘地跳跃着,她的胸脯裸露在外面,眼神放光,脸色发青,却洋溢着幸福的喜悦,像是一个女神或是一只蝴蝶。当他问起发生了什么事,她没有停下来,尽管她确实快速地盯了一眼这个打断她的人,但却没有认出他。

他向她走去,注意到地上有一盘蜡烛在他俩之间。她弯下腰将它拾起来,她散落的头发碰到了蜡烛的火苗,瞬间就着了。一会儿的工夫,她就成了一个闪烁着火光的人。她脸的周围闪着一圈火光。在她疯狂地跳舞时,火焰蔓延到桌上的稿纸;风把它们吹到了他最喜爱的那条威尼斯地毯上,于是地毯也开始燃烧了。有一条毛毯也开始冒烟。一本书开始阴燃起来。

这个老男人一瘸一拐地走向桌子,举起一只巨大的花瓶将里面的水泼向这个可怜的疯女人,浇灭她身上的火。他急忙跑到厨房去取来更多的水,在火完全烧起来之前,浇向正在逐渐燃烧的他心爱的房间。他来来回回地跑,累坏了,哭泣着,浇着水,咒骂着。

马莫终于抱住了她,用冰凉、潮湿的东西裹住她,直到她不再抽搐。她身体有些地方轻微烧伤,也不得不剪掉她的头发,但她伤得并不严重。他安慰她,给她服用了镇静剂,然后让她上床。他坐在她身边,在笔记本新的一页上写写画画。有一段时间她不做饭也不照顾家里。当一条西班牙猎犬抓了一只鸭子然后在草地上杀了它,她也不愿起来帮忙,而马莫看着草坪上血淋淋的污迹和内脏,十分恶心。只能叫司各特过来帮忙。

"你知道司各特并不介意干这种脏活。"罗伯说。马莫陷入狂怒和沮丧,让他把烧焦了的地毯给扔了。"然后你知道怎么样? 司各特挽救了这张地毯。他把烧焦的地方刮掉,然后尽他所能洗干净,他还说可以把它给茱莉亚。她会给你,然后你会把它挂在书房的墙上,提醒你自己这几个月来你穷心竭力地想要挖掘这几十年来发生的一切,被迫去面对数不尽的疑惑和秘密,直到你成长。"

马莫近来出现了间歇性眩晕。他常常跌倒。只有露丝不断扶他起来,照料他,给他食物和茶。正如哈里能想象的那样,她如同僵尸般、和丹佛斯太太①一样的面容让他恐惧。"你不会想让她拿着指甲钳过来给你剪脚趾甲的,是吗? "

"马莫讨厌电话,但他却开始给我打电话。他害怕丽安娜已经疯了,他的命运总是将他和一个疯子捆绑在这个乡村里。这开始变成趋向死亡的竞争: 他们中哪一个神志清晰的人会先将对方逼疯。他们不断地激怒和诅咒对方。所以: 早上好,哈里。这里就是你来的地方。"哈里问这是否是他的错。答案是肯定的。"没错,丽安娜一直咕哝着你造成的影响。她还没完全放弃这场游戏。但马莫开始相信你一定是对她下了咒语。"

"我怎么会这么做? "

"我完全知道你是怎么做的。你给她的那个东西。那些乌托邦的碎片: 迷幻蘑菇还有其他的。你难道要否认吗? "

哈里用手捂着脸。"哦,天啊,罗伯。"

"这个女人一直在那发疯。你在玩什么花样? "罗伯沉重地摇了摇头,继续说道,"这个老男人还爆了一些你的猛料。"罗伯把身

---

① 丹佛斯太太(Mrs Danvers),英国电影《蝴蝶梦》中的女管家角色。

子往前靠,在哈里耳边轻声说:"爱丽丝和茱莉亚听得到我们说话吗?"

"我怎么知道?她们在整理衣服。说了很多吗?很糟吗?"

"是关于她的:茱莉亚。她是问题所在,关于传统的问题——这种传统是可笑的,尽管如此却是存在的。"哈里缓缓地点头。"我看到你放低了自己的身份。从一方面来说,你有勇气在他眼皮底下和他的用人交往,这的确令人佩服。很危险,不过马莫是绝不会允许的。"

"为什么不呢?"

"他挺喜欢你的。但永远不要逼他。你不会想听到任何一个人在文学界唠叨你在他房子里表现得像头禽兽。"

"罗伯,我发誓,我像个鬼似的蹑手蹑脚行走。"

"哈哈——在你不低迷的时候,你一直在戏弄他,调戏并挑逗他的妻子。你甚至让她和他翻脸。你在豪饮他的酒,吃着他妻子的食物,偷他的笔记,打他的头并指责他是虐待狂时,一边还在搞他的用人。你说的像鬼一样是怎么回事?你将名誉扫地,在哪里都找不到工作。你或许得给他些什么——明白吗?"

他们陷入了一阵沉默。罗伯似乎相信哈里正慢慢开始理解,就像镇静剂效果缓慢却必然会发挥作用;而当它笼罩着哈里并萦绕在他脑海时,罗伯轻抚着他的作家的手臂。

"好样的,"罗伯说,"想想,好好想想。仔细地想一想。你是好样的。"

爱丽丝拿着电话走了进来。她走向罗伯并给了他一个吻。"丽安娜一直在给我发消息。马莫甚至打电话来说他一直在准备。"

"准备什么？"哈里说。

"我们的到来。如果早上能去的话就再好不过了。我想念那里的开阔、视野和水。如果你不愿意的话，我们不用在那里过夜。"

"亲爱的，你真的确定你想过去吗？"

"你说过关于这本书你还有一个人没有交谈。你也知道和马莫的谈话给了我力量。"

哈里看了一眼罗伯，深深地叹了口气。"好吧，"他说，"我们过去吧。"

"你不会后悔的，"罗伯说，"你还没完蛋。"

"的确没有，"哈里说，"看上去不像。"

第二十七章

他们早上抵达,中途把茱莉亚送到她母亲那里。

哈里想过丽安娜是否真的希望他们过去。但等他们走进去之后,便发现她不辞辛劳地准备了丰盛的早午餐,有海鲜意大利面,还有牛油果、马苏里拉奶酪色拉。和往常一样,餐桌上琳琅满目,丰盛无比。丽安娜跑出来拥抱他们。

他们的谈话既欢快又有趣;马莫十分诙谐,但他只是谈论最近他在电视上看到了什么。之后,马莫和爱丽丝继续坐在他们的座位上探讨他们所吃过的最喜欢的五种布丁,以及他们是在哪里和在什么场合吃的,然后马莫告诉哈里他在楼上留了一件"特别的礼物"给他。"去看看:你会高兴的。留着它。"马莫说。

哈里上楼继续他的工作,他看到他的礼物在床上的一个文件夹里:一本四页纸的马莫手写的早期短篇小说。没过多久,丽安娜出现在门口问他是否能坐在他身边。她脱去了假发,戴着一顶尼泊尔羊毛帽来遮盖被烧焦了的头发。不同于以往,她不再唠叨或吹嘘,而是伸出了舌头。

"你看它是紫色的! 你看见我眼睛下面这该死的黑眼圈了吗? 你听说我着火了,是吗?"

丽安娜遭受着精神折磨,如同悲惨的亡灵整夜游荡,她的皮肤干巴巴的,浑身酸痛。她过度地满足自己,有时一天四次。她的指尖在那些柔软的皱褶里都磨损了,觉得能把自己送上巅峰。但这是无济于事的。"整个世界在我脑海里不停地盘旋。我要怎么才能让它停下来? 就连马莫都坚持要你回来。这是我们近来唯一达成一致的事。"

"他为什么想要我们来?"

"来打破我们之间的孤立。"她将头靠在哈里的肩膀上。"你不和我一起散步吗? 你使了很多诡计也能毅然决然,可尽管如此我始终相信你心地善良也疼惜女人。你总是无条件地听我说话。"

她迫切地想要带他去看带围墙的花园的建设成果,也渴望他看看池塘里的鲤鱼和金鱼。她坚持要带他到谷仓后面去,经过游泳池——他们最终还是将其开放了。现在是初秋,但天气却显得有些暖和,白天的气候真是棒极了。

"希望我们能在那里看到马莫,"她说,"你知道,虽然他是伤我最深的人,但我依旧希望能在转角遇见他。"

"我觉得他很少会去那边的花园。"

"我不知道该怎么告诉你他最近奇怪的行为。"

马莫开始对他们的游泳池兴趣盎然。他甚至一反常态地撤下一天的工作来监督和检查露丝和司各特对它所做的清洁,确保水温加热到他认可的程度,这可不是马莫平常会关心的事情。更不寻常的是,马莫还要求司各特开车带他去镇上购买食物和红酒,以及花园家具、休闲椅和毛巾,马莫坚持要司各特马上把这些东西搬到房子里。丽安娜对此很高兴,她想知道马莫是否渐渐忘却工作的负担。

散步时,哈里和丽安娜看见裸露着胸肌的司各特正拿着一张渔网从泳池里捞树叶。他身后是身形日渐臃肿的爱丽丝,她戴着墨镜,穿着白色胸衣和短裤,竟然慢慢地下到水里——她的无所顾忌让人钦佩。

马莫坐在附近,拍手鼓励她下水。“水温正好吗?”他问。“肯定的!下去吧!很好。再下去一点。就是这样……”

他站起来看着她缓慢优雅地游了几个来回。

“好吧,好吧,”哈里对丽安娜说,“谢天谢地马莫终于用到了这个泳池。”丽安娜问他觉得他们在说些什么。“许多艺术家都有自己的缪斯,”他说,“和爱丽丝在一起他发现了性感尤物和灵感,体验了感官的享受。他听她诉说梦境,然后结合她的过去替她分析。而她则告诉他适合穿什么样的裤子。”

“你说,他听她诉说梦境?”

“他不听你的吗?他现在闲暇时就快成了解梦人。他知道一个梦能成就或毁掉人的一天。”

“他把我拒之门外。”

哈里指了指他们。“他可没拒绝她。看马莫跑来跑去地拿毛巾的样子,像是准备好参加奥运会,疯狂的老男人急着搭上末班车。正如济慈所说的'永远热情的心跳'①,"哈里接着说,"但我不认为他会去勾引爱丽丝。他太紧张了。他只想把她看个够。"

"可是为什么呢,为什么?"

爱丽丝从水里出来时,她看上去像是一丝不挂。马莫手臂上挂着一条毛巾,一动不动地愣在了那里。

哈里说:"马莫确实跟我说过,我觉得很明智,也是我牢记于心的建议——只有愚蠢的男人才觉得自己得向每个他爱慕的女性上床。"

爱丽丝裹着毛巾坐在休闲椅上哆嗦着,哈里向她走去,轻吻了她一侧的脑袋。他牵着她的手,在她身旁坐下。他轻轻拍了拍她的腹部,并对着里面的孩子说话:"嗨,孩子们,你们好吗? 你们会不会觉得水里太冷了? 你们什么时候和我们见面? 我们想见到你们!"

丽安娜坐在马莫边上,握着他的手。"你做了件多棒的事啊。泳池一定很冷,但看上去很温馨,亲爱的。我要去游泳。你不和我一起吗? 如果我们一起下去的话多好,我能看看你有多强壮。马莫,你听到我说话吗,你还好吗?"他茫然地摇了摇头。"那样的话,你能看着我确保我不会溺水吗,我的爱人?"

丽安娜在附近的小屋里换衣服时,哈里对马莫说:"先生,这个时候您不在书房里真是让我感到震惊。您结束您的工作了吗?"

马莫把脸转了过去。"我可永远没有结束的时候。"

---

① 出自济慈诗歌《希腊古瓮颂》(*Ode on a Grecian Urn*)。

爱丽丝闭上眼睛进入了梦乡。哈里说："我喜欢看着爱丽丝现在怀孕的样子。她更迷人了——她的肌肤、她的眼睛，还有她的头发都焕发着光芒。"马莫郁郁寡欢地点点头。"先生，您曾经在一个相似的情况下说过，'宁可要一本书也不要孩子'，不是吗？"

"这是你虚构的。"

"我想我记得在佩吉的日记里读到过。"哈里说。

"您为何会有这样的想法呢？"爱丽丝突然睁开眼对马莫说，"您从未想过要孩子吗，大师？"

"别相信你读到的话。"马莫说。

"我快晕倒了，"爱丽丝说，"我的头好晕。我感觉我喘得更厉害了。孩子们已经快要了我的命了。"

哈里轻抚着爱丽丝的发丝。"书本都是陷阱：宁可要一个孩子也不要一千个图书馆。故事仅仅只是替代品而已。"

"替代什么？"马莫问。

他吻了吻爱丽丝。"真实的东西。女人。"他抬起头来。"啊，丽安娜来了，她穿着泳衣是不是很美？"他起身，搀扶爱丽丝站起来，搂着她带她离开这里。"来吧，我们到里面去，在你脸色发紫之前让我们先躺一会儿吧。我觉得可能要下雨了。马莫也想和丽安娜待一会儿。"

"马莫，"丽安娜喊道，"扶我一把，亲爱的，帮我淹没在水里——对不起，我的意思是让我进到水里。你在哪儿呢，我亲爱的丈夫？"

"待会儿见，这儿留给你们了。"哈里大喊道。

第二十八章

院子里哈里独自站在雨中,手里拿着一个盒子。他感觉有人正在注视他,但那又怎么样呢?

露丝在午饭后过来打扫,她还带着茱莉亚一起过来帮哈里清理房间。在茱莉亚试着把那些哈里在上次他们离开时忘记带走的稿件和书籍进行分类和整理时,哈里把行李搬去了车上。在院子里徘徊了片刻后,他突然想起什么,再次翻看了一下日记里的话,最后看上一眼。

马莫过去常常逃避并对佩吉置之不理,尤其是在他们搬进房子后不久她流产的那段时间。显然他正是在那时说出的:"宁可要一本书也不要一个孩子。"在哈里看来,佩吉关于马莫早期生活的说法是权威且可信的。而最后是她对马莫的乞求:"要是我亲爱的丈夫能动动怜悯之心考虑给我几页文章来编辑就好了,他知道这对我是最重要的事,是我们现在唯一的联系。"而他则坐在她的床边,用手撑着头,陷入可怕的沉默中,这样的内容让人不堪忍受。鬼魂总是不被承认的。当哈里翻阅日记时他相信他能听见佩吉对他大声呼喊,他向她保证他会尽一切努力地去讲述她的故事——不管它会以什么样子呈现——连同马莫的故事一起。

"哈里!"哈里回去时马莫正站在厨房的门外。马莫摘下了耳机,他现在开始喜欢戴它们听爱丽丝发送给他的音乐。"你在那里干什么? 又在看佩吉的东西了吗? 你最好是看完了,"他说,"这周它们都要被送去大学了。我早就应该把它们塞进火炉里。我认识并且喜欢的特德·休斯对西尔维娅[①]的日记处理方式就很正确——把它们和这个女人一起推进焚化炉里。否则那些作品没有可读性的学者会无休止地想要从中获利或是成就一番事业,而却让这个男人看上去像是妖魔鬼怪。他们缺乏想象力地站在自己的角度去看待问题。而他们痛恨的正是寻常男人最为普通的性欲。"

"如果如您所愿我们开诚布公地谈,"哈里说,"您会说其实您也有一些遗憾吗?"

"我绝不是无情之人,而是太过于忠诚和尽责。你会怎么对待死去的欲望? 我对她无欲无求,而她的欲望则是受苦。快点逃跑才是明智的做法。"

"这是您建议的行事准则吗,先生? 当你不再对一个人有欲望,就离他们而去? 这让我想到了《唐·乔瓦尼》[②]。一个人的情感生活像是一扇旋转门。"

---

① 西尔维娅·普拉斯三十一岁因与特德·修斯的感情问题而自杀。
② 《唐·乔瓦尼》(*Don Giovanni*),莫扎特的关于情欲的侦探歌剧,描述了一个不知羞耻、放荡成性的男子形象,他毫无顾忌地追寻情欲及死亡。

"那是用来讽刺你的。你并没领会到其中的真相和难处。"

"那内疚呢？"

"你这该死的蠢货，内疚当然存在，而且不得不去解决和面对。不过有谁能够忍受死去爱情的空壳呢？为了不辜负自己而辜负他人，这并非易事。或许你会试图让这个人相信他们还是值得拥有的。而与此同时，一个人把自己变成普鲁斯特笔下卑鄙、目光短浅的斯万，他下贱到要偷偷打开奥黛特的信件，偷窥她的家并每晚在可怕的维尔迪兰 ① 家度过。妒忌比欲望来得更持久，而斯万利用那个恐怖、愚蠢的女人做了许多不光彩的事。"

哈里说："我能问您吗，先生，是什么让您变得如此犀利？您的眼神里透着无限的精力。"

"你了解我。是的，我正在开始写作。我想在年老之时做些什么。写作是一种简单的愉悦，也是我最擅长的。"

马莫在很多时候都是不快乐的：事实上，他极少满足或是完全的愉悦。世界还是原本的样子，只有傻瓜才会整天吹着自在的口哨。他认为这无关紧要，除了他让"别的人"难以忍受的时候。马莫想要的是富有创造力以及不再制造更多不必要的伤害，尽管伤害往往是不可避免的，比如战争和谋杀。

哈里摸了摸他的胳膊。"您是个幸运的男人，先生。您在人生的最后阶段找到了一个欣赏并且深爱您的人，每天清晨她都迫不及待地想见到您。"

———————

① 斯万（Swann）、奥黛特（Odette）、维尔迪兰（Verdurin）均出自普鲁斯特的长篇巨著《追忆似水年华》。

"真的吗——是谁？"

哈里清了清嗓子。"丽安娜。"

马莫开始说到革新。他过去总是凭直觉写作——从一件事联想到另一件，环环相扣——这就是为什么他发现他的艺术难以被解释。如今他想更清楚自己所做的事，以及他将如何构思素材。这个新的尝试让他异常兴奋，他相信这必将让他的读者激动不已。他已经开始动笔写的这部短篇小说，即便是在他这个年纪，也是一个新的方向。他做过许多采访，但这次截然不同：这是两代人之间的对话，一个老人和一个年轻人。他还没完全投入进去；还缺少一种必要的亲密元素。

并不是说他认为公众一定会感兴趣。市场已经发生了改变：如今作家比读者多。如同在避难所里，所有人都在同一时间说话但却没有人愿意听。人们唯一会阅读的书籍是减肥书、烹饪书或是有关锻炼的书。人们并不想改善这个世界，他们只想拥有更好的身材。"但我会说我想说的，由于它还没完成，会在你写我的那本书之后出版。我希望至少从这个意义上讲，比你活得更长些。"听到这里，哈里看了看手表。"然而你有些心神不宁。我是不是耽误了你其他的好事？"

"我想避开交通堵塞。"

"你要回伦敦？"

"我想我们下午晚些时候走。"

"为什么都没有人跟我说？"

马莫朝哈里摆了摆手作别，很快地结束了谈话。他大声叫唤茱莉亚，让她赶紧把茶端到书房里来，还有去花园里把爱丽丝找来。他说他们要进行"探讨"。茱莉亚向爱丽丝传达了马莫的要求,然后便离开去看望露西。

房子里顿时一片寂静。哈里觉得"时机"到了,他的任务还没结束。他四处找寻露丝的踪影并呼喊她的名字。终于,他在顶层的走廊上找到了拿着毛巾的露丝。"你能和我聊聊吗——行吗,拜托了?"他问。她将毛巾放下。她感到害怕,仿佛这一刻她的罪恶就要昭告于天下。"有关这一切,"他接着说,"我能带你去附近的什么地方吗?"

她脸色苍白,将她发抖的双手合在一起,像是在祈祷。不过她点了点头,然后匆忙地在他前面走出了大门,像是害怕被人逮住。他开车带她去了附近的一家小吃店。

哈里准备好了他的录音机和笔记本,请她谈论关于马莫的事情,然后见她沉默不语,便递上了五十英镑。

"以前从来没有人要求过我什么,"她说,"我在想,这个哈里是多么聪明,竟然不去找最明白的人——那个看见一切的人。"

"请从最早的部分开始说,"他说,"你们是怎么认识的。"

谈话一直持续着,直到最后她如同被扒了一层皮。她曾经看护过佩吉;在马莫绝望之际也照顾过他。他和她睡过两次,她上了他的床而他没有拒绝。"他不可能爱我,"她说,"但我从没享受过快乐和感情。不过你是体会不到失败和一无所有的滋味的。"

后来,新娘丽安娜空降到这个院子里。露丝知道如果她不想丢掉工作就必须闭紧嘴巴去收拾丽安娜的行李。露丝知道现在的女性有事业和"诸如此类的东西",但她的地位却从来没有上升过。她还是原来的她,尽管没变得更糟,也肯定老了;黑人拥有更多的机会,索马里人改善了住房环境:他们坐在金色的靠垫上,用铂金勺子品尝着鱼子酱。她和她的阶层却没有任何改善,她喜欢喝酒,仅此而已。

在哈里整理笔记时,她说:"我肯定会出现在这本书里吗?"

"当然。"

她拍了拍手。"你会提到他自始至终都爱着我吗?"

"露丝,你们两个并没有发展成恋人。他去了欧洲。"

"的确——因为我一直跟他说佩吉可能是最好的说话对象,但她多年来都像吸血鬼一样喝他的鲜血,带给他抱怨和内疚。在她死后的某些清晨,他变得如此忧郁,我担心他会在谷仓里悬梁自尽。我以为我会发现他的尸体。所以他离开了。于是丽安娜乘虚而入,迫使他永久地远离我们,"她把身子靠向哈里,在他耳边轻诉,"他是后悔的。对我来说,最开始的时候,那是一段最美好的时光。那些回忆是我人生最重要也是最精彩的部分。他知道他本可以就这样快乐地和我们在一起,我们全家人都崇拜他。我知道他依然爱着我们,想要和我们在一起。或许丽安娜应该发生意外。"露丝拉过哈里放在桌上的双手。"会有照片吗?如果我能找到一张马莫和我们全家一起在花园里十分快乐的照片,你能答应我把它放上去吗?丽安娜会阻止吗?"

"得让我看一下。"他说。

爱丽丝发消息来提议她和哈里再多逗留一个晚上,因为她不想在预报会有的暴风雨里开车回去。哈里并不喜欢,但既然他可以开始着手写关于露丝的内容,他也不认为留下来是个问题,他开车送露丝回家;她默默流着泪,他扶她进屋,把她交给司各特。

"你把我掏空了，"她哭喊道，"我输了人生的这场战斗，是吗？等我年老时有谁会照顾我？"

等哈里从车里走出来，他一动不动地站在院子里停留了片刻。他听到了一声大嗓门：是丽安娜的。紧接着是马莫的回应，严厉的语气里透露出愤怒。哈里开始确信许多事正在濒临瓦解。哈里赶紧跑过去，发现与往常不同的是，马莫的门开着，而爱丽丝似乎刚淋雨回来，她用手捂着嘴。

屋子里，丽安娜正站在马莫的写字台上。她早已将桌上的酒杯、装满笔的杯子、CD 和报纸都一扫而空，而一边义愤填膺地告诉马莫他是个浑蛋，是王八蛋。

马莫说："你搞的这些破坏真是要我的命！"

"你在那里和女孩瞎搞的时候倒似乎很强壮嘛！"

"瞎搞？我们在谈论重要的事情，谈论我的工作和她的人生。"

丽安娜拾起有兔子脑袋的那根拐杖用来戳他。"我何不用你的拐杖在你脑门上敲出几个好听的词呢？我在厨房里就听到你们肆无忌惮的大笑——而我正在给你做你最爱吃的辛辣牛蒡汤！你消失不见跑去当你的艺术家，却把我独自丢下一整天！你绝不允许我踏足这个房间。可是你却让她进来。"

"她对我来说就像是个女儿——对我们两个都是！你再清楚不过了。"

"你这个龌龊的男人，我有什么问题呢，为什么我就不能当你的女儿？你还指责我和哈里说话！"

"我哪有？"

"你指责我像个卖鱼妇人似的在那儿调情，给我的乳房充气好

· 270 ·

让它们挺起来！然后，你最后还故意残忍地拒绝我在这个世界上最渴望的东西！"

"是什么，丽安娜，请告诉我，你知道我会为你做任何事！"

"在切尔西的一套房子！你太吝啬了，不肯花钱。"

"别让我的血压升高不然我会一巴掌打在你的胖脸上，你这个无知的泼妇，看我怎么把你打倒在地。"

"你真不像男人。"

"滚出去！"

"你刚刚说什么？"

"不，不，丽安娜，对不起，你知道的，虽然你很让我恼火，但我爱你。"他一边说着，一边朝着写字台的方向对她伸出手臂。

"如果你爱我的话，"她边说边从他身边离开，"你会赞同我下面说的。几星期前我和爱丽丝一起在谷仓里伴着阿巴乐队①的歌曲跳舞。茱莉亚是 DJ。我们当时有些恍惚。我突发灵感。我要写一本励志书。"

马莫看上去吓了一跳，但在这种情况下，只能继续听下去。

她说："它将是关于我的，是我的故事。"

"你的故事到底是什么？"

"你不知道吗？"看他摇了摇头，她向写字台靠过来。"一个充满魅力、争强好胜的女人捕获了一个艺术巨人的心，让他的事业起死回生，一边还要对付他难以忍受的自负，助他成为不朽之人，同

---

① 阿巴乐队（ABBA），瑞典流行音乐组合，成立于一九七二年，乐队名称来自于四名成员的姓名首字母缩写。

时还要管理他的乡村庄园。"

他说："你描述的这个故事是个奇迹,而女主角显然是个寄生虫。这里面哪来的励志?"

"它将包含一些好的建议,关于如何引诱一个男人并让他娶你。"

"这倒是真的,你主要就是为了钱而利用我。"他说。

"我倒希望我是这样,"她说,"这是人们建议我去做的。"丽安娜转向哈里。"几星期前我拿给你看的时候,你不是说这本书是个良好的开端吗,哈里?"

"呃,是的,但我只是匆匆浏览了一下,丽安娜——"哈里开口说道。

马莫说:"是真的吗,你的肮脏已经到了如此不堪的地步了吗?"

丽安娜说:"你真让我伤心,马莫。你到底要表达什么?"她顺着哈里的目光向他的写字台看去,一本日记本正敞开着,上面压着几块海滩上的石子。在它旁边是几页白纸,上面是马莫潦草的字迹。"把那本日记给我看,"她说,"我们一起来看。我们之间没有秘密,不是吗?"

他扑哧一笑。但好景不长。丽安娜拿起一杯满满的茶,茱莉亚全天都会不断地给马莫满上,然后倒了一些茶在日记上,其余的则倒在其他的作品上。他们看着作家的字迹瞬间化开,成了写字台上的一摊水迹,水滴慢慢地滴在地板上。

丽安娜的屁股靠着写字台,想要把它推到一边去。"我不是你的粉丝,我也不想当一个只会奉承和购物的配偶!我要搬进来,搬到你旁边。你可以就最美的文字给我提些建议。"

马莫说:"我们像学校里的学生一样并排坐在一起,这未免太可笑了。我再也不会走进这里。"

"不管你在哪儿,我都会在你身边。"

"那我就杀了我自己。"

她狂笑起来。"你没这个勇气。"

"为了摆脱你,我会这么做的。"

她拿起一块他用作镇纸的石头。"我何不拿这个砸你的脸?"

她甚至用力把它掷了出去;他抬高了头,石头弹走了。要不是因为他笑了,她也不至于在他脸上掴了一巴掌。她手上的一个戒指一定是勾住了他,因为他的脸上突然出现了一道血印,而当他意识到自己的脸被刮破后,痛哭了起来。

打完他之后她便离开了,从谷仓一路跑回房子,马莫在她后面蹒跚而行,他拿着手绢遮着脸,爱丽丝和哈里走在他身后。

房内,丽安娜飞奔上楼,喊道:"让我一个人待会儿,你们这群骗子! 谁要是跟着我,我就杀了我自己!"

第二十九章

在厨房里,爱丽丝领着马莫来到水槽边。她帮他受伤的脸颊止住了血,清理了伤口,并贴上一块膏药。哈里把水壶放在炉子上,准备沏茶。他试图引起爱丽丝的注意,想暗示她这或许是离开的好机会,但他猜测在这场纷争解决之前他们是没法脱身了。

马莫很沮丧,但还没崩溃;他以前也经历过。等一会儿,他会为丽安娜开一瓶香槟酒。一切都会好起来的。他瞟了一眼哈里一直随身带着的笔记本,说道:"我希望你不会用糟糕的英语把这写下来,让我们看上去像疯子。"

"大师,我会确保他不会写的。"爱丽丝说。

马莫说:"我很抱歉,丽安娜莫名其妙地把这一切归咎于你。"

"她有吗?"爱丽丝说,"这真的是我的错吗?哈里,如果是的话,请告诉我。"

丽安娜提着手提箱走下楼。"我戴着我讨厌的那条骷髅项链。

但我会用力关上门,跟你们说再见! 爱丽丝,请照看这些狗。"

马莫急忙跑过来,抓住她的胳膊。"丽安娜,我求你了,这太过分了。"

"是啊,谁来给你的牙刷换电池呢? 谁来给你受伤的脚涂抹药膏,喂你吃药呢? 你将在这里孤独地死去。你当真以为这些年轻的剥削者会照顾你吗?"她拖着箱子朝门口走去。"我会去找那些爱我并懂得欣赏我的人。"

"比如呢?"

"对你来说就是爱丽丝,你这个老糊涂,你真是愚蠢到竟看不出她是在利用你!"

"别胡说八道!"

"哈里派她来说服你去承认一些你从未和玛莉安一起做过的事情——是罗伯告诉我的。"

"你没那么做吧,爱丽丝?"马莫茫然不解地问。

"从某种程度上来说,我的确做了。"她说。

"亲爱的姑娘,我无法想象你会那样做,"马莫说,"哈里一定是幕后主谋。别担心,我会找他算账的。"

哈里说:"丽安娜,你先坐下来吧,好吗,这样我们可以好好谈谈。"

"没错,"马莫说,"求你了,玛莉安,我是说丽安娜,你过于激动了!"

马莫试着从她手里把手提箱夺过来,但她一把推开他。他一头栽在了桌子上,他转过身,扭着身体想起来,但又重重摔了下去。

"哦,天啊,马莫,"爱丽丝边说便向他走去,"你的背已经支撑不了了！"

"你看，你看！"丽安娜喊道，"现在，把车钥匙给我！"

"想都别想。"

"那我就穿过田野，走去车站。"她说完便走出门消失在雨中。"永别了！"

"别让她走。"马莫对哈里说。

"我能做什么呢？"

"天已经暗了。万一她掉进池塘淹死呢！把她找回来！"

"**我**会去找的。"爱丽丝说完便向外走去。

她沿着小道走到了马路上，哈里不得不去追赶她。雨下得很大，风不住地狂啸，可哈里依然能听到她呼喊丽安娜的声音。没过多久他便找到了爱丽丝。她是他最重要的。他只能强行带她回房子里，一边极力劝她保持平静。然而他还是没有丽安娜的下落。

爱丽丝浑身湿透，哈里带她进去，给她找了一条毛巾，还拿来了一些暖和的衣服。然后他拿着一条毯子到马莫那里。"请躺在沙发上等吧。丽安娜很快就会回来的。"

马莫说："如果你带上丽安娜回伦敦，我便立马杀了你。"

哈里让马莫在沙发上躺好，然后说道："先生，我可以告诉您她是不会想和我们一起走的。"

"她无时无刻都把您挂在嘴边，"爱丽丝说，"如果不是如此爱您，她也不至于那么生气。她只是想吓唬您。"

"那么我已经被吓到了，还有寒冷和心悸。"爱丽丝找到马莫的止痛药并给他拿来水。"这一次我真的要不行了。"他说完便开始啜泣。"我再也受不了了。你们不会也像这样离我而去吧？露丝去哪儿了？我要吃什么？谁来照料这些动物？"

哈里已经给茉莉亚打了电话,她说她和家人会过来照顾的。不管发生什么事,她都不希望爱丽丝和哈里在那里；两个情绪激动、手足无措、惧怕黑暗的城里人,留在那里对任何人都没好处。而她对这里的情况"了如指掌"。

这不是一个轻松的夜晚,爱丽丝、马莫和哈里一起坐在马莫的厨房里吃饭,喝茶,并为丽安娜担忧。茉莉亚、露丝和司各特正拿着手电筒和毛毯,大声呼喊,四处找寻丽安娜的踪影。他们相信她走不了多远；她很有可能是在绕圈子。马莫不肯让哈里或是爱丽丝把他一个人留下,他躺在沙发上,凝视着远方,或是闭上眼睛,似乎迷迷糊糊地睡去了。

在他们等候消息的时候,哈里一再重申茉莉亚是多么能干和可靠。如果有人能找到丽安娜的话,那个人一定是她。爱丽丝也补充道,她在伦敦陪着他们的时候,帮了很多忙。她希望这种帮助是长久的,而茉莉亚也同意了。至少在接下来的十八个月里,茉莉亚会照料他们和宝宝。

哈里听到后很意外；他的想法是如果茉莉亚能回到丽安娜和马莫身边以及"她的群体"那是最好的。但爱丽丝心意已决；她听过很多关于互惠生①和保姆的悲惨故事。她想不出任何茉莉亚不适合的理由。她很乐意,会照顾孩子,而他们又对她和她的家庭

---

① 互惠生（Au Pair）,源于法语,意思是"平等的"和"互惠的"。加入计划的青年与寄住家庭在一个互惠互利的关系上生活。寄住家庭为互惠生提供一切生活所需,每月更会给予他们零用钱。相反,学生则为家庭照顾孩子做简单的家务。互惠生通常是年轻女孩。

有所了解。

他是争不过她的;他命中注定要和她们两个生活在一起。马莫可能已经躺在那里思索着来世了,但他看到了发生的一切,并有些幸灾乐祸。

又过了一小时才找到丽安娜的下落。她在盛怒之下走了很远,但最终摔倒在了沟里,被司各特和茱莉亚发现,她在那呻吟,抽泣。她被带往医院,医生给她做了检查并认为既然她累坏了并且受了轻伤,她应该留在医院过夜。哈里开车带爱丽丝和马莫去看望她。她睡得很好,第二天下午他带她回家,爱丽丝扶她上床。马莫变得十分细心,亲切和安静。

第二天,在爱丽丝和哈里终于要离开时,马莫依旧在担心他是否非得和丽安娜共用他的书房,并不断地问哈里他该怎么办。丽安娜坐在身边他将无法工作;这太荒唐了。

在向车子走去的路上,哈里发现院子里有一个摄影组正在搬设备。在丽安娜的支持下,德国的一个电视台显然已经预约好来拍摄马莫的纪录片。他们说面对丰厚的报酬,马莫已经同意就他一窍不通的诸多当代话题给出他的看法。

"他们里面有一个人的写字夹板上全是问题,"马莫对哈里说,"恐怕这将是我的殉难视频。让他们离开。"

"只有您能那么做。"他说。

"你就这样一走了之,把我们像这样丢下?"

"是的。"

回到伦敦,爱丽丝戴着一顶羊毛帽在床上躺了两天,她认为是自己一手挑起的事端并为此苦恼不已。哈里和茱莉亚负责给她送去汤和胡萝卜汁,握住她的手,并听她的抱怨。

"我没想到他们那么脆弱,"爱丽丝说,"我如此爱他们两人。他们就像是我的父母。我该怎么做?写信还是打电话去道歉?哦,上帝,她永远不会原谅我……哈里,你为什么不提醒我呢?你似乎并不介意我和他在一起。还是只要我能拿到你要的材料你就高兴了呢?请回答我。你今晚会和他们说话吗?"

哈里无法回答。他很庆幸可以远离希望之屋。短时间内他不想再见到马莫和丽安娜;他会在房间里待上至少十八个月来按照他所希望的样子去完成写作。马莫将依然是马莫;哈里不喜欢也不讨厌他。在哈里心中,他正发生了转变,成为一个虚构或捏造出来的人物,他的存在只是为了让哈里能够写一本关于他的书。

第三十章

在一个文学聚会上，哈里感到十分无趣，完全不想说话。靠在墙上，喝喝酒，做一个旁观者似乎是更好的选择，直到他看到了洛特。她曾是罗伯的助手，离开一段时间去旅行，接受治疗，然后又以编辑的身份回归，重新为罗伯工作，并负责编辑马莫的散文集。哈里很高兴见到她，尽管他不知道经历过女王公园的事件后她是否会恼怒于他。但她只是笑笑说是罗伯添油加醋了。她很高兴能碰上哈里，而她后面没有安排。他们是否可以一起吃个晚饭？

在两年的认真写作后，哈里终于有了时间，事实上有漫漫长夜供他支配。他感觉他现在对洛特有说不完的话。他之前从未如此卖力地工作，而他终于可以停下来，等着丽安娜来阅读并认可这本传记，同时他也想知道他是否还会接受罗伯交给他的下一份工作。

他需要钱。双胞胎成了家里的大事。因为早产，他们其中一个差一点死掉，然后在医院里住了一个月。爱丽丝和茱莉亚耗尽了精力。爱丽丝出门就是和其他的妈妈们以及互惠生们一起，女人们聚在一起谈论着睡眠，像是瘾君子谈论毒品一样。

哈里的父亲曾喜欢做父亲的感觉，他的兄弟们也是如此，而哈里发现他也开始渐渐喜欢起来。他会将男孩们放在巨型童车里，然后推着他们步行几英里横跨伦敦。作为他们的引擎、联系和生命保障，他如今的存在主要是为他们服务，因为他们俨然成了调情者和小名人，到处可以拿到他们想要的礼物。他像爱着女人那样爱他的男孩儿们的嘴巴，他们的身体、头发的味道——虽然常常可能藏着西兰花或者玉米碎屑。

曾几何时，他渴望爱丽丝的陪伴，而如今她只是一个神经紧绷的母亲，仿佛背负着永远摆脱不了的负担。哈里的父亲，总是乐观主义者，他曾经穿着休闲西装在伦敦的俱乐部里讽刺地笑话哈里说，在人生这个绝无仅有的阶段，哈里将对伦敦的公园和博物馆渐渐开始熟悉，却对他的伴侣和朋友越来越陌生。有时哈里会突然发现自己身处在他原本从不会去的地方和那些他会想避免接触的人在一起，初为人父的孤独感便会油然而生。他的父亲怀疑，爱丽丝至少还要五年，才能从母亲的放纵中走出来，而且只有在哈里不断的劝说下。裹着尿布、号啕大哭的小法西斯男孩儿是她唯一想要的小家伙。他只能等，如果他有这个耐心的话。在这之后，哈里的父亲告诉他要迈开脚步，并塞给他二十英镑，正如他在这种场合常常会做的那样，似乎是在付钱给一个商人，并低声说道："亲爱的孩子，一定要确保有女性来照顾你。下一次，一定要确定只和那些拥有好父亲的女人在一起。"哈里对他表示感谢。他父亲继续说道："还有，不然的话，和女人在一起的时候一定要发现在她身上发生过什么,因为用不了多久她会对你做同样的事。哈,哈……"

"我希望你可以早点告诉我。"

"我也只是刚刚意识到你的问题所在。很高兴能帮到你。"

哈里最重要的也是让他骄傲的,他的另一个孩子,就是这本书。数月来他每天工作十二个小时,在他们依旧居住的地方拐角处的一个咖啡馆里完成了一份还不错的草稿。在投递之后,哈里发现罗伯这个编辑相当专横而且嗜虐成性。他在手稿上胡乱地写着诸如"这是狗屁"、"垃圾"或是"需要大改"这样的评语。起初,尽管顶着巨大压力,哈里仍会就作出的改动和删减与罗伯争论;后来他便妥协并接受现实,但感觉更糟了:一种被羞辱和欺凌的感觉。爱丽丝则力劝他只改动需要改变的部分,留住其余的。哈里终于明白了为何人们都说作家难以相处了。

罗伯在一开始先是全盘否定了哈里,但后来又宣布这部传记生动且具权威性,并预计它将小有成就。这本书会被译成几种语言出售,还有一部有关马莫的电视纪录片在等着哈里。出版日期已经暂定。哈里也已经按照罗伯的指示把书寄给了马莫和丽安娜,这是他早前答应的条件。哈里知道马莫连偷窥一眼的兴趣也不会有,而且不会想听到别人的意见,但丽安娜会读。哈里相信他在这里就能听见她的笔在那儿一个劲儿地猛划。

等待的期间,他和茉莉亚在一起,她在休假的时候向哈里展示了他所不了解的那一部分伦敦,那个作为国际都市,满是学生、难民和流浪者的伦敦。她的朋友们有巴西人、安哥拉人、索马里人和印度人。她带他出去,向他介绍了夜间巴士、新开的昏暗酒吧和廉价食物,并在凌晨时分的城市里四处走动。他喜欢在清晨四点的时候坐在巴士上,这时你能看到这座城市和它的美好。他和茱莉亚之间能像痴情的前任恋人一样和谐共处,她继续为他付出;他从未见过这样的爱,在非理性的忠诚里又透露着疯狂。

洛特握着他的手,小声说道:"我要带你离开这个无趣的聚会。别担心,你会更加喜欢我们要去的地方。你需要听我接下来要跟你说的。"

她牵着他的手,带他穿过伯维克街市场,转了一个弯,走进一条狭窄的街道,然后穿过一扇黑色的、破裂的门,进入一幢半废弃的十八世纪的房子。他们走上没铺地毯的台阶,然后走进一间没有任何装饰、漆面剥落、地面倾斜的大房间。一个疲倦的书评家和一个二流的诗人坐在一张摇晃的桌子旁,一个像是从卢西恩·弗洛伊德①画中走出来的女人在招待他们。洛特亲吻了店员和老顾客,他和她紧挨着坐在一起;他轻抚她的头发,她则在他耳边倾诉。

洛特之前开车去和马莫以及丽安娜一起共进午餐。马莫在三个月前严重的中风后依旧虚弱并痛苦不堪,但他的言语能力有了改善。他甚至说:"死亡一直将我拒之门外,但我知道它现在想要我,因为我被授予的多数都是终身成就奖。"

洛特说:"我觉得你没有去看过马莫,是吗?"

---

① 卢西恩·弗洛伊德(Lucian Freud, 1922—2011),著名心理学家西蒙·弗洛伊德的孙子,移居英国后成为画家。

"我不得不自由发挥去编造他。"

"罗伯可能已经告诉你了,他有一段时间处在缺乏创造力的状态。他讨厌只能平躺在床上,然后变得更为低迷。丽安娜不得不经常让他起来活动活动。但还是有一些极好的消息:除去他的伤病挫折不说,他完成了一部新的短篇小说,这是他长久以来的第一部作品。是你给了他灵感。"

哈里说他唯一记得的是有一次在厨房里他对着对面的丽安娜点头说这部小说总是围绕着婚姻生活,马莫也许在他们不知道的情况下展开了调查。马莫看起来似乎很有兴趣,但当然他只字未提。"是关于这个的吗?"

"你不知道?"

"我关注过他们早期和中期的生活。他和丽安娜婚后像所有人一样只是待在家里,没有性生活也没有争吵。文学大众是不会买账的。"

洛特说她要给哈里看些东西。她带他回到她最近刚搬的、在古奇街附近的公寓里。她的东西大部分还没整理好,她的床还在房间的正中央。她点起了蜡烛。没有别的地方可以坐,他们便躺了下来,穿着衣服,喝着白兰地。

她问他在忙些什么,他告诉她他正在整理笔记,准备开始写另一本关于精神病和他母亲的书。他的父亲曾经说过哈里的母亲很容易迷恋各种各样的花言巧语者。他给哈里看了一些信,来自他所提到的其中一个作家。哈里想象过那是当地的巴尔加斯·略萨,但这个人物却住在廉租房里一间又黑又脏的公寓中。

"周围堆满了发黄发旧的纸,他是个满口大话、喜欢胡言乱语的骗子。他说母亲是个热情、温顺的情人,但她话太多,不愿倾听。有一次她揪住他的头发,然后用膝盖击他的脸。她不给他安宁,他只得将窗户封起来。他很惊讶我竟如此通情达理,甚至还问我要钱。我早该知道,不是吗,传记就是一个幻灭的过程。"

"你要怎么做呢?"

"描写父亲和老男人的故事已有太多。是时候去写疯狂的母亲了。我希望能进入女性的思想而不是她们的身体。除了你以外。"

他们又喝了几杯,然后她轻轻拍了拍放在一摞书籍上面的一份薄薄的手稿。"这就是我们刚刚说到的。马莫最新的作品。"

她把它放在他手心里。他看了看,注意到标题《最后的激情》,然后还给了她。他厌倦了马莫。他让她把这个故事简略地轻声说给他听。

"你确定吗?"

他说:"他不停地说我一无是处。他希望我觉得自己是废物。他嘲笑我,几乎让我丧失了信心和希望。有几次我觉得我会失去理智。然后,我有了两个孩子,可我几个星期都下不了床。我以为我的身体出现了问题,我胃疼还有肠炎。我母亲和佩吉的鬼魂不停地跟我说话。我本来可以谋杀这个世界。但我们的帮手茱莉亚为人善良。父亲也让理疗师治好了我。"

"爱丽丝呢,她在哪里?"

"她就这样渐行渐远,把孩子扔给了茱莉亚,这样她好和朋友去见面。要不然她就因为头疼而早早地关上门上床睡觉。她有更多比我重要的事要思考。小时候我自己照顾自己长大,因此我又让这一切重演。我强迫自己从床上起来,把我脑子里的马莫写出来。把白兰地递给我:我已经摆脱他了,洛特,干杯!"

"我可不这么认为。"她看着他。"马莫的这本新书不同于以往。它是关于一个年轻的崇拜者去和一个老男人住在一起,那人是个作家,然后开始写一本关于他的书。因此,老作家在年轻人写他的同时秘密地写着这个年轻人。这对于马莫来讲,不同寻常,十分有趣。这是一个爱情故事。"

"这个老家伙对年轻人说了什么?"

"哈里,它主要是关于这个老男人对一个年轻女子的爱,她是助手的妻子,热辣但冷酷,有着香草般发色。在他的描述中她有着莫蒂里安尼①人像的平静。他展示了八大恋爱症状中的至少五条,和所有人一样,他爱慕她并将她视为女神。"

哈里告诉洛特情节跳跃得过快了。这场邂逅是怎么开始的?

她说这个老男人和女孩开始一起共度时光,他们展开激烈又坦诚的交谈,而在此期间,年轻人则对传记之事有点恐慌,在老男人的房子里阅读日记和文章。

这本书让人悲伤,洛特说,因为老男人爱上了这个女孩。当她和年轻人依旧保持着在他看来是一段不幸的关系时,他开始变得愤怒。这个家伙试图用有关他睡过的女人这样的一派谎言来刺激并分散老男人的注意力。这个愚蠢的孩子是多喜欢吹嘘他的能力啊!他甚至声称自己在一天里和五个女人上床。难怪他被叫作小

① 阿美迪欧·莫蒂里安尼(Amedeo Modigliani, 1884—1920),意大利表现主义画家与雕塑家,犹太人。

饥渴!

"作家建议她和这个好色之徒分手。在她发现自己怀孕后,作家是她唯一想要告诉的人。有一段时间她甚至没有让年轻人,这个真正的父亲知道。老男人很关注怀孕这件事。他们在一起讨论了很多。"

"哪一种讨论?"

"他的内心在斗争,不知是否应该建议她去堕胎。他感到极度痛苦,或许是因为他后悔多年前他和他当时的女朋友打掉了那个孩子。"

哈里突然说道:"那又如何? 发生了什么? 他为何要插足?"

洛特耸了耸肩。"意料之中,老男人说女孩应该重新考虑。"

"天啊! 男人的自以为是! 我真想扇他耳光!"

"但老男人还是用拐杖打了这个年轻的白痴,"她继续说道,"老男人说他阅人无数,从一个父亲的角度,他想要知道他深爱的这个年轻女子是否把这些问题都考虑清楚了。"

"说的好像真有人想清楚过一样。"

"老男人说年轻人只会不负责任地带给别人毁灭性的爱。"

哈里说:"多愚蠢的老男人啊。我希望这部小说里说清楚这点。"

"奇怪的是,并没有。"

"她把孩子生下来了吗?"她点点头。他说:"故事不错。我希望就到这里为止。"看她的表情似乎并非如此。"为什么不就此结束呢? 还能怎么发展下去呢? 还能有什么呢?"

他向窗口走去,将窗户打开,然后坐在窗台上,大口呼吸着夜晚的空气。窗外的伦敦一片繁华热闹。他们可以回到索霍区去喝酒,在爵士乐的伴奏下跳舞。他为何要在意她说的? 他为什么要听呢? 难道他不能爬出去然后一去不回吗?

　　"虽然离下面不远,你可能只会脚踝骨折,但你这样让我很紧张,"洛特说,"快回来,亲爱的。"

　　"为什么?"

　　"来听结尾,"她在他身后说,"你以为这就是全部了,是吗?但在他的耄耋之年,以及他称之为的'中年危机'或'他晚年的爱神'——她生下了孩子,而她的男友则完全沉浸在他的书里——他劝说年轻女子在伦敦和他见面。"

　　他回过头看着她。"去干什么?"

　　"你觉得呢?"

　　"我怎么会知道?"

　　"我在问你,哈里——"

　　"什么,洛特?"

　　"过来坐在我身边。"

他照做了；她亲吻了他的嘴唇；她拥抱着他,并告诉他马莫凭借他的老道经验对这一部分内容做了精心设置——一对孤独的情侣赶往一位朋友位于维多利亚车站的一套几乎闲置的、没有暖气的公寓里见面。他——主人公——在见到女子的那一刻,震惊于他是多么的宽慰和欣喜,他那属于人类的情感又回来了。他说,这个老人是如此的与欲望疏远！他给她买礼物,喜欢就这样看着她——他的新缪斯。现在他总是穿着她为他打扮的运动套装。他喜欢看她把鞋子脱掉,而她也乐意满足他的要求。

哈里说:"但她为什么愿意满足他呢？"

"一个被男人深深渴求的女人会发现很难拒绝他。我们一生中能有多少次被这样宠爱？他说约瑟夫·克罗弗拉特伯爵① 在将死之时,让玛琳·黛德丽② 来看望他,并撩起来了她的裙子。"

"这个女人也为这个老男人这么做了？"

"为什么不呢？她全身赤裸地躺在炉火前,他望着她。她像画家的模特那样变换着姿势,任他在一旁观看。她将自己展现给他。于他们而言,这一刻,如同电光火石般。这个文字大师,渴望不用言语去表达。就这样和另一个人'在一起'。像一个和母亲在一起的心满意足的婴儿。"

"那他的妻子呢？"

"他爱过她。他从没想到在一段时间之后他们之间会无话可说。他和她结束了,想要分开,但他不知如何去做,因为他将付出

---

① 克罗弗拉特伯爵(Count Kolowrat, 1886—1927), 奥地利电影制片人。一九二七年他发掘了玛琳·黛德丽。

② 玛琳·黛德丽(Marlene Dietrich, 1901—1992), 美籍德裔演员、歌手。

高昂的代价,还会让她发疯,甚至自杀。她完全蒙在鼓里,还很满足地在伦敦购物,而他则有种崩溃的感觉。"

"为什么?哪种崩溃?"

"他变得脆弱不堪,因为他无法回到他的日常生活中,那个维系着他的囚笼。他一遍遍地问自己,即使在人生的这个阶段,我们要怎样摆脱那衰老的、毫无生命的自我,去迎来崭新的生活呢?

"他称他们两人为普洛斯彼罗和米兰达①,而她就像一个孝顺的女儿,对他悉心照料。她给他画画,他们一起沏茶然后亲密地畅谈他们的生活,他们的另一半和未来。他们只能这样。"

"他们两个能有什么未来?"

洛特说:"这个空虚的女孩,绣花枕头一包草,似乎没有自我,却能帮他面对死亡。他知道她喜欢逃避,没头脑也没情趣,但至少很真诚,还剩下几年的美貌。他还相信他浪费了时间去得罪别人,却极少付出,这样的想法如今正折磨着他。像很多人一样,他在自己的想象中相信自己是个杀人犯。

"这个老男人听说了有关英格玛·伯格曼的故事并深受打动,他在将死之时,按照时间顺序看完了他自己的所有电影。马莫很欣赏这点,并想要用最后一丝完整的气息去诉说什么是衰老,勇敢地正视一个人的人生意味着什么。他惊讶于过往是如何地善变,人们是如何将其重写,然后再改写,周而复始,永不停歇。"

洛特接着说:"香草发色的女孩鼓励他讨论他的作品和他爱

---

① 普洛斯彼罗(Prospero)和米兰达(Miranda)均为莎士比亚戏剧《暴风雨》中的人物。

过的人。她甚至帮他写信给那些他心怀愧疚的人。"

"比如呢？"

"一个住在美国的女人，我觉得，他欠她一些解释或道歉。事情还没结束，在那间房间里，老男人和年轻女人之间，一出弥补和赎罪的戏码正在上演。十分精彩，哈里。他以一种全新的好奇心和见解写下了他自己的性经历以及他父亲的，好像他发现了一个新的课题，即便是在他这个年纪。这是继他早期作品之后，他创作的最温暖也最动人的故事了。"

"我相信。天啊，我要疯了。"他沉默了一会儿。"你能告诉我吗，这个年轻的女人得到了什么呢？"

"一种教育，用更复杂的眼光去看待这个世界。这是她第一次对一个人全部的人生有了了解。她开始阅读。而他又开始写作了。你知道，一个人能带动另一个人。和她一起在房间里坐在火炉边的时候，他把书里的一些内容口述给她听。"

哈里说："他们保守着这个秘密？"

"保护隐私是很有必要的，"她说，"我猜这里有些内容关系到你。"

她问他有何想法。他吻了吻她然后向后躺下。"我还不知道，"他说，"他很想让我知道这本书的内容吗？"

"哦，是的。他猜你会尝试着不去读这本书。"

"他是不是很急切地让你和我再次相遇，好让你告诉我这些？"

她点了点头。他站起来，寻找他的包，告诉她任务已经完成了。"这就是你邀请我过来的原因吧？这就是你全部想要的吧？

我是不是现在该滚蛋了？”

"我想再见到你。"她握住他的手。"所以，不，请别难过也别离开。"

"你还有什么想要的？"

她亲吻着他的头发，他的额头，他的鼻子和他的嘴巴。"是的，"她说，"哦，是的。我可以看着你，一直看着你。百看不厌。"

"而我也可以看着你。"他叹了口气。"爱是唯一该死的东西。总在你毫无准备之时便找上了门。"

"罗伯告诉我你现在单身，但还住在那所房子里。"

他说："我在看一些书，思索着死去的母亲们。但在巴黎我总是很乐观；在那里一切看起来都更美好。我们要不要去几天？"

清晨，哈里和洛特去咖啡馆吃早餐。他陪着她走去上班。当他们吻别分手时，她说："关于你应该对马莫和丽安娜做的事，我有一个主意。"

　　带着孩子旅行是一项大工程，所有的方案都得事先计划好。但正如洛特向哈里建议的那样，他们打算在二十四小时之内完成这趟旅行。爱丽丝列清单的本事是出了名的，茱莉亚打包装车的能力也受到家里的认可，而哈里则是满腹牢骚、迷惑，并在出发前就吃光了所有的三明治。他们请教过罗伯，他认为他们一起"完成这个过程"是个极好的主意。下午晚些时候，他们欢快地飞驰在高速公路上，孩子们都吐了。

　　丽安娜听到车声便牵着狗出来走到院子里迎接他们，她站在哈里第一次见到她时她所站的位置，第一个周日的午后，他那会儿带着担忧还有兴奋和罗伯一起来到这里。曾几何时马莫的脾气和丽安娜的强势让这里的一切都充满生机，而如今房子和花园似乎正开始回到最初的原始状态。马莫不再使用他的书房；司各特在暖房里种植大麻，并把从前的"档案馆"仓库作为修理车间出租给别人。院子里四处散落着半拆卸的汽车和金属零件。司各特自己则站在那里,身上满是灰尘,光着上身,无所事事地拿着一个活动扳手对着一个油罐敲,还有两个同伴在他左右。

茱莉亚和她的哥哥打了声招呼后便径直去露丝那里安慰她。几星期前的一个晚上,露丝的一个男性朋友——或许是情人——在她家里袭击了她的另一个朋友,用一个破碎的酒瓶向他刺去,差点就要了他的命。那时不乏血和绝望;等待着她的是法院诉讼和牢狱之灾。露丝在马莫第二次中风前赶去见他这个家长,乞求他的帮助、安慰和指点,但他只是同情地看着她说道:"怎么会有人像你这样生活?"

丽安娜做了一个肿瘤切除手术;厚厚的镜片下是她疲惫的双眼,她没有化妆也没戴任何首饰,只穿了条牛仔裤和一件过于宽松的毛衣。她说,她从未如此消瘦和消沉,也从未如此开心地见到她的朋友和她喜爱的"孙儿们"。

马莫因为中风和心力衰竭在医院里躺了几星期后便执意要回家,而丽安娜不顾自己的虚弱,坚持要亲自来照顾他。她让司各特搬了一张床到图书馆里,这样马莫可以坐在上面,被玫瑰包围着,他可以朝花园里看看,当丽安娜在花园里忙碌时望着她。

露丝和她的姐姐韦恩负责替马莫洗漱,更衣;司各特则带他四处活动,丽安娜坐在一旁低声朗读诗歌给他听,还有他儿时看的那些书,像是《爱丽丝梦游仙境》、狄更斯的部分作品、《一千零一夜》中的故事、体育新闻,还有他的最爱《雅歌》①——"我属我的

---

① 雅歌(*Song of Songs*),《圣经·旧约》的一卷书,记载了良人与书拉密女的爱情。

良人,我的良人也属我。他在百合花中牧放群羊。我的佳偶啊,你是如此美丽"——因为他说他喜欢听到她的声音,知道有人在那里。

爱丽丝渴望见到马莫。她想念希望之屋的寂静,以及那能感受到的距离感和空间感;她也怀念丽安娜的厨艺和她充满活力的谈话。尽管如此,她一直在犹豫要不要过去;她时常给丽安娜打电话,了解马莫的病况,然而见到他时她依然十分震惊和难过。她希望能和丽安娜维持良好的关系,或许在将来可以和她一起工作。可如今丽安娜过于难受,心事重重和伤感,没有心思去想这些。但他们的到来让她高兴。

丽安娜让哈里坐在马莫身边并不断强调马莫正变得越来越喜欢他。哈里坐在那里,琢磨着他的书和这个男人之间的关系,他甚至握住了这个老男人的手。哈里怀念他们之间充满火药味的对话;从来没有人如此为难过他,或是让他如此绞尽脑汁。在哈里为马莫擦去嘴角的口水,并勇敢地拿出手机给他拍照的那一刻,马莫直直地看着他说:"你在这里住多久呢,拉蒂夫?你把家庭作业带来了吗?你的故事完成了吗?"

在这个死气沉沉的房子里,露丝、她的姐姐和丽安娜很高兴见到孩子们,这意味着哈里和爱丽丝可以再次牵着狗走在小河边上熟悉的树林里。

爱丽丝将自己住一个房间,哈里也是;茉莉亚会在附近找一间屋子住。他和爱丽丝之间除了钱和孩子以及他们该如何分摊照顾孩子的责任之外已经没有任何可谈论的话题了。此时,哈里对她说:"你看了马莫新写的小说了吗?"

她摇了摇头；他向她解释，据他所知，这本书是关于一个老男人对一个年轻女子的爱，而这个女人是一个记者的配偶。

"他还是去做了，他写下了他一直在谈论的小说，"她说，"在你窥探他隐私的时候，他几个月来每天都坐在那个房间里，盯着墙壁发呆。我说我完全能理解，"她说，"我有过那种内心的落寞。"

"你有吗？"

"但你帮过我，哈里，听我倾诉。我因此尊重你，同样感激你的可靠以及所有的一切。"

他谢过她。

"事实上，我并不相信马莫。他的纸篓里满是揉成一团团的纸。我打开了其中一个，想着或许可以给孩子们当纪念品。但里面都是些信手涂鸦。他真的认为自己已经江郎才尽了，"她接着说，"而你一直在问他一些他想不起也不愿意去回想的问题——当然不是你想的**那样**——这些问题让他感觉自己的人生像一场闹剧被一个白痴再次讲述。还有一些别的事情。"

"别的？"

"他重读了一遍《安娜·卡列尼娜》。他对托尔斯泰对于婚姻、女人和孩子的理解崇拜不已。他已经尽他所能，但他知道他的作品缺乏真实、同情心，永远不会像托尔斯泰那样被普遍认可。"

"这些他为什么不和丽安娜去说呢？"

"他很害怕。她要求很高，总是索求更多的爱、性和钱。他无法工作，也无法满足她。他和女人之间一直存在的问题到底是什么？"她说，"照我看，让一个人来撰写你的人生，并为此来采访你，就好像你已经快要死了，同时还住在你的房子里，这不只是怪异,事实上更令人迷惑。在那一刻他有了这样的想法,要把你在做的事以及如何让他以不同的方式审视他自己给写下来。"

哈里说:"他最终还是出售了他的档案馆和一些土地。他租下了伦敦的公寓来安抚丽安娜。他可以经常去朋友那里见你。"

"这些都写在里面了吗?"

"丽安娜并不知道。"

"我不能伤害她。她会误解的。"

"我也蒙在鼓里。你欺骗了我。天知道呢,我也在其他方面对你做了同样的事。"

她突然开口:"我受够你了。"

"彼此彼此。真是无聊至极。"

"你为什么还不滚呢?"

"别这样打击我,"他抓着她的手臂说,"爱丽丝,我知道马莫认为我平凡无奇——"

她咯咯地笑了。"是的,心焦气躁还往往暴跳如雷。可能还伴有人格障碍!"她接着说,"书里有说到他坚持让我为了他而放弃你吗?他喜欢有人给他按摩——不然我根本不需要碰他。我本来可以有情人的。但我所做的仅仅是和他聊天而已。"

"为什么?"

"我猜他陷在了爱情里。"

"这对你来说有什么好处?"

"这让我受宠若惊,我喜欢这种被人关注的感觉,这是你没有给过我的。"

"你也没给我。"

"他过于强势，要求又高，但和他在一起很愉快。像那样接近一个男人，并有机会去学会思考，是让人难以忘怀的。"

他说："你对他的请求是如何回应的？"

"我提醒他对于丽安娜的责任。她是我很好的朋友。"她耸耸肩。"我不会去看这本书的。我知道这只是一个故事。我成了他的幻想，一切都是编造的，不值一提。有时候你会承受太多。我感觉自己像是被撕成了碎片。如果这些可怕的事情周而复始，而这便是生活的话，那我现在根本无法继续我的生活。是这样吗，哈里？你知道吗？你难道就不能回答我一次吗？"

他听够了。他开始往回走，而她紧跟在他身后。他说："我希望他能知道接下来有一份报酬丰厚的新工作在等着我。"

"是什么？"

"是罗伯给我的馈赠，因为对于上一份工作他很同情我，所以想让我过得轻松些。我会一边写关于母亲的书，一边替一位国际球星代写自传。我将成为一名中锋的人语者①。我可以有把握地说，我们一家人终于有了地位。"

但他们并不是真正意义上的一家人，在她微微一笑时，他想起了他的父亲对他说过的关于他母亲的话，大概是这样的：**她是你的母亲，哈里，但对我而言，她只是另一个女人而已。**哈里想知道，是否在二十年后，他也会对自己的儿子说同样的话。

也许爱丽丝正和哈里想到了一块儿。"我很难过，我们没能走到一起。但我和孩子依旧很开心也很感激你，哈里，你一直支持着

---

① 作者将"马语者"（horse whisperer）稍作改动。

我们。"

"任何时候我都会的，"他说，"请你抱着我，最后一次抱着我。"

"再也不会了。"

他们回来是洛特的主意，哈里需要对书的结尾再作一个补充说明：增加几段关于垂死的作家的内容。此刻，在晚餐开始前，哈里站在司各特敞开的仓库门前，他曾经在这个地方拿着放大镜一坐就是好几个小时。佩吉的日记已经不见了，被送去美国的档案馆，好像佩吉本人也终于被带走了。哈里已经把日记里的内容重现，让她在书中复活，并强调了她对马莫事业的贡献，以及他是如何需要她；露丝也出现在其中，是她推了马莫一把，还有大量篇幅是关于玛莉安的，以及她最终是如何带领他突破自我。

那个晚上，他们在厨房里一起享用晚餐，孩子们紧紧裹在纯白的毛毯里都睡着了，所有人都早早地去睡觉了，只剩下丽安娜和哈里。他看着她在图书馆里拨弄着火炉，最后，终于鼓足了勇气问她对于传记的看法，以及书中是否有内容能让她高兴。

"我在想你什么时候会开口问，"她说完便离开了房间，然后拿了一张纸回来，"我没有很多时间，我甚至都没有看马莫的新书。你看了吗？"

"正准备看。"

"是的。现在，这些错误让我很生气。"她说，同时转动着她的铅笔，并狠狠地瞪了他一眼。他欣慰地看到她暂时回到了那个盛气凌人的自己。"我的眼睛不是很好。我的头脑不会一直保持这个状态。但总的来说，我的状态还是极好的。但我现在并不在意这些——我喜爱的是你，哈里。你是所有人当中我最为喜欢的。你总会留时间给我，是吗？这些就是我的想法。"她戴上了眼镜。他的心一沉；他准备好在他的笔记本上记录。"你根本没有作深入调查吧？"

她的父亲过去是名药剂师，在一个区域里有好几家连锁店。他们的名字真的在洗发水的包装上出现过。他成立了一个乡村俱乐部，墙上挂着真正的艺术作品，还建造了一个图书馆。哈里是怎么想到她只会说三种语言而不是四种呢？她经常骑马，往往骑到很远的地方去。诸如此类的事情。他不需要多久就能修改好。

他走到院子里，许多个夜晚他在这里担忧，焦虑，走来走去。

"我从丽安娜那里得到了评价，"他在电话里对罗伯说，"她称其为'极好的，棒极了'。把这记下来。马上准备好你的道歉和钱吧。"

哈里往厨房里看去，他看见丽安娜正站在门口抹眼泪。他挂断了和罗伯的通话，带她出来呼吸夜晚的空气，并问她发生了什么事。

"最后的时候，在伦敦，在他生病以前，他最终完成了我的心愿，这多亏了你，我觉得这是因为你的坚持——你很好心，亲爱的孩子，非常善良！——那时我们的距离又一次靠近了，"她说，"他想和我一起用餐。"

他们在阳光明媚的公园里散步；他想要买衣服，就听取她的意见；他开始谈论起他的童年。一天下午，回到家后，他轻抚她的发丝；他闭上了眼睛，任由她抚摸，并听她诉说她关于落下悬崖的梦境。他说了自己的想法，他的嗓音如同幸福之吻般轻柔。她可以充满爱意地贪婪地看着他,她亲爱的丈夫。有一个晚上,他甚至将她的乳房含在嘴里。

"所以,很快,在我重新读完他完成的作品后,我会坐下来把所有写他的内容,包括你的,都好好看个遍。感谢你让他的名字留存在这个世上。我们心存感激,我爱你。

"不过现在——现在我想要他回来,"她说,"他去哪儿了? 我想要他回来,他那时就在! 把他带到我身边! 没有他的生活太冰冷了!"

第三十三章

哈里最后一次见到马莫是几个月后在一个富丽堂皇的大厅里为另一位作家举办的一场豪华晚宴上。哈里并不知道马莫会出席；他只是想和洛特一起度过那个夜晚，他们现在生活在一起。

就在所有人准备就座前，高贵的丽安娜低着头，推着轮椅上的老男人，缓缓走进华丽的房间，老男人穿着一件晚礼服，佩戴着他的文学勋章。在场每个人都转过头去看，窃窃私语，并认识到他们至少在这个作家面前出现过一次。这个世界上任何一间像样的书店都会有马莫的书，只要是个认真的读者就一定听说过他的名字。有人开始热烈地鼓掌并欢呼，于是所有人都不约而同地起立；丽安娜抬头看着他们，在马莫无声地抖动着他的嘴唇时，流下了眼泪。

哈里和洛特一起向丽安娜走去并亲吻她。他向马莫鞠了一躬并握住他的手。哈里已经写了他想写的书，并没有恶意中伤这个老男人,他希望作家能够明白。马莫的头发和胡须被剃了精光,他歪着嘴笑着;他的眼神柔和。他似乎是想给哈里一个温暖而非有点虚弱的握手来问候他。虽然看着他,但哈里怀疑马莫是否清楚正在发生的事。

丽安娜说马莫大部分时间都在睡觉,基本不能说话或是握笔。但是在她给他喂食时,他的眼睛像是会说话一样,她说她爱他,如同他们第一次相见时那样丝毫未减。她并不是早已预见这样的与世隔绝,或是预见到需要无私奉献这么久的时间。独自一人和马莫、露丝以及司各特在乡村的时候,她迫切地渴望有人去看望她,她说;为什么没有人来?她和玛莉安通了电话。由于玛莉安请求和马莫告别,丽安娜已经邀请她过来住:她们会不停地说啊说。哈里想,可怜的马莫在临终时,周围是他恨之入骨的女人们。别无选择:这应该是他会喜欢的。

丽安娜恳求哈里过去度周末,但他短时间里都不会再回希望之屋了。他已经完成了他的作品,向世人告知马莫是一个名副其实的艺术家,告诉人们他是一名作家、一个造就世界之人、真理的歌颂者;这会是一部带给人们改变、引领人们更好地生活并创造自由空间之作。

图书在版编目（CIP）数据

对话终结/(英) 哈尼夫·库雷西著；吴忆枝译. -上海：上海文艺出版社，2016.11
(哈尼夫·库雷西小说精品系列)
ISBN 978-7-5321-5939-0
Ⅰ.①对… Ⅱ.①哈… ②吴… Ⅲ.①长篇小说－英国－现代
Ⅳ.①I561.45
中国版本图书馆CIP数据核字（2016）第256544号

THE LAST WORD
Copyright © 2014, Hanif Kureishi

著作权合同登记图字：09-2014-590

出 品 人：陈　征
责任编辑：曹　晴
封面摄影：韩　博
封面设计：朱云雁

书　　名：对话终结
作　　者：(英) 哈尼夫·库雷西
译　　者：吴忆枝
出　　版：上海世纪出版集团　　上海文艺出版社
地　　址：上海绍兴路7号　200020
发　　行：上海世纪出版股份有限公司发行中心发行
　　　　　上海福建中路193号　200001　www.ewen.co
印　　刷：崇明裕安印刷厂
开　　本：890×1240　1/32
印　　张：9.75
插　　页：2
字　　数：158,000
印　　次：2016年11月第1版 2016年11月第1次印刷
I S B N：978-7-5321-5939-0/I · 4742
定　　价：48.00元
告 读 者：如发现本书有质量问题请与印刷厂质量科联系　T:021-59404766